승리는

Victories

언제나

Never

일시적이다

Last

VICTORIES NEVER LAST
: Reading and Caregiving in a Time of Plague

승리는 언제나 일시적이다

사회적 재난 시대의 고전 읽기

로버트 자레츠키 지음 | 윤종은 옮김

일러두기

- 지은이는 독자의 이해를 돕기 위해 고전의 쪽수를 표기했다. 투키디데스의 《펠로폰네소스 전쟁사》와 헤로도토스의 《역사》, 마르쿠스 아우렐리우스의 《명상록》 인용문 옆에는 대부분 영어 번역본의 (권. 장) 또는 (권. 장. 절)이, 알베르 카뮈의 《페스트》 인용문 옆에는 영어판(Albert Camus, *The Plague*, trans. Stuart Gilbert, New York: Random House, 1991)의 쪽수가 표기되어 있다. 우리말 번역은 원서의 표기를 유지했다.
- 원서는 비영어권 저작을 대부분 영어로 표기했다. 한국어판은 되도록 해당 언어로 저작명을 수정했다(단, 고대 그리스어 저작은 로마자로 표기).
- 지은이 주는 미주로, 옮긴이 주는 각주로 표기했다. 원서에서 이탤릭체로 강조한 부분은 볼드체로 바꿨다.

"사람이 죽는 것을 보는 일은
아무래도 익숙해지지 않아요."

"하지만 당신의 승리는
언제나 일시적인 것입니다.
그뿐이에요."

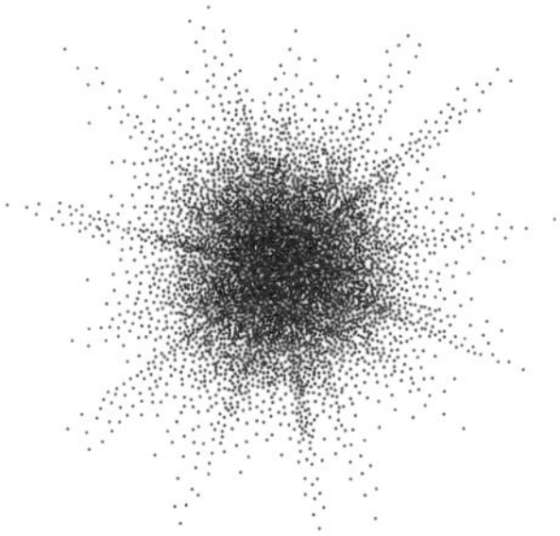

베르나르 리외와 장 타루의 대화
알베르 카뮈, 《페스트》

들어가며

전염병은 인간 경험의 한 부분이다.

2020년에 일어난 일은 인류에게 새로운 사건이 아니었다.

단지 우리에게 새로웠을 뿐이다.

- 니콜라스 크리스타키스 Nicholas Christakis°

미생물 유전자에 맞서려면 정신부터 바짝 차려야 한다.

- 조슈아 레더버그 Joshua Lederburg°°

° 미국의 의사이자 사회학자.

°° 미국의 생리학자이자
노벨 생리학·의학상 수상자.

40년 넘게 독자이자 작가, 학생이자 교육자로 사는 동안 문학과 삶이 서로 깊이 얽혀 있다고 믿어왔다. 적어도 내 삶에서만큼은 그랬다. 내가 읽는 소설과 체험하는 사건은 밀물과 썰물처럼 교차하며 하나로 뒤섞여 상상력과 감수성을 풍요롭게 하는 밑거름이 되었다. 문학에는 우리가 책을 읽는 동안 쏟는 관심이 삶으로까지 이어지게 하는 힘이 있다.

2020년 3월 초 코로나바이러스가 우리의 일상을 산산이 부순 뒤, 나는 흩어진 삶의 조각을 짜 맞추기 위해 내가 익히 접했던 소설을 찾았다. 당연한 이야기로 들릴지 모르지만, 내가 찾은 것은 전염병이 바꾼 현실과 전염병에 대한 개인적·집단적, 정치적·철학적 반응을 다룬 소설과 에세이, 역사서였다. 처음에는 그저 친숙한 작가들과 오랫동안 곁에 두고 읽은 작품들로 눈을 돌렸을 뿐, 따로 계획이나 목표를 세운 것은 아니었다. 그 작가들이란 투키디데스Thucydides와 마르쿠스 아우렐리우스Marcus Aurelius, 미셸 드 몽테뉴Michel de Montaigne, 알베르 카뮈Albert Camus다. 나는 지난 몇 년간 카뮈에 대해 많은 글을 썼고, 여러 강의에서 투키디데스, 마르쿠스 아우렐리우스, 몽테뉴를 다뤘다.

이들 네 작가는 모두 전염병을 몸소 겪었다. 투키디데스는 기원전 430년에서 429년 아테네를 휩쓴 대역병에서 살아남았고, 《펠로폰네소스 전쟁사Ho Polemos Ton Peloponnesion Kai Athenaion》에서 이를 묘사했다. 마르쿠스 아우렐리우스는 안토니누스 역병이 맹위를 떨치던 165년에서 180년 사이에 로마의 황제로 재위했다. 《명상록Ta Eis Heauton》에서는 짧게 언급될 뿐이지만, 전염병은 그의 세계관에 심대한 영향을 끼쳤다. 에세이라는 형식을 창안한 몽테뉴는 1585년 가래톳 페스트bubonic plague가 프랑스의 보르도를 덮친 당시, 보르도의 시장이었다. 〈경험에 관하여De l'expérience〉를 비롯해 《수상록Les Essais》 마지막 권의 가장 흡입력 있는 에세이들은 몽테뉴가 전염병 생존자로서 쓴 것이다. 한편 카뮈는 세균이나 바이러스 같은 병원체가 일으키는 전염병을 겪지는 않았지만, 독일이 프랑스를 점령한 시기에 이데올로기라는 전염병이 삶을 위협하는 현실과 싸워야 했다. 그가 이러한 경험에서 페스트라는 메타포를 끌어낸 것은 평생 비판의 대상이 되었다. 하지만 병원체에 의한 전염병과 이데올로기에 의한 전염병을 동시에 겪고 있는 오늘날에는 더없이 적절해 보인다.

하지만 이제 이들의 목소리는 전과 다르게 들렸다. 팬데믹이 삶과 세계를 한순간에 뒤바꾼 마당이니 놀랄 일은 아니었다. 여러 유형의 실존적 위기에 관한 글을 읽고 쓰는 데 많은 시간을 보냈지만, 운 좋게도 나는 오랫동안 그런 위기를 겪지 않고 살아왔다. 요컨대 이전까지의 삶은 전염병과 무관한 것이나 다름없었다. 그러던 중 처음으로 전염병의 시대를 겪으며 네 작가의 글을 읽자, 한때 위안을 주던 친숙한 목소리에서 불안과 긴박감이 묻어났다. 마치 긴급 속보를 알리며 텔레비전 화면 하단을 가로지르던 빨간 자막이 책 속으로 파고든 것 같았다.

빨간 자막은 새로이 읽기 시작한 작품으로도 번져갔다. 카뮈가 《페스트La Peste》를 쓰며 참고한 작가 중에는 투키디데스와 몽테뉴 외에 대니얼 디포Daniel Defoe도 있었다. 《페스트》는 《로빈슨 크루소Robinson Crusoe》의 한 구절로 시작하지만, 나치의 점령이라는 '갈색 페스트la peste brune'*에 맞서던 카뮈에게 영감을 준 책은 디포의 또 다른 소설인 《전염병 연대기A Journal of the Plague Year》의 프랑스어판이었다. 《페스트》와 《전염병 연대기》는 서술자의 세계관에 큰 차이가 있지만, 서술의 논리가 비슷할 뿐 아니라 오늘날의 팬데믹을 이해할 실마리를 제시한다는 공통점이 있다.

디포의 작품에서 영감을 얻은 작가로는 카뮈 외에도 메리 셸리

* 나치 돌격대의 제복이 갈색이었다는 점에 착안해 나치즘을 페스트에 빗댄 표현.

Mary Shelley를 꼽을 수 있다. 《프랑켄슈타인Frankenstein; Or, the Modern Prometheus》은 진작에 읽고 강의에서도 다룬 적이 있지만, 어찌 된 영문인지 나는 메리 셸리가 죽음과 공포로 가득한 또 다른 소설 《최후의 인간The Last Man》을 썼다는 사실을 까맣게 모르고 있었다. 《프랑켄슈타인》보다 6년 뒤에 쓰인 《최후의 인간》은 한마디로 실패작이었다(그 사이 셸리는 남편 퍼시 비시 셸리Percy Bysshe Shelley와 두 아이를 잃었고, 재정적으로나 감정적으로 크나큰 곤경을 겪었다). 평론가들에게서 혹평받고(공교롭게도 평론가는 전부 남성이었다) 대중으로부터 외면당한 이 작품은 거의 200년 동안 유럽 문학계에서 잊혔다. 그러나 새로운 전염병의 발생과 이데올로기 지형의 변화라는 현상이 동시에 벌어지는 지금, 《최후의 인간》 속 메리 셸리의 목소리는 예리하고 선명한 울림을 준다.

학기 도중 대학 캠퍼스가 문을 닫으면서 모든 수업이 비대면으로 바뀌자, 나는 졸지에 강의실을 잃은 교수가 되어 줌Zoom에서 자리를 잡기 위해 애써야 했다. 하지만 새로운 상황에 그럭저럭 익숙해진 것도 잠시, 나는 또 하나의 낯선 세상에 발을 들였다. 인근의 요양원이 어려움을 겪는다는 소식에 안타까워하던 친한 친구의 제안으로 그곳에서 자원봉사를 하기로 한 것이다. 요양원은 코로나19로 봉쇄된 이후 일손이 부족해 예기치 못한 상황에 제대로 대처하지 못하고 있었다. 어떻게든 도움을 주고 싶었던 나는 심사를 거쳐 요양 보조원으로 일할 자격을 얻었다. 내가 맡은 일은 매일 오후 3시 30분부터 6시 30분까지 100여 명의 입소자에게 저녁 식사를 가져다주는 것이었다. 식당이 문을 닫은 터라 입소자는 병실에서 따로 밥을 먹어야 했다. 입소자의 약 1/3은 치매 등으로 인해 혼자 밥을 먹지 못했으므로 그들의 식사를 돕는 것 또한 내가 할 일이었다.

요양 보조원으로 일하는 시간은 며칠에서 몇 주로, 몇 주에서 몇 달로 늘어갔다. 나의 업무 환경은 요양원 응급실의 응급구조사들이 처한 환경에 도저히 비할 바가 아니었고, 내가 겪은 일은 오랫동안 방치된 요양시설에서 벌어지곤 하는 참담한 비극과도 한참 거리가 멀었다. 3개월 가까이 요양원을 드나드는 동안 그곳에서는 직원들의 단호한 대처 덕에 코로나19 환자가 한 명도 나오지 않았는데, 이는 당시 텍사스주의 상황을 생각하면 놀라운 성과였다.

그러나 성공적인 방역에는 사람들의 큰 희생이 따랐다. 가족이나 다른 입소자와 단절된 환경은 대다수 입소자의 마음을 서서히 무너뜨렸다. 활동 지도사가 기운을 북돋우려(오디오가 쩌렁쩌렁 울리도록 프랭크 시나트라의 노래를 틀거나 입소자들이 병실에 앉아서도 함께할 수 있는 빙고 게임을 진행하는 등) 부단히 애를 썼지만, 요양원 생활의 밑바탕에는 고독과 혼란이 자리 잡았다. 머리말에서 식사 수발을 들며 긴 오후 시간을 함께 보내곤 했던 호스피스 환자 세 명은 코로나19가 아닌 다른 이유로 숨을 거뒀다. 마치 움직임이 서서히 빨라지는 저속 촬영time-lapse* 영상을 볼 때처럼 다른 호스피스 환자들의 병세도 봉쇄 이후 점점 빠르게 악화되는 듯했다. 신경과학자 존 카치오포John Cacioppo에 따르면 만성적인 외로움이 조기 사망 확률을 20퍼센트 가까이 높인다고 하는데, 이제는 문득 그의 연구가 외로움의 영향을 과소평가했다는 생각이 들 정도였다.[1]

한편 요양원에서는 모자란 일손을 급히 채우는 상황이 계속되면서 직원 간의 사회적·인종적 격차가 더욱 커졌다. 함께 일한 간호보조사**들은 대부분 히스패닉이나 아프리카계 미국인이었다. 이들은 입소자를 병상에서 일으켜 휠체어에 앉히고 화장실이나 샤워실에 데려다주는 동안 늘 곁에서 말 상대를 해주었다. 더러워진 시트와 속옷을 정리하는 것 또한 간호보조사의 일이었지만, 이들의 시급은 햄버거와 감자튀김을 포장하는 맥도날드 직원과 비

* 피사체의 모습을 일정한 간격으로 찍은 사진을 이어 붙여 영상처럼 보이게 하는 기법. 이렇게 촬영한 영상을 상영하면 피사체의 움직임이 본래 속도보다 빨라 보인다.

** 미국의 간호 인력은 크게 간호사registered nurse, 간호조무사licensed practical nurse, 간호보조사certified nursing assistant로 나뉜다.

슷한 수준이었다. 대다수가 백인인 간호사가 환자의 맥박, 호흡, 체온 같은 활력 징후를 측정했다면, 간호보조사는 기기로 측정할 수 없지만 마찬가지로 환자의 활력을 알려주는 중요한 징후에 주의를 기울였다.

코로나바이러스는 어디에나 있는 동시에 어디에도 없는 듯했다. 우선 요양원은 코로나19에서 안전했다. 게다가 천연두나 콜레라, 가래톳 페스트와 달리 코로나바이러스는 눈에 확 띄는 심각한 증상을 동반하지도 않았다. 그러나 전염병은 인근의 정유소에 드리운 잿빛 구름처럼 요양원 안에서 존재감을 드러내고 있었다. 병실 벽마다 달린 두 대의 텔레비전에서는 케이블 방송과 지역 방송 뉴스가 온종일 코로나19 소식을 전했고, 입소자들은 텔레비전 소리를 최대한으로 높인 채(보통은 두 대의 TV에 각기 다른 방송을 틀어놓고) 뉴스를 보곤 했다. 또, 백악관에서 매일 진행하는 언론 브리핑의 진짜 주제는 대개 진행자인 대통령 자신이었지만, 표면적으로는 코로나19를 다루고 있었다. 요양원 직원들은 마스크와 가운 부족에 시달렸고 국가와 지역의 지도자들이 내놓는 혼란스러운 메시지에 우왕좌왕하면서도 늘 코로나19에 관해 이야기했다.

고립과 고독이 낳은 비극은 2020년 10월 텍사스 주지사 그레그 애벗Greg Abbott이 요양원 방문을 다시 허용하면서 한층 심각해졌다(나는 몇 달 전부터 요양원에서 정기적으로 일할 수 없게 되어 시간 날 때마다 들르고 있었다). 입소자 가족들은 주 정부의 결정을 환영했지만, 직원들은 두려움에 휩싸였다. 최소한의 조치를 하는 것조차 힘에 부치는 마당에 방문객을 감독할 여력이 있을 리 없었다. 따라서 코로나바이러스가 요양원으로 침투한 것은 피치 못할 비극이었고, 그해 연말까지 두 자릿수가 넘는 입소자가 코로나19로 사망했다. 그중 대다수는 몇 달 전까지만 해도 내가 농담을 건네며 타피오카 푸딩을 먹여주던 사람들이었다. 이것은 비단 내가 있던 요양원만의 문제는 아니었지만(2020년 말 기준 미국의 코로나19 사망자 40퍼센트가 요양원에서 나왔다), 그 사실이 충격과 자괴감을 덜어주지는 않았다. 의사이자 사회학자인 니콜라스 크리스타키스가 주장했듯, 과거에는 전염병 환자를 '페스트하우스pesthouse'라 불리던 격리병원에 수용했다면 21세기에는 요양원이 의도치 않게 같은 역할을 했던 셈이다.[2]

그렇다면 전염병이라는 섬뜩한 불청객이 세상에 모습을 드러낼 때, 우리는 어떻게 대처해야 할까? 《페스트》의 등장인물 장 타루는 주의력의 중요성을 강조한다. "우리는 자칫 방심하다 다른 사람의 얼굴에 입김을 뿜어 병균을 퍼뜨리지 않도록 끊임없이 자신을 살펴야 해요. 병균은 자연스러운 것입니다. 하지만 그 외의 모든 것, 이를테면 건강, 진실성, 순수 같은 것은 인간이 의지를 갖고 잠시도 경계를 게을리하지 않은 결과예요." 이처럼 타루는 주의력 없이는 지속적인 선善을 실현할 수 없다고 믿는다. 이 책에서 다루는 작가들은 저마다의 방식으로 주의력을 발휘한 사람들이다.

자신의 언행을 돌아보고 뉘우치는 글을 썼던 마르쿠스 아우렐리우스를 예외로 하면, 이 작가들은 주의력을 발휘하기 위해 이야기를 활용했다. 이들은 논증을 제시하기보다 이야기를 들려주며, 이런저런 믿음이 진실이라고 단언하기보다 영국의 소설가 아이리스 머독Iris Murdoch이 '삶의 밀도'라 부른 것을 드러낸다. 머독은 문학에 과제가 있다면, 삶의 밀도를 찾는 것이 "그 과제임에 틀림없다"고 말했다.[3] 나는 앞선 시대를 살아간 작가들의 이야기가 팬데믹이라는 현상의 밀도와 그것이 세계와 우리 자신에게 끼친 영향을 헤아리는 데 도움을 주리라 믿는다. 같은 이유로 나는 이들의 글을 길잡이 삼아 나와 타인의 삶이 품은 맥락에 주의를 기울이는 동시에, 요양원에서 경험한 일을 글로 남기고자 했다. 타루만큼은 아니더라도 다른 사람들과 나를 되도록 주의 깊게 살피려 애썼고, 머독만큼은 아니더라도 삶의 밀도를 이해하기 위해 철학과 문학을 참고했다. 몽테뉴의 표현을 빌리자면 "이 책의 재료"는 내가 읽고 일한 경험이다. 지금부터 다룰 작가들은 세상을, 나아가 나 자신을 더 잘 알도록 도와주었다. 이들의 이야기가 마찬가지로 세상과 자신을 더 잘 이해하려는 독자들의 기대에 부응하기를 바란다.

목차

들어가며 *006*

I

투키디데스와 아테네 대역병

• 사회 전체를 뒤흔드는 질병 앞에 두려움 없이 서는 용기

020

2

마르쿠스 아우렐리우스와 안토니누스 역병

• 오염에 맞서 내면의 왕국을 다스리는 지혜

064

3

미셸 드 몽테뉴와 가래톳 페스트

• 죽음이 도사리는 세계에서 자유로워지기 위한 글쓰기

110

4

대니얼 디포와 런던 대역병

◈ 통계의 빈틈에 놓인 인간을 세심하게 포착하는 이야기

158

5

알베르 카뮈와 갈색 페스트

◈ 때가 되었을 때 바르게 행동할 줄 아는 윤리

202

후기

《최후의 인간》부터 《최초의 인간》까지

248

감사의 말 *270*

옮긴이의 말 *272*

주 *279*

찾아보기 *292*

투키디데스와 아테네 대역병

I

사회 전체를 뒤흔드는 질병 앞에 두려움 없이 서는 용기

투키디데스는 과거 헬라스인°의 본능에 있던 확고부동하고
냉철한 객관성의 위대한 총체이자 마지막 현현이다.
- 프리드리히 니체

이 전쟁은 헬라스인뿐 아니라 많은 비헬라스인에게도,
아니 사실상 전 인류에게 일대 사건이었다.
- 투키디데스

° 헬라스는 그리스의 그리스어 명칭이다.

진심으로 화가 난 아폴론이 활과 뚜껑 달린 화살통을 어깨에 메고 올림포스 정상에서 달려 내려갔다.

그가 분노로 몸을 떨자 등 뒤에서는 화살이 부딪치며 요란한 소리를 냈고,

산 아래로 진격하는 그의 모습은 마치 밤이 다가오는 것 같았다.

그가 함선들 건너편에 한쪽 무릎을 꿇고 앉아 화살을 날리자

거대한 은색 활에서 무시무시한 소리가 울렸다.

처음에 그는 노새들과 이리저리 날뛰는 개들을 공격했고,

그런 다음 사람들을 향해 날카로운 화살을 쏘아 무더기로 쓰러뜨렸다.

그리하여 시신을 태우는 장작더미가 밤낮으로 쉬지 않고 타올랐다.

익히 알려져 있듯, 호메로스Homeros의 《일리아스Ilias》는 뮤즈 여신*에게 반신반인 아킬레우스의 분노를 노래해달라는 요청으

* 그리스 신화에서 문학과 예술, 음악을 관장하는 아홉 여신.

로 시작한다. 그런데 다음 대목에서 호메로스가 아폴론 신의 분노로 화제를 돌린다는 사실은 첫 구절만큼 잘 알려지지는 않았다. 아폴론은 자신을 모시는 사제 크리세스가 그리스군의 총사령관 아가멤논에게 딸 크리세이스를 전리품으로 빼앗긴 뒤 기도로 호소하자, 그에 응답해 그리스군에 치명적인 역병을 퍼뜨린다. 역병은 아킬레우스가 나서서 아가멤논에게 크리세이스를 풀어주라고 요구할 때까지 아흐레 동안 그리스군을 휩쓴다. 아가멤논은 아킬레우스의 요구에 한 가지 조건을 내건다. 아킬레우스가 전리품으로 취한 여인 브리세이스를 자신에게 넘기라는 것이다. 격분한 아킬레우스는 조건을 받아들이는 대신 더는 전장에 나서지 않겠다고 선언하고, 친구 파트로클로스와 함께 자리를 박차고 나간다. 아킬레우스와 아가멤논이 서로를 모욕하며 벌인 대립은 결국 두 사람을 죽음으로 몰고 갔을 뿐 아니라, 트로이가 무너지고 수많은 그리스군이 목숨을 잃는 결과를 낳았다.

따라서 고전학자 메리 비어드Mary Beard가 말했듯, 서양 문학은 분노가 아니라 전염병으로 막을 연다고 할 수 있다.[1] 그리고 그 병은 인간이 아니라 신에게서 비롯했다. 호메로스 같은 고대 그리스의 시인들은 신들이 이러한 질병의 근원이라 믿었다. 올림포스의 신들은 전염병 같은 사건을 아무렇지 않게 벌이는 존재였다. 아폴론의 여러 별칭 중 하나인 스민테우스Smintheus는 '생쥐의 신'이라는 뜻이다. 그다지 무서워 보이지 않는 이름이지만, 생쥐와 시궁쥐가 얼마나 가까운 종인지를 생각하면 이야기가 달라진다. 실제로 고대 그리스인은 생쥐와 시궁쥐를 따로 구별해서 부르지 않았다.[2] 그러므로 아폴론이 역병을 퍼뜨리려 보낸 시궁쥐들이 종전 이후 귀향하는 그리스군의 배를 타고 동쪽의 트로이에서 서쪽의 그리스로 건너갔으리라는 상상도 충분히 해봄 직하다.

어쨌든 크리세스가 딸을 위해 애원하면서 아폴론을 스민테우스로 부른 것은 우연이라 보기 어렵다. 호메로스가 병사들이 전투가 아닌 전염병으로 쓰러지는 장면을 그리며 서사시를 시작하는 것 또한 우연이 아니다. 전쟁이 오래가지 않으리라 생각하고 트로이 성벽 밖에 진을 쳤던 그리스군은 결국 그곳에서 9년을 보냈다. 호메로스의 청을 받은 뮤즈 여신이 세세한 사정까지 들려주지는 않지만, 우리는 그리스 진영의 위생과 청결 상태가 얼마나 끔찍했을지 어렵지 않게 상상할 수 있다. 반면 트로이 쪽에서 전염병이 발생했다는 언급이 없는 것은 이상한 일이 아니다. 트로이의 왕 프리아모스의 궁전처럼 "웅장한 궁전"이 서 있고, 여인들이 "윤기 나는 로브"를 빨래하는 차가운 개울이 흐르던 도시 트로이는 시신과 쓰레기를 더 안전하게 처리할 수단을 갖췄던 것이 분명하다. 트로이 해변에서 옴짝달싹 못하는 그리스 병사들이 그런 도시를 바라보며 탐낸 건 재물만이 아니었을 것이다. 틀림없이 그들은 목욕 생각이 간절했으리라.

게다가 그리스군을 휩쓴 역병이 정말로 동에서 서로 전파되었다면, '동쪽의' 트로이와 '서쪽의' 그리스가 격돌하는 이야기를 전염병에 관한 설명으로 시작하는 것은 역사적 관점에서 봐도 일리가 있다. 중동 지역에서 형성된 농경사회는 규모가 커지고 인구밀도가 높아짐에 따라 질병에 더 취약해졌고, 지중해 너머와의 상업교류가 활발해지면서 갖가지 교역품은 물론이고 병을 일으키는 미생물도 함께 서쪽으로 건너갔다. 역사학자 윌리엄 맥닐William McNeil은 기념비적 저작 《전염병의 세계사Plagues and Peoples》에서 에게해라는 관문은 거시기생과 미시기생 현상*이 나타나기에 안성맞춤이었다고 말한다. 전염병은 인간이 상업 활동을 벌이는 데 따른 대가였다.

전염병을 서사시의 출발점으로 삼은 호메로스의 선택에는 윤리적인 의미가 있다는 점 또한 중요하다. 《일리아스》의 이후 이야기에서 적나라하게 드러나듯, 전쟁이 가져온 피해와 결과는 전염병

* 윌리엄 맥닐은 바이러스, 박테리아 같은 미생물이 인간에게 기생하면서 일어나는 현상을 미시기생으로, 인간이 서로를 지배하고 착취하면서 벌어지는 현상을 거시기생으로 정의한다.

에 못지않게 심각했다. 이 점에서 전염병은 트로이 성 바깥에서 일어난 일과 앞으로 성안에서 벌어질 일을 집약해서 보여주는 소재라 할 수 있다. 이제 곧 전사들이 쓰러지고 시신을 태우는 장작불이 피어오를 것이며, 살아남은 이들은 더 큰 분노와 더 많은 학살을 초래할 트라우마에 시달릴 것이었다. 전염병은 아킬레우스의 가치관을 어지러뜨리고 삶 전체를 뒤집어놓았다. 아킬레우스는 전우들을 걱정해 아가멤논과 맞섰지만, 이로 말미암아 도덕적으로 타락하고 말았다. 전장에서 얻은 명예의 상징인 브리세이스를 빼앗기자 아킬레우스는 아폴론만큼이나 거세게 분노를 터뜨렸다.

◊

투키디데스와 호메로스의 관계는 꽤 복잡했다. 두 사람은 설령 우리가 전쟁에 관심이 없을지라도 전쟁은 우리에게 관심이 있다는 것을 알았다. 투키디데스가 아테네와 스파르타의 전쟁을 기록하기로 한 이유 중 하나는 호메로스가 전쟁을 기록했기 때문이었다(투키디데스 직전 세대의 인물인 헤로도토스가 페르시아 전쟁을 기술한 것 또한 같은 이유에서였다). 그는 전쟁이야말로 클레오스kleos, 즉 명성을 얻을 최적의 시험대이며, 따라서 전쟁만큼 영웅적인 서사에 어울리는 주제는 없다고 생각했다. 게다가 호메로스의 서사시가 문학적 탁월성을 판단하는 기준인 이상, 후대 작가들은 그에게 도전하지 않을 수 없었다. 실제로 투키디데스는 호메로스가 끼친 영향에 대한 불안 속에서 씨름했다. 호메로스는 그가 완전히 받아들일 수도, 밀어낼 수도 없는 존재였다. 투키디데스는 그런 호메로스에게 맞서 똑같이 전쟁을 기술하는 쪽을 택했다. 하지만 투키디데스에게는 자신의 저술이 호메로스의 서사시보다 더 오래도록 후대에 영향을 끼치리라는 믿음이 있었다. 그는 트로이 전쟁보다 더 중대한 의의가 있는 전쟁을 다룰 것이기 때문이었다. 트로이 전쟁이 시적인 관점에서 모든 전쟁의 시작을 알리는 전쟁이었다면, 펠로폰네소스 전쟁은 철학적인 관점에서 전쟁에 관한 모든 해석을 완결하는 전쟁이 될 것이었다.

투키디데스가 《펠로폰네소스 전쟁사》의 도입부에서 자만에 가까운 태도를 보이는 이유가 여기에 있다. 그는 펠로폰네소스 전쟁이 "과거의 어떤 전쟁보다도 기록할 가치가 큰 중요한 전쟁이 되리라" 믿고 '히스토리아historia',* 즉 탐구에 착수했다고 말한다. 그리고 다음 구절에서 이것이 무심코 던진 말이 아님을 분명히 밝힌

* 고대 그리스어의 히스토리아는 탐구, 탐구로 얻은 지식, 탐구 결과에 관한 서술을 의미했으며, 이후 영어 히스토리history의 어원이 되었다.

다. “이 전쟁은 헬라스인뿐 아니라 많은 비헬라스인에게도, 아니 사실상 전 인류에게 일대 사건이었다.”(1.1) 역설적으로 들리겠지만, 고대 그리스어에서 스타시스stasis*는 움직임, 또는 격동이라는 의미를 담고 있었다. 투키디데스는 이 말을 서로를 지배하려는 두 대립 세력이 이루는 긴장 상태를 가리키는 데 사용했다. 이러한 긴장은 아킬레우스와 아가멤논의 대립처럼 한 집단 안에서 나타나기도 하고, 그리스와 트로이의 대립처럼 서로 다른 집단 사이에서 나타나기도 한다. 투키디데스는 아테네와 스파르타가 끝내 피하지 못한 전쟁을 스타시스로 해석한다. 아테네와 스파르타는 페르시아가 그리스 지역을 침공할 당시만 해도 동맹국으로서 함께 싸웠지만, 전쟁이 끝난 후 50여 년이 지나는 동안 적으로 돌아섰다. 아테네가 팽창하는 해상 세력이었다면, 스파르타는 쇠퇴하는 육상 세력이었으며, 아테네가 지적 활동을 장려하는 열린 사회였던 반면, 스파르타는 무예를 중시하는 닫힌 사회였다. 이렇듯 두 도시국가는 상반되는 성향을 가지고 있었기에 결국 피를 흘리며 싸울 수밖에 없었다.

한편 투키디데스의 글에서는 이와 관련 있는 또 다른 형태의 스

* 영어의 stasis는 정체, 정지 상태를 뜻한다.

타시스를 찾을 수 있다. 투키디데스는 통계를 활용해 펠로폰네소스 전쟁이 트로이 전쟁보다 큰 전쟁이었음을 밝힘으로써 호메로스와 스타시스를 벌인다. 그는 트로이 전쟁에서 그리스군이 2개 함대를 이끌고 원정에 나섰다는 호메로스의 이야기를 토대로 각 함선에 탄 병사 수의 평균을 추정한 다음, 실제로 동원된 병력이 호메로스의 묘사만큼 대단하지는 않았을 것이라 단언한다. 이러니저러니 해도 트로이 전쟁의 규모는 분명 펠로폰네소스 전쟁에 미치지 못했다. 투키디데스가 심술궂게 덧붙이듯, "시인이라면 으레 괜찮다고 여길 법한 과장"(1.11)을 고려하지 않고 호메로스가 제시한 숫자를 있는 그대로 받아들이더라도 마찬가지였다. 이어 투키디데스는 독자에게 자신의 역사서에는 흥미를 끌 만한 "설화說話가 없다"고 경고함으로써 호메로스에게 더욱 결정적인 일격을 가하며, 그와의 스타시스에서 한발 앞서 나간다. 투키디데스가 말하기를, 그의 저술은 결국 "잠깐 인기를 끌 흥밋거리가 아니라 길이길이 소장할 책"(1.23)이라는 것이다. 그리하여 투키디데스에게서 서사시의 여신 칼리오페는 역사의 여신 클레이오에게 자리를 내준다. 그는 이렇듯 가장 개인적인 형태의 스타시스를 통해 호메로스에게 도전하며, 그리스군을 공격한 아폴론의 불화살 대신 아테네인을 괴롭힌 역병의 타는 듯한 고통을 이야기한다.

◊

투키디데스는 "인간사의 흐름" 속에서 미래는 과거를 닮기 때문에 자신의 저작이 시대를 초월하리라 보았다. 따라서 그는 인간이 특정 상황에서 벌어질 만한 여러 결과를 예측할 수 있다고 믿었다. 하지만 투키디데스가 역사의 흐름을 예측하는 것이 가능한 만큼 필요하다면 그 흐름을 바꿀 수도 있다고 보았는지는 확실치 않다. 여기서 잠깐 요양원의 사례를 살펴보자. 요양원이야말로 스타시스로 가득한 곳이다. 멀리 갈 것도 없이 두 입소자가 텔레비전 한 대씩을 사용하는 일반 병실만 보아도 이유를 알 수 있다. 대부분 귀가 어두운 입소자들은 텔레비전을 온종일 쩌렁쩌렁 울리도록 크게 틀어둔다. 병실에 켜진 두 대의 텔레비전은 입소자들이 같은 채널을 볼 때면 스테레오 비슷한 효과를, 그렇지 않을 때는 불협화음을 내는데, 어느 쪽이든 귀에 거슬리기는 매한가지다.

입소자들은 때로 채널 선택을 놓고 부딪친다. 《일리아스》에서 트로이의 왕 프리아모스와 그리스의 장군 포이닉스가 검과 던지는 창의 장점을 두고 논쟁하는 대목을 떠올려보면 이런 다툼은 호메로스 서사시의 한 장면 같기도 하다. 어느 날 오후 J 씨와 F 씨의 병실을 지날 때의 일이다. J 씨가 나를 보고 휠체어를 돌리며 다가왔다. 백발에 배가 불룩 나온 편인 J 씨는 마스크를 스카프처럼 목에 건 채 성난 표정으로 외쳤다. "F 씨 텔레비전 소리 좀 낮춰 줘요." 체구가 작은 F 씨는 정신이 흐릿할 때가 있긴 하지만 아기자기하면서도 우아한 느낌을 주는 사람이었다. J 씨의 말에 F 씨 쪽을 슬쩍 보니, 그녀는 늘 앉던 안락의자에 앉아 CNN 앵커 울프 블리처가 나오는 화면을 들여다보고 있었다. 나는 두 사람이 리모컨을 잘 다루지 못해서 그러는 것이라 짐작하고, F 씨의 침상에 있던 리모컨으로 소리를 조금 낮췄다. 블리처의 목소리가 줄어드는 만큼 J 씨가 보던 폭스뉴스의 앵커 브렛 베이어의 목소리가 크게 들렸다. 그 방에서 나는 트로이 전쟁 속 그리스와 트로이 병사들처럼 거대한 전장에 뛰어든 졸병 신세라고 생각하던 찰나, F 씨가 버럭 언성을 높였다. "이건 내 텔레비전이에요. 내 가족이 나한테 사준 거라고요!" 나는 리모컨을 원래 있던 자리에 두고 문 쪽으로 나와 두 사람을 보며 말했다. "두 분이 이야기하셔서 소리를 적당히 줄이는 게 좋겠네요. 그렇게 하실 수 있겠죠?" 나는 대답을 듣지 않고 병실을 슬쩍 빠져나와 복도로 나섰다.

두 사람은 정치 문제로 부딪쳤거나 주도권 싸움을 한 것일까? 요컨대 나랏일이나 병실의 일을 누가 결정해야 하는지를 두고 다퉜을까? 나로서는 알 길이 없었지만, J 씨와 F 씨 역시 이유를 알지 못했을 것이다. 텔레비전에서 좁은 병실로 (병실은 액자 속에 든 가족사진과 개인용 쿠션, 어머니의 날 이후 시들어가는 꽃으로 들어차 있었다.)

쏟아지는 시끄러운 말소리가 봉쇄 이후 서서히 고조되던 스타시스에 불을 붙인 것 같았다. 더 안타까운 점은 두 사람이 의사의 진단을 들을 때와 마찬가지로 서로가 보던 방송의 차이를 이해하지 못했으리라는 것이다. 어쨌든 J 씨와 F 씨는 그날 이후 휴전을 맺은 듯했다. 아니, 정확히 말하면 더는 싸울 만한 처지가 못 되었다. 팬데믹이라는 공통의 재난 앞에서 두 사람은 텔레비전 소리를 낮춘 채 태풍이 지나가기를 기다렸다.

◊

"그 역병은 동쪽 어딘가에서 발생했다고 알려졌지만, 그토록 널리 창궐해 많은 목숨을 앗아간 역병은 어디서도 유례를 찾을 수 없었다. 의사들조차 무슨 병인지, 어떻게 치료해야 할지 몰라 아무런 도움을 주지 못했다. 갖은 수를 써봐도 무엇 하나 소용이 없었고, 모두가 속수무책이었다." 투키디데스는 기원전 430년 아테네를 덮친 전염병에 관한 이야기를 이렇게 시작한다. 그는 호메로스뿐 아니라 히포크라테스의 저작도 읽은 것으로 보인다. 서양의학의 틀을 세운 히포크라테스가 병의 진행 과정을 기술하는 일을 중시한 것처럼 서양사의 틀을 세운 투키디데스도 다음과 같이 선언한다. "여기서는 혹여나 역병이 다시 발생하면 연구자들이 알아볼 수 있도록 병의 성질을 요약하고 증상을 설명하고자 한다." 그런 다음 투키디데스는 환자들이 어떤 증상을 보였는지를 생생히 묘사한다. "건강하던 사람이 갑자기 격심한 두통에 시달리고 눈이 충혈된다. 내쉬는 숨에서는 악취가 나며, 재채기와 기침이 심해지고, 피부에는 고름 물집이 생긴다. 환자들은 속이 타들어 가는 듯한 열을 느껴 옷을 벗어 던지고, 참을 수 없는 갈증을 달래려 수조에 뛰어들기도 했다. 여기에 심한 설사가 계속되어 남았던 기운마저 사라지면 머지않아 사망에 이르렀다." 환자들은 이 밖에도 몸 안에서 일어나는 여러 증상에 일주일가량을 시달리다 죽음을 맞았다.

병에 걸린 사람은 꼼짝없이 죽음을 기다리는 수밖에 없었다. "딱히 치료법이라 할 만한 것이 없었다. 어떤 환자에게 효과가 있는 요법이 다른 환자에게는 해가 되었다. 체질이 건강한 사람이건 허약한 사람이건 하나같이 병을 이기지 못하고 목숨을 잃었다." 여태 경험하지 못한 역병의 위력은 몸뿐만 아니라 마음까지 망가뜨렸다. 아테네인은 재산이나 건강 상태, 신분과 관계없이 닥치는 대로 목숨을 앗아가는 역병 앞에서 충격과 절망에 빠졌다. 투키디데스가 말했듯, 절망은 "곧장 사람들의 저항력을 떨어뜨려 질병의 손쉬운 먹잇감으로 만든다"(2.51)는 점에서 사망률을 더욱 높이는 요인이었다.

병을 기술하는 일은 병에 맞서 싸우는 것만큼이나 어려웠다.

투키디데스에 따르면, "병의 증상은 차마 말로 표현할 수 없을 정도였고, 병이 주는 고통은 인간이 견디기에는 너무도 끔찍했다"(2.50). 이것은 경험에서 우러난 말로 투키디데스는 다른 사람들에게 나타난 증세를 곁에서 지켜보기만 한 것이 아니라 몸소 겪었다. 그는 역병에서 살아남아 자신이 겪은 증상을 기술하면서도 병 자체의 성질을 알아내는 데는 관심을 두지 않았고, 역병의 정체를 밝히는 일을 "전문가든 아니든 다른 저자들"의 몫으로 남겼다. 지난 100여 년간 고전학자와 전염병학자를 비롯한 연구자들이 투키디데스가 남긴 과제에 도전했다. 역병의 후보로는 천연두와 성홍열, 가래톳 페스트, 에볼라바이러스 등이 거론되었지만, 어느 것도 투키디데스의 묘사에 딱 들어맞지는 않았다. (그러나 얼마 전 아테네에서 논쟁을 해결할 증거가 발견되었다. 새 지하철역을 짓기 위해 지하에 터널을 뚫던 인부들이 우연히 당시의 집단 매장지를 발굴했는데, 연구자들은 이곳에 매장되어 있던 유골의 DNA에서 티푸스를 일으키는 쥐장티푸스균Salmonella enterica serovar typhi의 흔적을 찾아냈다.[3])

투키디데스는 역병이 개인의 신체를 넘어 아테네 사회 전체에 어떤 영향을 끼쳤는지를 다룬다. 당시 아테네에서는 처음 보는 병에 당황한 의사들이 치료를 위해 애쓰다 환자보다 먼저 목숨을 잃곤 했으며, 명예와 신의를 지키기 위해 환자를 돌보던 사람들 역시 같은 운명을 맞았다. 하지만 그런 의무를 저버린다 해서 달라지는 것은 없었고, 이웃을 외면한 채 집에 틀어박힌 사람들은 쓸쓸히 죽음을 맞았다. 더 큰 문제는 "사망자가 끝을 모르고 늘어나는" 가운데 사람들의 분노가 걷잡을 수 없이 들끓기 시작했다는 것이다. 신전은 "그 안에서 죽은 사람의 시신으로 가득 찬" 시체 안치소로 전락했으며, 공황에 빠진 유족들이 화장용 장작불을 두고 다투거나 남들이 지핀 장작더미에 시신을 던져놓기도 하면서 화장터는 무법천지가 되었다.

이처럼 전통의식이 폭동이나 다름없는 모양이 되자, 설상가상으로 아직 살아 있는 (혹은 아직 죽지 않은) 사람들은 "신앙심이 깊건 그렇지 않건 매사에 거리낌이 없어졌다"(2.52). 의례의 변질로 사회질서가 무너지면서 "전에는 남몰래 해야 했던 일을 대놓고 하기 시작"한 것이다. "신들에 대한 두려움과 인간이 만든 법"이 힘을 잃은 상황에서는 무원칙이 곧 원칙이었다. 아킬레우스가 생사를 걸고 지키려 했던 명예에는 "아무도 관심을 두지 않았다". 명예가 주는 보상을 누릴 때까지 살아남으리라는 보장이 없었기 때문이다. 이제 눈앞의 쾌락을 충족하는 것이야말로 "명예롭고 유용한" 일이었다. 죽음이 드리운 그림자 속에서 아테네인은 "목숨도 재물도 다 덧없는 것"으로 여겼다. 한편 가진 것 없이 목숨만 부지한 사람들이 어떻게 행동했는지는 명문 귀족 가문 출신인 투키디데스가 구태여 언급하지 않으므로 독자가 직접 상상해볼 수밖에 없다.

◊

"신들에 대한 두려움과 인간이 만든 법"이 유명무실해지면서 아테네의 노모스nomos는 생명력을 잃었다. 노모스는 그리스어로 '법'을 뜻하는 동시에 사회의 관습이나 규약, 행동양식처럼 더 근본적인 의미가 담긴 단어로 오늘날의 '규범'에 가까운 말이다. 예나 지금이나 전쟁과 질병은 규범이 얼마나 무너지기 쉬운지를 똑똑히 드러내 보인다. 17세기 잉글랜드는 규범의 취약성을 잘 보여주는 예다. 1628년은 잉글랜드의 왕 찰스 1세Charles I가 의회를 해산해 10년 뒤에 벌어질 내전의 결정적인 계기를 만든 해이자 《펠로폰네소스 전쟁사》의 영역본이 나온 해였다. 이는 그리스어 원전을 직접 옮긴 최초의 영역본이었으며, 그전까지 이름이 거의 알려지지 않았던 번역자는 그토록 방대하고 어려운 책을 번역한 이유를 이렇게 설명했다. 《펠로폰네소스 전쟁사》는 가장 위대한 역사서로 "과거의 행위를 알림으로써 우리가 현재에 신중히 처신하고 미래를 대비하도록 이끈다. 현존하는 작가 중에서 (한낱 인간으로서) 투키디데스만큼 이 일을 자연스럽고 충실히 해낸 이는 없다".

《펠로폰네소스 전쟁사》를 번역할 당시만 해도 무명이었던 이 번역자는 1651년에 《리바이어던Leviathan》을 출간해 악명을 떨친 토머스 홉스Thomas Hobbes다. 그렇다면 홉스는 내전이 일어나는 과정을 고찰하면서 투키디데스의 글을 읽었을까? 연구자들은 그랬을 가능성이 크다고 보는데, 인간 행동에 관한 홉스의 견해는 "투키디데스가 기술한 사례를 일반화한 것으로 보인다"고 주장하는 연구자도 있다.[4] 하지만 이보다 더 흥미로운 문제는 만약 투키디데스가 시간여행을 해서 미래로 간다면 홉스를 어떻게 생각할까 하는 물음일 것이다. 홉스는 투키디데스가 길이길이 읽힐 저작을 남겼다는 사실을 입증하는 증거다. 투키디데스는 생물학적 병리가 아니라 사회적 병리 현상을 탐구했으며, 히포크라테스의 후계자라기보다 홉스의 선구자에 가까웠다. 홉스가 그랬듯, 그는 역병이라는 재난이 아테네 사회에 가져온 끔찍한 영향에 관심을 기울였다. 투키디데스가 그리는 아테네의 현실은 홉스가 말하는 자연상태에 가깝다. 요컨대 아테네인은 "주인이나 법의 지배가 없는 방종한 상태에서 폭력으로 목숨을 잃을 위험과 끝없는 공포에 시달렸고, 삶은 고독하고 잔인하고 불결하며 짧았다". 투키디데스가 홉스를 알았다면, 분명 그에게서 자신처럼 세상사를 이해하는 데 신을 필요로 하지 않는 인간의 모습을 발견했을 것이다.

◊

예상했던 대로 요양원에서 식사를 나르던 병실에는 대개 신앙심을 보여주는 물건이 널려 있었다. 벽에는 십자가가 걸렸고, 침대에는 《성경》이, 탁자에는 예수상이 놓여 있곤 했다. 일요일은 적막과 동요가 동시에 찾아오는 날이었다. 입소자의 외출도, 신부나 목사의 방문도 금지되다 보니 남은 것은 종교방송뿐이었다. 하지만 텔레비전으로 복음을 전파하는 시대에 산다는 사실이 무색하게, 입소자들은 화면 속 설교와 의례에 관심을 두지 않는 것처럼 보였다. 그들은 마치 크리스마스 날 방 안에 갇혀 진짜 장작불이나 가족이 주는 온기로부터 떨어진 채, 텔레비전으로 크리스마스용 장작이 타는 광경을 지켜보는 어린아이 같았다. 텔레비전 방송이 십자가의 길 기도*를 대신했고, 베들레헴에서 탄생한 예수 그리스도가 아니라 텔레비전 매체가 곧 메시지가 되었다.

그런가 하면 몇몇 호스피스 환자가 지내는 병실을 비롯해 종교의 흔적을 찾아볼 수 없는 곳도 일부 있었다. 존경하는 마음에서였는지 겁이 나서였는지는 모르겠지만, 나는 이런 병실을 지날 때면 발소리를 죽이곤 했다. 이 가운데는 종교 물품이 없어도 활기로 가득한 곳이 더러 있었다. 요양원의 글로리아 스완슨**이었던 A 씨

* 예수의 수난과 죽음을 묵상하며 드리는 기도.

** 미국의 영화배우이자 프로듀서. 대표작으로 《선셋 대로》(1950)가 있다.

의 방이 그랬다. A 씨의 병실은 커튼이 아니라 튼튼한 칸막이로 절반이 나뉘어 있었는데, 그중 A 씨가 쓰던 공간은 어둑한 조명에 가족과의 추억이 담긴 물건과 패션 잡지로 가득 꾸며져 있어 선셋 대로*와 비슷한 분위기를 풍겼다. 늘 무대의 막이 오르길 기다리는 사람처럼 등을 기대고 침대에 앉아 있던 A 씨는 그 작은 세계의 주인공이었다. 어느 날 A 씨의 병실에 들르자 부스스한 백발에 잠자리 안경과 얼룩덜룩한 표범 무늬 코트로 멋을 낸 그녀가 과자 봉지와 십자말풀이, 책을 늘어놓은 채 텔레비전을 보는 모습이 눈에 들어왔다. A 씨는 나를 보고 환하게 미소 짓고는 다시 텔레비전으로 눈을 돌렸다. 화면을 보니 이글거리는 눈빛과 귀족적인 자태로 1940년대 영화계를 빛낸 배우 폴 헨레이드가 있었다. 나는 그 영화가 〈나우 보이저Now, Voyager〉가 아닐까 했지만, 함께 나온 여주인공은 누군지 몰라도 베티 데이비스가 아니었다.

하지만 A 씨의 침대에 놓여 있던 책 한 권만큼은 똑똑히 알아볼 수 있었다. 그것은 칼럼니스트 몰리 아이빈스Molly Ivins의 《부시왝트Bushwhacked**》로 텍사스 진보주의자들에게는 경전과도 같은 책이었다. 아이빈스는 기독교 신앙과 공공정책을 한데 뒤섞

* 로스앤젤레스 중심지를 지나는 대로. 고전기 할리우드의 화려함을 대변하던 곳이며, 동명의 영화로도 잘 알려져 있다.

는 텍사스 정치인들을 두고 만약 하나님이 그들과 계속 어울린다면 얼굴에 먹칠을 할 것이라며 조롱 섞인 비판을 했다. 아이빈스가 2007년 세상을 떠날 때까지 특히 비판의 날을 세운 인물은 조지 W. 부시였다. 아이빈스는 부시가 남성우월주의와 기독교 신앙을 뒤섞어 이라크 전쟁이라는 돌이킬 수 없는 사태를 초래했다고 비난했다.

"아, 정말 그립네요." 나는 아이빈스를 생각하며 A 씨에게 말을 걸었다. A 씨는 텔레비전에서 눈을 떼지 않은 채 "정말 그렇죠"라고 답했다. 그 말을 듣고 아이빈스가 텍사스 침례교도에 관해 던진 농담("텍사스 침례교도는 충분히 오랫동안 물에 몸을 담그지 않았다."***)을 꺼내려던 순간, A 씨가 내 말을 텔레비전 화면에 나오는 매력적인 여배우 이야기로 착각했음을 알았다. 나는 책을 가리키며 "몰리 아이빈스 얘기였어요"라고 해명했지만, A 씨는 어리둥절한 채 책 표지와 나를 번갈아 보았다. 그제야 내가 텔레비전에 나오는 여배우

** bushwhack은 본래 '오지에 살다', '덤불을 헤치고 나가다'는 뜻이지만, 조지 W. 부시의 이름(Bush)과 후려치다는 뜻의 'whack'을 합한 풍자적 표현으로 널리 쓰였다.

*** 침례교에서는 온몸을 물속에 담그는 침례의식을 신도의 자격으로 삼는다.

를 모르듯, A 씨도 몰리 아이빈스가 누구인지 모른다는 사실을 깨달았다. "이 시절 할리우드가 참 좋았죠." 내가 다시 텔레비전을 보며 얼버무리자 A 씨도 안심하며 미소 지었다. 잠시 후 나는 물을 뒤집어써야 할 사람은 침례교도가 아니라 바로 나라고 생각하며 병실을 나섰다.

◊

투키디데스가 이야기하는 역사에서는 고대의 신적 존재를 가지고 역병을 비롯한 여러 대사건의 원인을 설명하는 대목을 찾아볼 수 없다. 우리는 투키디데스가 신의 존재를 믿었는지는 결코 알 수 없지만, 그의 저술에 신이 끼어들 여지가 없다는 사실만큼은 잘 안다. 프랑스의 수학자 피에르시몽 라플라스Pierre-Simon, marquis de Laplace는 나폴레옹Napoleon Bonaparte으로부터 책에서 신을 언급하지 않는 이유가 무엇이냐는 질문을 받자 "제게는 그 가설이 필요치 않습니다"라고 답했다. 투키디데스 역시 그런 고차원적 존재를 필요로 하지 않았다. 올림포스의 신들은 기껏해야 산 아래의 일을 지켜볼 뿐이며, 텔레비전을 보는 요양원의 입소자들이 그 안에서 벌어지는 일에 끼어들 수 없듯 신들도 인간 세상의 문제를 통제하거나 신경 쓰지 않는다. 역사 속에서 서로 부딪치는 인물들은 저마다 중요한 징조라 여기는 것을 믿고 따르지만, 투키디데스가 제시하는 분석에는 신들이 설 자리가 없다. 한 고전 연구자가 최근에 한 말을 빌리자면, 투키디데스가 그리는 세계는 "인간이 뉴턴역학에 가까운 비인격적인 행동체계와 맞서는" 곳이다.[5]

이러한 사실은 투키디데스가 역병의 근원에 무관심한 이유를 어느 정도 설명한다. 투키디데스는 병의 정체를 밝히는 일을 전문가든 아니든 다른 사람에게 맡기겠다고 말하면서 분명 사제를 염두에 두었을 것이다. 그는 역병이 퍼지기 시작했을 때 사제들이 늘 하던 종교의식을 치렀지만 아무런 응답이 없었다는 사실을 담담히 언급한다. "신전에서 탄원하고 신탁에 묻는 등 갖은 수를 써도 무엇 하나 소용이 없었고, 결국 재난의 압도적인 위력 앞에서 사람들은 그런 노력마저 포기했다."(2.47) 고대 그리스의 철학 사조에는 실존주의가 없었지만, 투키디데스가 간절히 기도하는 사제들과 침묵에 잠긴 신들 간의 괴리를 묘사하는 대목을 보면 오늘날의 독자도 그 부조리를 절감할 것이다.

대다수 아테네인이 침묵하는 신들을 보며 절망에 빠졌을 테지만, 투키디데스는 그렇지 않았다. 지금껏 수많은 사람이 투키디데스를 객관적·과학적 역사서술의 아버지로 꼽은 이유가 여기에 있다. 투키디데스를 존경했던 니체Friedrich Nietzsche는 한 발 더 나아가 엄격하고 냉철한 투키디데스가 초월적인 존재에게 조금도 의지하지 않았다며 찬사를 보낸다. 그는 《우상의 황혼Götzen-Dämmerung》에서 투키디데스가 자신에게 "즐거움이자 애호의 대상, 플라톤주의로부터의 치유책"이며, 어떤 고대 작가보다도 중요하다고 말한다. 니체가 보는 투키디데스의 위대함은 명료함과 용기로 요약할 수 있다. "현실 앞에서의 용기가 결국 투키디데스와 플라톤 같은 유형을 구별한다. 플라톤은 현실 앞에서 비겁했기에 이상으로 도망친다. 투키디데스는 자신을 통제했기에 사물에 대한 통제력을 잃지 않는다."[6]

물론 투키디데스의 엄밀한 객관성을 두고 정치 이론가들이 하는 이야기는 (투키디데스의 초인적인 용기를 향한 니체의 찬사는 말할 것도 없이) 적당히 걸러서 들어야 한다. 젊은 세대의 고전 연구자라면 특히 더 주의할 필요가 있다. 고전학자 로버트 코너Robert Connor가 말하듯, 《펠로폰네소스 전쟁사》의 객관성은 목적이 아닌 수단이며, 목표가 아닌 전략이다. 투키디데스는 "역사가와 소재의 관계가 아니라 저자와 독자 사이의"[7] 관계를 설정하기 위해 객관적 관찰자로 자처한 것이다. 그러나 감정에서 우러났기 때문이 아니라 저자로서의 태도를 지키기 위해서라 해도, 역병의 원인과 결과를 설명하면서 신적인 존재에 기대기를 단호히 거부하는 투키디데스의 태도는 많은 것을 생각하게 한다. 로버트 코너의 명문을 빌리자면, 투키디데스의 역사서는 "인간사를 통제하는 법을 가르치거나 질병을 고치고 독재정치를 방지하도록 돕기보다, 인간이 사건을 통제할 수 있다는 환상에 젖어 있다가 사건의 지배를 받는 처지로 전락하는 일이, 즉 인간의 행위가 파토스pathos*로 바뀌는 일이 얼마나 쉽게 일어나는지를 깨닫게 한다".[8] 요컨대 인간의 역사는 언제든 비극이 될 수 있다.

◊

투키디데스가 그리는 아테네 역병은 바깥에서 보면 섬뜩한 사건일 뿐이지만, 안에서 보면 섬뜩한 동시에 비극적인 일이다. 투키디데스는 아테네의 위대한 장군 페리클레스Pericles가 아테네를 칭송하는 말로 추도사를 마치는 대목 직후에 역병이 도시를 덮치는 장면을 배치했다. 페리클레스의 추도사는 (상당 부분 투키디데스가 지어낸 것이지만) 《펠로폰네소스 전쟁사》에서 가장 유명한 대목이다. 역사학자 게리 윌스Garry Wills는 페리클레스의 추도사를 "가장 유명한 연설이자 영원토록 모방하고 칭송하고 인용할 모범"이라 말한다.[9] 윌스는 이 연설의 영향력을 증명하는 가장 중요한 사례로

* 연민과 슬픔을 자아낼 만큼 고통스러운 경험.

에이브러햄 링컨Abraham Lincoln의 게티즈버그 연설을 꼽는다. 페리클레스와 링컨은 연설에서 나라를 위해 목숨을 바친 장병을 기리지만, 더 중요한 목적은 희생의 이유를 설명하는 것이었다. 두 사람은 단순히 죽은 동포를 떠나보내기 위해서가 아니라 칭송하기 위해 연단에 올랐다.

하지만 이들의 연설은 찬사의 대상을 죽은 장병에서 신생국가의 살아 있는 이상으로 교묘히 바꾼다. 페리클레스가 칭송하는 이상은 도시의 노모스에 반영되어 있다. 노모스의 첫 번째 의미는 '법'이며, 페리클레스는 아테네의 법이 항상 다른 나라를 앞서며 결코 뒤따르지 않는다는 점을 강조한다. "우리의 정체政體는 이웃 나라의 법을 모방한 것이 아닙니다. 우리는 남을 모방하기보다 남에게 본보기가 되고 있습니다." 이어 페리클레스는 자신을 비판하는 보수파를 겨냥하면서 신생 민주정에서는 만인이 법 앞에 평등하며 사회적·경제적 지위와 관계없이 누구나 능력을 발휘할 기회를 얻어야 한다고 단언한다. 다시 말해, 아테네의 법과 제도는 "소수가 아니라 다수의 이익을 우선하기에 비로소 민주정이라 부를 수 있는"(2.37) 것이다.

앞서 설명했듯 노모스는 단순한 법 이상의 의미를 담고 있으며, 더 심오하고 근본적이면서도 법과 규범을 아우르는 무언가를 가리킨다. 아테네 정체성의 정수는 건축과 군대뿐만 아니라 관행과 전통에도 담겨 있다. 아테네인은 신전을 세우고 팔랑크스*를 짤 때처럼 윤리를 판단할 때도 측량과 균형을 중시했다. 페리클레스는 아테네인을 대담하지만 경솔하지 않고, 개방적이지만 결코 방심하지 않으며, 이타적이지만 '계몽된 이기심'**에 따라 행동하는 사람으로 묘사한다. 그리고 아테네에서는 시민들이 사적인 목표를 좇는 것을 허용하는 동시에 공적 의무에 참여하도록 요구한다. "우리 아테네인은 공적 의무에 참여하지 않는 사람을 야심이 아니라 쓸모가 없는 사람으로 여깁니다."(2.40) 페리클레스는 이것이야말로 장병이 목숨을 바쳐 지키려 했던 아테네의 모습이며, 그렇기에 아테네는 "헬라스 전체의 본보기"(2.41)라 말한다.

그러나 아테네는 노모스가 얼마나 취약한지를 알려주는 본보기이기도 하다. 투키디데스는 페리클레스의 연설이 끝나자마자 역병에 관한 이야기를 시작한다. 누구도 예상치 못한 미지의 위험이었던 역병은 페리클레스가 스파르타와의 전쟁을 승리로 이끌 것

* 고대 그리스 시민군의 대표적인 부대 형태로, 창과 방패를 든 병사들을 고슴도치처럼 밀집대형으로 배치해 근접전을 벌이는 전술.

** 다른 사람을 돕는 일이 결국에는 자신에게 이익으로 돌아온다는 생각을 가지고 행동하는 태도.

이라 확신한 전략을 거꾸로 뒤집는 사건이었다. 전략의 핵심은 성벽과 함대를 사용하는 방식에 있었다. 먼저 스파르타의 강력한 육군이 가까이 오면 아테네 인근의 농촌 주민은 페리클레스의 감독하에 항구와 도시를 연결하도록 지은 성벽 안으로 대피한다. 그러는 사이 마찬가지로 강력한 아테네 함대가 출격해 스파르타와 동맹국들을 쑥대밭으로 만든다. 집과 땅을 버리는 문제는 페리클레스가 전쟁 전에 한 연설에서 사람들을 설득해놓았으니 걱정할 것 없었다. 페리클레스는 연설에서 아테네는 사실상 섬에 가까우므로 섬으로서 유리한 점을 생각해야 한다며 "제해권이란 정말로 중요합니다"(1.143)라고 말했다.

그러나 상인과 전함은 물자와 사람뿐만 아니라 해로운 동물과 병원체까지 함께 실어 날랐다. 더욱 아이러니한 것은 이미 30만 명에 가까운 인구로 가득 찬 도시에 농촌 주민까지 꽉꽉 들여 넣은 이유가 그들의 안전을 지키기 위해서였다는 점이다. 그리하여 전염병이 퍼지는 데 필요한 요소가 전부 갖춰졌으며, 여기에 불을 붙일 우연한 사건이나 접촉만이 남았던 것이다. 이후 스파르타군이 성 바깥의 영토를 유린하고, 역병이 성안의 주민을 학살하면서 페리클레스는 한때 자신을 칭송하던 민회로부터 공격받는 처지가 되었다. 그는 역병이 "갑작스럽고 예상할 수 없으며 가장 헤아리기 어려운"(2.61) 사건이라며 실수를 인정하지 않았지만, 공포와 분노에 사로잡힌 민회는 그에게 벌금을 부과하고 장군직을 박탈했다. 물론 이런 사건이 있을 때 흔히 그렇듯, 민회는 얼마 지나지 않아 생각을 바꿔 페리클레스를 장군으로 재선임했다. 하지만 청렴과 유능함을 바탕으로 "아테네 민중에게 휘둘리지 않고 그들을 이끌었던"(2.65) 페리클레스도 끝내 역병을 피하지 못했다. 비극 작가가 떠올릴 법한 아이러니한 최후였다.

◊

그리스를 대표하는 비극 작가 소포클레스Sophocles라면 이 순간을 극으로 쓸 수 있었을 것이다. 아니, 사실상 그는 역병이 발생한 이후 10년 사이에 그때 일을 극으로 옮긴 것이나 다름없다. 바로 그의 비극 《오이디푸스 왕Oedipus Tyrannus》을 통해서다. 《오이디푸스 왕》은 역병의 두 번째 (첫 번째가 아니라) 유행이 잦아들던 기원전 426년 무렵에 상연된 것으로 보인다. 아직 충격에서 헤어나지 못한 관객은 고국 테베를 덮친 역병에 맞서기로 한 오이디푸스의 비극적인 선택을 목도했다. 그의 선택은 선의에서 비롯했지만, 오이디푸스 자신뿐 아니라 테베마저 몰락시켰기에 비극적이다.

《오이디푸스 왕》의 첫 장면에서 제우스의 사제는 테베가 "피의 파도에 잠겨" 침몰하고 있다며 왕인 오이디푸스에게 탄원한다.

"역병이 수확을 기다리는 이삭을 / 풀을 뜯는 가축의 무리를 / 아이를 가진 여인을 덮쳤습니다. 거기에 / 활활 타는 횃불을 든 역병의 신이 / 도시에 들이닥쳐 카드모스의 집을 텅 비게 했고 / 하데스의 음침한 왕국은 신음과 통곡으로 가득 차 있습니다." 지혜와 선견지명 덕에 테베의 왕으로 추대된 오이디푸스는 비통한 호소를 듣고 신민을 돕고자 처남 크레온을 델포이 신전으로 보내 신탁을 받도록 한다. 크레온이 받아온 신탁에 따르면, 역병을 가져온 나쁜 기운을 몰아내기 위해서는 선왕 라이오스를 살해한 자를 찾아내 처벌해야만 한다. 이에 오이디푸스는 "어둠에 싸인 일을 밝히고" 악행에 복수하겠노라 맹세한다.

학창 시절에 영문학 수업을 성실히 들은 사람이라면 대부분 알 테지만, 어둠에 싸인 사건은 점점 더 암울한 결말로 치닫고, 오이디푸스는 결국 살인자가 바로 자신임을 알게 된다. 여러 해 전, 그는 산길에서 마주친 라이오스를 이름도, 테베의 왕이라는 사실도 모른 채 살해했다. 물론 그는 자신의 혈통에 대해서도 까맣게 모르고 있었다. 오이디푸스가 살해한 라이오스는 그의 아버지였고, 남편을 잃은 아내 이오카스테는 그의 어머니였다. 이후 오이디푸스는 왕위에 오르면서 맞은 아내가 자신의 어머니였다는 사실을 깨닫고는 제 눈을 찔러 멀게 한다. 두 눈을 잃고 테베를 떠나는 오이디푸스에게 크레온은 마지막으로 이렇게 충고한다. "아무것도 지배하려 하지 마십시오. / 당신의 이름을 드높인 권력이 당신을 파멸과 몰락으로 이끌었으니까요."

우리는 투키디데스의 역사서와 소포클레스의 비극에서 같은 교훈을 발견한다. 역사적 사건은 늘 변화무쌍하게 흘러가지만, 인간의 특성에는 변함이 없다. 인간은 권력에 눈이 멀고 자만으로 무너지며 행운에 웃음 짓지만, 이 모든 일에는 늘 아이러니가 함께한다. 투키디데스와 소포클레스가 이야기하듯, 분노는 희망보다 강한 원동력이지만 언제나 인간을 잘못된 방향으로 이끈다. 전쟁과 전염병이 심각해지자 아테네인은 페리클레스를 비난했고 한때 자신들이 칭송했던 결정을 근거로 그를 처벌했다. 페리클레스가 죽은 뒤 그의 자리를 차지한 알키비아데스Alcibiades는 페리클레스 못지않게 유능했지만 철저히 자기중심적인 인물이었고, 그의 탐욕과 오만은 아테네의 몰락을 가져왔다. 문명의 흥망성쇠도 세상의 순리대로 흘러가는 것이다.

하지만 소포클레스의 비극에는 동시대인인 투키디데스의 저작에서 찾을 수 없는 것도 있다. 바로 신과 여신 들이다. 신들은 투키디데스의 역사서에서 그림자조차 비치지 않지만, 소포클레스의 비극에서는 압도적인 존재감을 보인다. 그러나 이것은 신학적 차이일지언정 윤리적 차이라 보기는 어렵다. 신이 존재하는 소포클레스의 세계는 신이 부재하는 투키디데스의 세계와 비교해도 더 큰 위안을 주지는 않는다. 소포클레스가 그리는 신은 인간을 거들떠보지 않으며, 인간이 공정하고 올바르다 믿는 것에는 더더욱 관심이 없다. 이는 소크라테스 이전 시대의 그리스 철학자 헤라클레이토스Herakleitos가 생각한 신과 비슷하다. "인간은 무엇이 옳고 무엇이 그른지를 따진다. 하지만 신의 눈으로 보면 만물은 아름답고 옳고 선하다." 그리고 이는 투키디데스와 비슷한 시대의 또 다른 인물이 묘사한 신, 즉 회오리바람 속에서 욥Job에게 "내가 땅의 기초를 놓을 때 너는 어디 있었느냐?"며 호통치는 신과도 닮았는데,[10] 신을 이렇게 묘사한 대목이 유대-기독교 전통에 자연스레 편입되었다는 것이 놀라울 정도다. 이 장면에서 신의 호통을 빼고 회오리바람만 남기면, 아테네 대역병 당시 페리클레스가 마주한 광경과 다를 것이 없다.

◊

2020년 4월 13일, 나는 M 씨의 머리맡에 서서 채소 퓌레 한 숟갈을 작게 떠 입에 넣어주려 했다. 늘 그랬듯, 이날도 결과를 장담할 수 없었다. M 씨에게 밥을 먹을 마음이 있는지 없는지는 어림짐작으로 맞히는 수밖에 없었기 때문이다. 말을 할 수 없고 몸도 거의 가누지 못하는 M 씨에게 가장 중요한 의사소통 수단은 핏줄이 보일 만큼 창백한 얼굴과 대비되어 더욱 도드라지는 푸른 눈이었다. 아니, 적어도 나는 M 씨가 눈으로 의사를 표현한다고 믿고 싶었다. 우리가 정말 같은 생각을 하고, 같은 퓌레를 보며, 같은 세상에 있는지는 도무지 알 길이 없었다.

이날 M 씨의 눈은 백악관의 일일 브리핑이 나오는 텔레비전 화면에 꽂혀 있었다. 화면에는 백악관 코로나19 대책본부의 조정관 데버라 버크스가 밝은 분홍색과 파란색, 흰색이 섞인 스카프를 두르고 그래프 앞에 서 있는 것이 보였다. 남색 바탕의 그래프에는 코로나19 피해가 심각한 국가의 이름이 인구 10만 명당 사망자 수가 많은 순서대로 나와 있었고, 각 국가명 옆에는 상대적인 사망률 수준을 나타내는 굵은 흰색 막대가 붙어 있었다. 버크스는 표 하단에 있는 미국의 이름과 11.24명이라는 인구 10만 명당 사망자 수를 가리키며 말했다. "미국의 사망률은 다른 여러 나라와 비교하면 절반에서 1/3 수준인 것을 확인하실 수 있습니다."

그러자 이번에는 트럼프 대통령이 나섰다. 그는 모두발언에서 미국은 독일을 제외하면 어느 나라보다 낮은 사망률을 기록 중이라며 "우리는 다른 나라들과 비교하면 비슷하거나 더 잘하고 있습니다"라고 말했다(그러나 뒤에 있는 그래프는 미국의 사망률이 독일의 두 배 수준이라는 사실을 말해주고 있었다). 그런 다음 트럼프는 표 가장 아래에 있는 중국과 0.33명이라는 수치를 가리키며 물었다. "설마하니

이 숫자를 믿는 분은 없겠죠?" 그는 불신을 강조하기 위해 한 번 더 되물었다. 버크스는 기다렸다는 듯 더 완곡한 말로 대통령의 의심에 동의를 표했다. "이 수치가 얼마나 비현실적인지 아실 수 있도록 중국도 그래프에 포함했습니다."[11]

나는 화면과 숟가락을 번갈아 보며 브리핑을 듣다 M 씨를 보고 다시 한번 눈을 읽으려 했다. M 씨는 브리핑을 듣고 있을까? 듣고 있다면 무슨 생각을 할까? M 씨의 눈은 트럼프가 독일과 미국을 비교할 때 살짝 커졌고, 그가 버크스와 대화하는 동안에는 변화가 없었다. 그런 반응은 놀라움이나 의심, 동의나 비웃음의 표현일 수 있었지만, 그 이상 콕 집어 말할 자신은 없다. 나는 아동용 딸기우유 한 팩을 뜯어 M 씨의 입에 갖다 댔다. 내가 조금씩 우유를 먹이는 동안, 그녀는 연푸른색 눈으로 나를 지그시 바라봤다. M 씨의 입꼬리가 슬쩍 올라가며 옅은 미소를 띠었다.

어쩌면 M 씨도 내 눈을 읽고 있었을지 모른다. 요양원 곳곳의 텔레비전 화면에서 쏟아내는 통계와 숫자는 사태를 정리하기보다 혼란만 더했고, 나는 진즉 이런 것에 질려 있었다. 일주일이나 한 달 내로 발생할 확진자와 사망자 수 예상은 예측모형에 따라 세상이 끝장날 듯 절망적인 수치부터 그저 암울한 정도인 수치까지 천차만별이었다. 나는 모든 예측모형은 사실 못지않게 가정에 의존한다는 점을 거듭 되새기곤 했다. 이날 브리핑에 쓰인 그래프를 예로 들어보자. 내 손으로 직접 정확한 통계를 낼 수는 없지만, 그 그래프는 나 같은 문외한이 보기에도 편향적이었다. 그래프에는 왜 몇몇 유럽 국가와 중국, 이란만 나와 있었을까? 10만 명당 사망자 수로 보면 미국은 분명 이탈리아나 프랑스보다 나았다. 하지만 그 외에 다른 나라들은 왜 빠진 걸까? (이날만 하더라도 오스트리아와 싱가포르를 비롯해 100개가 넘는 나라가 그래프에 나온 10개국보다 낮은 사망률을 기록했다.) 게다가 버크스와 트럼프는 미국과 그래프에 나온 유럽 국가들이 바이러스 전파에 막대한 영향을 끼치는 인구밀도 면에서 차이가 크다는 사실도 언급하지 않았다.

이날 나는 M 씨 곁에 30분가량 머물렀다. M 씨는 요양원에서 가장 느리면서도 가장 잘 먹는 사람이었다. 그녀는 알을 낳기 위해 사력을 다해 육지로 올라오는 바다거북처럼 끈기 있게 밥을 먹었다. M 씨는 이날도 우유 한 팩과 퓌레 한 그릇을 싹 비웠다. 나는 숟가락을 내려놓고 냅킨으로 입을 닦아준 다음, 쟁반을 들고 일어서며 안녕히 주무시라고 말했다. 방을 나설 때까지도 그녀는 미소를 띠고 있었다.

◊

전염병에 관한 예측모형은 고대의 신탁과 비슷하다. 양자는 모두 사람들이 듣고 싶어 하는 대답을 들려준다. 다시 투키디데스의 역사서로 돌아가 보자. 투키디데스에 따르면, 역병을 이해하려 애쓰던 아테네인은 자신들에게 닥친 재앙의 전조를 놓쳤거나 잘못 해석하지 않았는지 알아내기 위해 필사적으로 과거를 뒤졌다. 아테네인은 특히 오래전부터 전해 내려온 한 시구가 역병을 예언한 것인지를 두고 논쟁했다. "도리아족*과의 전쟁은 역병과 함께 오리라."(2.54.3) 쟁점은 여기서 '역병'이라는 단어를 잘못 해석했을 가능성이었다. 여태 이 말을 **기근**limos으로 해석했지만, 원래는 **역병**loimos이 아니었을까? 철자 하나를 착각하는 바람에 이런 엄청난 사건을 완전히 놓치고 만 것 아닐까?

늘 중립적인 자세로 역사의 비극을 기술하고자 했던 투키디데스는 어느 한쪽을 편들지 않는다. 하지만 투키디데스도 이 논쟁이 확증편향을 보여주는 사례임을 인정하지 않을 수 없었다. "사람들은 기억을 자신이 겪은 고난에 꿰맞춘다." 투키디데스는 동포를 너무도 잘 알았기에 과거나 현재 사건을 객관적으로 판단하는 그들의 능력을 신뢰하지 않았다. "훗날 또다시 도리아족과의 전쟁이 벌어지고 그와 동시에 기근이 든다면, 사람들은 그 상황에 맞춰 시구

* 스파르타인은 도리아족이고, 아테네인은 이오니아족이다.

를 재해석할 것이다."(2.54.3) 얼굴색 하나 바꾸지 않고 이토록 날카로운 비판을 던지는 모습이 참으로 투키디데스답다.

투키디데스 이전 세대의 위대한 역사가, 할리카르나소스*의 헤로도토스Herodotos도 아테네인이 남의 말에 너무 쉽게 휘둘린다며 불평했다. 헤로도토스는 《역사Histories Apodexis》에서 기원전 6세기에 참주정치**를 펼치다 아테네에서 추방당한 페이시스트라토스Peisistratos가 어떻게 아테네인을 속여 정권을 되찾았는지 이야기한다. 페이시스트라토스는 조각상처럼 키가 크고 용모가 뛰어난 여인에게 치렁치렁한 흰색 로브와 무장을 갖춰 입게 하고 호화로운 마차에 태운 다음, 전령을 앞세워 아테나 여신이 추방당한 통치자를 다시 그 자리에 앉히려 데려오고 계신다고 외치게 했다. 헤로도토스는 이 광경을 보고 경외심에 찬 아테네인들이 페이시스트라토스에게 다시 정권을 넘겼다는 사실에 눈을 의심한다. 그는 "비헬라스인보다 훨씬 똑똑한 헬라스인" 중에서도 "가장 지혜롭기로 유명한" 아테네인들이 어떻게 그런 "단순하기 짝이 없는 속임

* 헤로도토스의 고향으로 지금은 튀르키예 서남부의 항구 도시 보드룸에 해당한다.

** 고대 그리스에서 비합법적 수단으로 정권을 차지한 권위주의적 지배자의 통치.

수"에 넘어갈 수 있냐며 탄식한다.[12]

그러나 헤로도토스도 신탁을 굳게 믿는다는 점에서는 그가 비판한 이들과 크게 다르지 않아 보인다(적어도 투키디데스는 그렇게 생각했을 것이다). 《역사》에서 헤로도토스는 신탁의 예지력이 진짜라고 인정하며, 그에 걸맞은 경의를 표한다. 그는 독자나 신에게 자신의 신심을 전하려는 듯, 신탁에 대한 믿음을 여러 차례 강조한다. 가령 헤로도토스는 한 예언이 불러일으킨 논란을 이야기한 다음, 재빨리 신탁을 의심하는 자들로부터 거리를 두려 애쓴다. "나는 감히 신탁을 부인할 마음이 없으며, 다른 사람이 왈가왈부하는 것도 받아들이지 않겠다."(584)

그러면서 헤로도토스는 신탁의 의미는 겉으로 드러나지 않기에 내용을 해석하는 데 특별한 종류의 지혜가 필요하다고 강조한다. 그는 문제가 많지만 능력도 출중했던 아테네의 장군 테미스토클레스Themistocles가 페르시아 전쟁에서 보인 지혜를 예로 든다. 페르시아의 대군이 아테네로 진격할 당시 델포이 신전에는 나무 성벽이 아테네를 지키리라는 신탁이 내렸다. 대다수 아테네인은 이 터무니없어 보이는 신탁에서 '나무 성벽'이라는 말을 곧이곧대로 받아들였고, 서둘러 아크로폴리스 주위에 성벽을 세우려 했다(7.143). 반면 테미스토클레스는 이것이 틀린 해석이며 신탁에서 말한 나무 성벽은 나무로 만든 함선을 뜻하므로 아테네는 육지가 아니라 바다에서 살길을 찾아야 한다고 주장했다. 테미스토클레스의 해석은 결과적으로 옳았다. 페르시아군은 아크로폴리스의 성벽을 파괴했지만, 아테네인들은 배를 타고 도시를 빠져나갔고 이후 침략을 물리치는 데 성공했다.

신탁을 대하는 헤로도토스의 태도는 전혀 유별난 것이 아니었다. 신탁 자체가 널리 퍼진 만큼 신탁을 향한 믿음도 일반적이었다. 이 점에서 고대의 신탁은 포스트모던 시대의 텔레비전과 비슷하다. 신탁은 어디에나 있었고, 진기한 일부터 일상적인 일까지 모든 사건을 다뤘으며, 누구나 읽을 수 있었다. 고전학자 마이클 스콧Michael Scott이 묘사하듯, "그리스 세계는 신들의 말씀을 흥얼거리는 소리가 끊이지 않는 곳이었다".[13] 투키디데스가 정말로 놀라운 점은 이렇게 언제 어디서나 들리던 흥얼거림에 무관심해 보인다는 것이다. 투키디데스의 저술에서는 신이 부재할 뿐 아니라 신탁도 별다른 역할을 하지 못한다. 투키디데스가 신탁이나 예언을 언급하는 횟수는 헤로도토스와 비교하면 기껏해야 1/3 수준이다.[14] 게다가 투키디데스가 신탁을 언급하는 경우는 보통 신탁이 사람들을 잘못된 방향으로 이끈 사례를 지적할 때다.

하지만 이 문제가 그렇게 단순하지만은 않다. 《펠로폰네소스 전쟁사》를 쓰기 전, 투키디데스는 페리클레스와 마찬가지로 장군 자리에 있었다. 21세기 미국의 전략가라면 게임이론game theory

을 활용하지 않을 수 없듯이, 투키디데스는 기원전 5세기 아테네의 전략가로서 점을 치지 않을 수 없었다. 역사학자 휴 보든Hugh Bowden에 따르면, 투키디데스는 전장에 나설 때마다 제물로 바친 동물의 내장을 보며 (아마도 직접) 점을 친 다음 행동 방침을 결정했다.[15] 그렇다면 그는 신탁의 힘을 무시한 것이 아니라 신탁을 올바르게 해석하는 인간의 능력을 무시한 것일까? 아니면 참호 속에는 무신론자가 없다는 말이 있듯, 그리스의 전함에도 무신론자가 없었던 것일까?

◊

투키디데스는 역병에 관한 이야기를 간결한 문장으로 마무리한다. "이것이 아테네인을 짓누른 재앙의 본질이었으니, 도시 안에서는 사람들이 죽어갔고 바깥에서는 영토가 유린당했다."(2.54) 이것은 실로 엄청난 재앙이었다. 역병은 처음 발생한 이후 여러 차례 유행하며 기원전 426년까지 아테네를 휩쓸었다. 연구에 따라 차이는 있지만, 역병으로 인한 사망자 수는 외국인과 노예를 포함한 30만 인구 가운데 무려 1/3 수준인 10만 명에 이를 것으로 추산된다. 아테네군이 입은 손실도 추정할 수 있는데, 투키디데스는 중무장 보병 4,000명과 기병 300명이 역병으로 죽었다고 말한다(3.87).

전쟁사학자 빅터 데이비스 핸슨Victor Davis Hanson은 아테네군이 입은 피해가 제1·2차 세계대전 당시 최대 전투였던 솜 전투The Battle of the Somme와 스탈린그라드 전투The Battle of Stalingrad에서 발생한 피해에 맞먹는다고 주장한다. 핸슨에 따르면, 이후 아테네는 두 번 다시 전쟁 초기 수준의 병력을 갖추지 못했고, 이는 아테네가 델리움 전투와 만티네이아 전투에서 아깝게 패한 결정적 요인이었다.[16] 여기에 더해 노동 인구와 가임기 인구가 줄면서 아테네 경제와 인구 구조가 무너진 것도 기원전 404년 아테네가 끝내 패배한 원인이었음이 틀림없다.

그러나 역병이 아테네인에게 끼친 심리적 피해는 계산할 수도, 온전히 파악할 수도 없다. 펠로폰네소스 전쟁 시기 아테네에서 태어난 세대는 제1·2차 세계대전 사이 프랑스의 '공허한 시절les années creuses'에 태어난 세대와 소름 끼칠 만큼 닮았다. 프랑스 청년들이 상처를 입은 참전 군인의 '망가진 얼굴gueules cassées'을 보며 전쟁의 상흔을 떠올렸듯, 아테네 청년들도 역병으로 외모가 망가졌거나 장애를 입은 사람들을 보는 데 익숙했을 것이다. 이런 종류의 상처는 존경보다는 불안을 불러일으켰고, 유창한 연설보다는 말로 표현할 수 없는 두려움을 부추겼다. 또한 느닷없이 찾아온 전염병은 페리클레스의 목숨만이 아니라 그가 구현한 합리적 리더십을 향한 믿음마저 앗아갔다. 페리클레스에 이어 권력을 잡은 이들은 공포정치를 편 클레온Kleon처럼 포악한 범재거나 대중의 탐욕을 이용한 알키비아데스처럼 제 잇속만 챙기는 선동가였다. 멜로스의 대화*에서 아테네 지휘관이 한 말은 페리클레스의 연설이 상징하는 최고의 시절은 지나가고 최악의 시절이 왔음을 보여준다. "강자는 할 수 있는 것을 하고, 약자는 받아들여야 하는 것을 받아들이는 법입니다."(5.89)

이 이름 없는 지휘관이 누구였는지는 몰라도 그가 실제로 이 말을 하지는 않았을 것이다. 이것은 또 다른 지휘관이었던 투키디데스의 말이다. 투키디데스에 관해 알려진 몇 안 되는 사실 중 하나는 그가 페리클레스처럼 장군으로 복무했다는 것이다. 《펠로폰네소스 전쟁사》 4권에는 기원전 424년 투키디데스가 아테네의 동맹 도시 암피폴리스로 진격하는 스파르타군을 막기 위해 함선 일곱 척을 이끌고 원정에 나섰다는 이야기가 나온다. 투키디데스는 암피폴리스가 도착 직전에 함락되었다는 사실을 짧게 언급하고는 다음 이야기로 넘어간다. 그는 5권에 가서야 암피폴리스 함락에

* 아테네가 중립국인 멜로스에 쳐들어가 항복을 요구하며 벌인 대화를 투키디데스가 기록한 것이다. 국제정치의 냉혹한 현실주의를 보여주는 고전적인 사례로 유명하다.

충격을 받은 아테네 민회가 간발의 차로 늦은 자신에게 모든 책임을 지웠음을 밝힌다. 하지만 여기서도 그는 민회의 결정으로 아테네에서 추방당했고, 그 덕에 뜻하지 않게 여가가 생겨 역사를 고찰하고 기술할 수 있었다고 간략히 덧붙일 뿐이다.

폴란드 시인 즈비그니에프 헤르베르트Zbigniew Herbert는 이 일화를 소재로 〈왜 고전인가Why the Classics〉라는 시를 썼다. 헤르베르트는 이 일화가 "지도자들의 일장 연설과 / 전투와 포위 작전과 역병과 / 은밀한 외교적 노력으로 이뤄진 빽빽한 그물" 한가운데 "숲속의 핀 하나처럼" 떨어져 있다고 말한다. 이어 시인은 자신의 실패를 이야기하는 투키디데스의 태도가 현대의 지도자들과 극명하게 대조된다고 지적한다. "가장 최근 전쟁의 장군들은 / 비슷한 일이 벌어지면 / 후대 앞에 무릎을 꿇고 울먹이며 / 자신의 영웅적 행위와 결백을 치켜세운다" 비관적 어조로 가득한 이 시는 처음 영어로 출간된 1968년만큼이나 오늘날의 세계와도 잘 어울린다. 그러나 투키디데스는 희망과 거리를 둘지언정 절망에 빠질 여지는 더더욱 남기지 않는다. 아테네는 무너졌어도 지성과 진실성, 시민의식, 열린 사고 같은 미덕은 살아남았다. 이런 미덕은 앞으로도 시간과 장소에 따라 빛을 잃곤 하겠지만, 결코 사라지지 않을 것이다. 아마도 이것이 왜 고전인지, 《펠로폰네소스 전쟁사》가 왜 길이 길이 소장할 고전인지에 대한 답이리라.

마르쿠스 아우렐리우스와 안토니누스 역병

2

오염에 맞서 내면의 왕국을 다스리는 지혜

대역병의 초기에 (이제는 제발 끝나면 좋으련만!)

아흐레를 앓았던 한 청년은 대다수 생존자가 그랬듯

온몸에 궤양이 생겼다.

- 갈레노스

머지않아 너는 모두 잊을 것이고,

머지않아 모두 너를 잊을 것이다.

- 마르쿠스 아우렐리우스

162년, 야심만만한 의사 아엘리우스 갈레노스Aelius Galenus가 로마에 정착했다. 오늘날에는 영어식 이름 갈렌Galen으로도 잘 알려진 그가 의사라는 직업을 택한 데는 고향 페르가몬의 영향이 컸다. 페르가몬은 소아시아 서부의 문화·상업 중심지로, 올림포스 신과 거인족의 싸움을 새긴 30미터짜리 프리즈frieze*와 그 프리즈가 장식된 제우스 제단, 알렉산드리아 도서관 다음으로 많은 20만 권의 장서를 갖춘 도서관이 유명했다. 하지만 페르가몬의 이름을 가장 널리 알린 것은 의술의 신 아스클레피오스Asklepios를 모시는 신전이었다. 갈레노스가 태어나기 6년 전인 123년, 하드리아누스 황제Hadrianus의 방문을 계기로 신전 인근의 성지는 새롭게 탈바꿈하기 시작해 극장과 도서관, 아스클레피오스 신에게 기도드리러 온 수천 명의 순례자를 위한 숙소와 최신식 화장실까지 갖춘 고급 복합단지로 거듭났다.[1]

* 건축물의 외면에 가로띠 모양으로 새긴 장식물.

갈레노스는 신에게 기도하는 일도 좋지만, 어떤 것도 과학적 탐구를 대신할 수는 없다고 생각했다. 그는 로마에 오기 전에도 놀라운 솜씨로 동물의 사체나 살아 있는 동물을 해부해 경쟁자들의 코를 납작하게 만든 것으로 유명했다. 또, 여행과 독서로 많은 경험을 쌓은 갈레노스는 이 당시에 벌써 후세에 전해질 방대한 의학·과학 서적을 열 권 넘게 집필했다. 갈레노스의 저작은 그가 치료한 환자와 읽은 책, 여행한 장소에 관한 예리한 논평으로 가득하다. 하지만 온갖 진기한 광경을 본 갈레노스에게도 로마는 그 어디보다 놀랍고 거대한 도시였다. 그는 로마를 가리켜 "수사학자 폴레몬이 세계의 축소판이라 칭송했을 만큼 사람들로 넘쳐 나는 도시"라 말했다.[2]

역사학자들이 제시하는 고대 로마의 인구수는 다트를 던져 숫자를 정한 게 아닌가 싶을 만큼 제각각이다. 하지만 100만 명을 기준으로 잡고 오차 범위를 10만 명까지 허용한다 쳐도 로마의 인구는 전례가 없는 수준이었다. 문제는 엄청난 인구에 따른 공중보건 상태가 유례없이 심각했다는 점이다. 당시 로마에는 하수시설을 갖춘 집이 거의 없었고, 하수도는 밀려드는 오물을 감당하지 못했다. 시 당국이 도로에다 배설물을 (그 밖에도 사람이나 동물의 사체를) 버리지 말라고 거듭 경고했다는 사실은 로마의 도로가 하수도나 다름없었음을 말해준다. 로마가 자랑하던 공중목욕탕도 정교하게 만들어진 수로에서 물을 공급받은 다음, 더러워진 물을 길에다 흘려보냈다. 목욕탕에서 나온 더러운 온수는 도시에서 배출한 온갖 쓰레기와 함께 테베레강으로 흘러들었다.

여기에 더해 주거 지역의 높은 인구밀도(대다수 로마인은 다층 주택인 인술라insula에 모여 살았다)와 낙후된 생활 수준을 고려하면, 로마는 역사학자 카일 하퍼Kyle Harper의 표현처럼 '병원체 폭탄'이나 다름없었다.[3] 갈레노스가 돌본 환자들은 지저분한 도로와 건물에서 생긴 갖가지 질병에 시달렸고, 도시에는 말라리아, 장티푸스, 간염, 결핵, 한센병과 잡다한 설사병이 퍼지곤 했다. 하지만 이런 질병은 만성적인 골칫거리였지 뜻밖의 재난은 아니었으며, 사람들의 일상을 위협해도 도시의 존립을 뒤흔들지는 않았다. 요컨대 고대 도시에서 질병으로 목숨을 잃는 일은 현대 도시에서 교통사고로 사망하는 일과 마찬가지로 불행하지만 놀랍지는 않은 삶의 일부였다. 적어도 166년까지는 그랬다.

◊

갈레노스가 로마로 오기 1년 전, 로마에는 새로운 황제가 즉위했다. 161년, 안토니누스 피우스 황제Antoninus Pius가 서거하면서 양자였던 마르쿠스 아우렐리우스가 뒤를 이은 것이다. 하지만 마흔 살의 후계자 마르쿠스는 일찍부터 제위를 이을 준비를 해왔음에도 제왕적 권력을 진심으로 두려워했기에[6] 황제 자리를 달가워하지 않았다. 마르쿠스가 마찬가지로 양자였던 동생 루키우스 베루스Lucius Verus와 공동 황제에 오르겠다고 요구한 이유 중 하나가 여기에 있었다. 두 사람이 황제 역할을 분담하는 것은 앞서 언급한 하드리아누스 황제의 바람을 실현하는 일이기도 했다. 재임 말기 건강이 좋지 않았던 하드리아누스는 대담한 후계 구도를 세워 피우스Pius*라는 별칭에 걸맞게 충실한 인물이었던 안토니누스를 후계자로 삼는 동시에, 마르쿠스와 루키우스가 안토니누스의 뒤를 잇는 것까지 직접 결정했다. 하드리아누스의 계획은 골드버그 장치**처럼 복잡했지만 결국 대성공을 거뒀고, 마르쿠스 아우렐리우스는 하드리아누스를 넘어서서 가장 유명한 로마 황제로 꼽혔다.

프랑스 작가 마르그리트 유르스나르Marguerite Yourcenar의 걸작

* 라틴어 pius는 '경건한', '충실한' 등의 뜻이 있다.

** 미국의 만화가 루브 골드버그Rube Goldberg가 고안한 장치. 그는 아주 복잡한 단계를 거쳐 지극히 단순한 일을 하는 비효율적인 기계를 그려 현대 사회를 풍자했다.

역사소설 《하드리아누스 황제의 회상록Mémoires d'Hadrien》은 죽음을 앞두고 삶을 되돌아보는 하드리아누스의 이야기를 재구성한 작품이다. 소설 속 하드리아누스는 자신이 성찰한 바를 장문의 (그것도 엄청나게 긴) 편지로 마르쿠스에게 전하는데, 여기서 그는 마르쿠스를 최종적인 후계자로 정한 이유를 이렇게 설명한다. "나는 이처럼 지나치리만큼 진중한 아이를 교육하는 데 푹 빠졌고, 네게 최고의 스승을 구해주도록 네 아비를 도왔다. 베루스, 누구보다 진실한 아이야.* 나는 이렇게 네 이름으로 말장난하곤 했지. 너는 내게 한 번도 거짓을 말한 적 없는 유일한 사람일 거다. 네가 철학자들의 글을 열심히 읽고, 거친 모직 옷을 입고, 맨바닥에서 잠을 자고, 허약한 몸으로 스토아 철학자들의 온갖 고행을 따르려 애쓰는 것을 보았다. (…) 나는 네게서 정치가의 자질로 국한할 수 없는 천재적인 재능을 예감한다. 그런 재능에 지고의 권력이 더해지면 세계는 분명 영원토록 더 나은 곳이 되겠지. (…) 나는 내가 플라톤의 꿈을, 순수한 마음을 가진 철학자가 백성을 통치하는 꿈을 실현할 한 번뿐인 기회를 인류에게 주고 있다 믿는다."[5]

유르스나르가 묘사하는 어린 마르쿠스 아우렐리우스의 모습은

* 베루스Verus는 마르쿠스 아우렐리우스가 즉위하기 전의 성이며, 라틴어로 '진실한'이라는 뜻이다.

고금의 역사학자들이 남긴 기록과 대체로 일치한다. 역사적 사실과 차이 나는 부분도 있기는 하지만(가령 마르쿠스가 열두 살 때 맨바닥에서 자려 했던 것은 사실이나, 그의 어머니는 대신 동물 가죽을 씌운 소박한 침대에서 자게 했다), 이는 유르스나르가 더 깊은 진실을 드러내기 위해 각색한 것이다. 마르쿠스는 어릴 적부터 매사에 진중했고 철학에 큰 관심을 보였다. 철학에 대한 그의 열정은 황제의 후계자가 된 후에도 전혀 식지 않았다. 마르쿠스의 스승 가운데는 저명한 스토아 철학자인 칼케돈의 아폴로니우스Apollonius of Chalcedon가 있었다. 아폴로니우스는 어린 마르쿠스를 가르치러 황궁으로 오라는 안토니누스 피우스의 명을 듣고, 스승의 자격을 강조하고자 이렇게 답했다. "스승이 제자를 찾아가는 것이 아니라 제자가 스승을 찾아가는 것이 도리입니다." 안토니누스는 "아폴로니우스가 칼케돈에서 로마로 오는 편이 로마에 있는 그의 집에서 황궁으로 오기보다 쉽다"며 그의 말을 웃어넘겼지만, 어린 마르쿠스는 이를 진지하게 받아들여 아폴로니우스를 찾아갔다. 훗날 마르쿠스는 아폴로니우스로부터 "도덕적 자유, 우연의 장난에 휘둘리지 않겠다는 확신, 이성 외에 다른 것에는 한순간도 기대지 않는 마음가짐, 극심한 고통을 겪거나 자식을 잃거나 오랫동안 병을 앓더라도 한결같은 모습을 지키는 태도"[6]를 배웠다고 회상한다(1권 8장).

그러나 마르쿠스에게 가장 깊은 인상을 남긴 스승은 아폴로니우스가 아니라 정치가 퀸투스 유니우스 루스티쿠스Quintus Junius Rusticus였다. 루스티쿠스는 도미티아누스 황제Domitianus의 폭정을 규탄하다 숙청당한 원로원 의원 아룰레누스 루스티쿠스의 손자로, 마르쿠스에게는 아폴로니우스가 가르친 철학 원리를 체현하는 인물이었다. 마르쿠스는 그의 품행을 (그리고 그의 존재 자체를) 보며 늘 "나의 성품을 돌아보고 바로잡을 것"을 다짐했다고 술회한다. 또, 루스티쿠스의 간결한 말과 글은 "수사적 표현을 익히는 데 빠져들지 않고", "하찮은 훈계를 늘어놓거나 대단한 금욕주의자라도 되는 것처럼 굴지" 않도록 깨달음을 주었다(1권 7장).

마르쿠스가 루스티쿠스에게서 배운 것은 이뿐만이 아니었다. 그는 루스티쿠스에 대한 찬사를 마치며 한 가지 중요한 사실을 언급한다. 루스티쿠스가 "그의 필사본을 빌려준 덕분에 에픽테토스Epictetus의 《담화록Epiktetou diatribai》을 알게 되었다"는 것이다. 루스티쿠스는 분명 정치가였지만, 자기 할아버지가 도미티아누스 황제에게 맞서며 실천한 철학을 따랐다. 그리고 에픽테토스는 도미티아누스가 두려워한 또 다른 인물이자(도미티아누스는 그를 그리스의 니코폴리스로 추방했다) 마르쿠스가 스토아 철학을 이해하는 데 누구보다 큰 영향을 끼친 철학자였다. 에픽테토스가 해방노예 출신이고 마르쿠스가 로마 황제였다는 사실은 아무런 문제가 되지 않았다. 이렇듯 모든 인간이 가진 이성의 존엄성을 믿는 것이야말로

스토아 철학의 핵심 원리가 아니었을까?

◊

로마에 온 지 4년이 지난 166년, 갈레노스는 가능한 한 들키지 않고 서둘러 로마를 빠져나가려 했다. 의사로서 탄탄대로를 달리던 그가 대체 무엇 때문에 그동안 쌓은 경력마저 버리고 떠나려 했을까? 갈레노스는 〈예후에 관하여De praecognitione〉라는 자전적인 글에서 "도망 노예처럼" 몰래 로마를 빠져나간 두 가지 이유를 말한다. 하나는 동료들이 자신의 성공을 시기했다는 것이고, 다른 하나는 황제가 자신을 황실 주치의로 임명하리라는 소문이 돌았다는 것이다.[7] 고대 로마에서 의사로 성공하려면 치열한 경쟁을 이겨내야 했지만, 해부에 탁월한 재능이 있던 갈레노스는 일찌감치 실력을 인정받았다. 로마를 떠나기 전까지만 해도 그는 여러 차례 대단한 성과를 올리며 로마 상류층에서 이름을 날렸고, 가장 최근에는 원로원 의원이자 전 집정관인 티투스 플라비우스 보에투스의 아내가 앓던 골반염을 치료하기도 했다.

그러니 갈레노스가 이룬 성취가 황실에까지 전해진 것은 전혀 놀라운 일이 아니었다. 놀라운 것은 갈레노스가 황실에서 자신을 부르리라는 소문을 두 팔 벌려 반기지 않았다는 점이다. 의사인 갈레노스에게 '황제의 주치의'로 임명되는 것만큼 영광스러운 일이 또 어디 있었겠는가? 더군다나 그 황제가 마르쿠스 아우렐리우스라면 더 말할 나위가 없었다. 갈레노스는 그가 의사이자 철학자로 자처하듯, 마르쿠스도 스스로를 황제이자 철학자로 여긴다는 것을 알았다. 황제의 주치의가 이처럼 여러모로 매력적인 자리였음을 고려하면, 갈레노스는 사회생활에 능한 여느 로마인처럼 행동하는 편이 자연스러웠다. 명예를 누릴 기회가 오면 일단은 점잖게 물러섰다가 더 확실하게 낚아채는 것이다.

하지만 갈레노스에게는 로마를 떠날 또 다른 이유가 있었던 것으로 보인다. 그는 《나의 저술에 관하여De libris propriis》라는 정직한 제목의 글에서 역병 때문에 로마를 떠났다고 밝힌다. 그런데 역사학자 수전 매턴Susan Mattern이 지적하듯, 갈레노스의 말에는 한 가지 이상한 점이 있다. 역병 때문에 로마에서 도망쳤다지만, 정작 그는 역병에서 떨어진 곳이 아니라 역병이 다가오는 방향에 있는 페르가몬으로 향했기 때문이다. 역병은 로마인 대다수가 깨닫지 못한 사이에 로마의 동쪽에서부터 다가오고 있었으며, 페르가몬은 역병이 지나는 경로에 있었다. 그리고 갈레노스는 오늘날 튀르키예 서부의 도시 이즈미르에 해당하는 스미르나에도 역병이 퍼졌다는 사실을 알았다. 따라서 갈레노스가 스미르나에서 고작 100킬로미터 남짓 떨어진 페르가몬으로 정신없이 달려간 것은 수전 매턴의 말마따나 가족과 친구들을 돕기 위해서였을 가능성이 크다.

어쨌든 갈레노스는 눈에 띄지 않고 무사히 로마를 빠져나가 페르가몬에 도착했지만, 곧 자신의 도움이 필요하지 않다는 것을 알았다. 당장은 역병이 도시를 비켜간 것이다. 로마로 서둘러 돌아갈 이유는 없었기에 갈레노스는 고향에 남아 2년간 평화로이 보냈다. 하지만 168년, 우려했던 대로 그를 찾는 황제의 명이 전해지면서 평온한 시절에도 끝이 찾아왔다. 게다가 이때 황제는 로마에 있지 않았다. 마르쿠스 아우렐리우스와 루키우스 베루스는 동쪽의 사르마티아족과 북쪽의 게르만 민족인 마르코만니족을 정벌하러 원정을 떠났다가 로마로 돌아오는 중이었다. 갈레노스가 아무리 여행 경험이 많다 해도 고향을 떠나 황제의 군대에 합류하는 일이 달가울 리는 없었다. 그렇다 한들 어찌할 도리가 있겠는가. 갈레노스가 딱 잘라 말했듯, 그는 "어쩔 수 없이 로마로 가야 했다".[8]

황제의 부름을 받은 갈레노스는 아드리아해에 인접한 이탈리아 북부의 도시 아퀼레이아로 향했다. 아마도 갈레노스는 그곳에서 두 황제를 알현했을 테지만, 한 가지 분명한 사실은 그가 '역병'이라 부른 정체 모를 병이 그를 기다리고 있었다는 것이다. 갈레노스에 따르면, 역병의 무시무시한 위력 앞에서 "두 황제는 적은 병력만 데리고 즉시 로마로 피신해야 했다. 남은 이들은 살기 위해 한참을 발버둥 쳤고, 상당수가 목숨을 잃었다. 원인은 역병만이 아니었다. 이 모든 일이 한겨울에 벌어졌다는 사실도 문제였다". 이후 마르쿠스 아우렐리우스는 무사히 로마로 귀환했지만, 루키우스 베루스는 도중에 역병으로 목숨을 잃고 말았다. 이제 마르쿠스는 홀로 전쟁과 전염병이라는 이중고에 맞서 제국을 지켜야 했다. 하지만 그가 이 일을 해내기 위해서는 내면의 제국도 함께 지켜야 했다. 내면을 다스리기에 글쓰기만큼 좋은 방법이 또 어디 있겠는가? 마르쿠스가 전쟁과 역병이 한창인 가운데 《명상록》을 쓰기 시작한 것은 바로 이 같은 이유에서였다.

◊

할리우드 블록버스터 영화 〈글래디에이터〉의 초반부에서 배우 러셀 크로가 연기한 로마의 장군 막시무스는 갈레노스가 그랬듯 황제의 막사로 오라는 명을 받는다. 막 게르만족의 침략을 물리치고 돌아와 상처투성이인 막시무스가 막사로 들어가자 홀로 앉아 있는 마르쿠스 아우렐리우스 황제가 보인다. 리처드 해리스가 연기한 황제는 고개를 숙인 채 양피지 묶음에 무언가를 열심히 쓰느라 아무 말도 하지 않는다. 영원할 것 같던 침묵도 잠시, 지친 기색이 역력한 황제가 코를 한 번 쓱 훔치고 고개를 들어 안절부절못하는 막시무스에게 그들이 왜 그곳에 있는지 묻는다. 여기서 '그들'은 로마를, '그곳'은 제국 북쪽 끝의 낯설고 어두운 대지를 가리킨다. 막시무스가 보기에 답은 명확하다. "로마 제국의 영광을 위해서입니다, 폐하." 그리고 막시무스는 황제도 그 순간 영광스러운 제국을 지키기 위해 소송을 판결하고 관직을 임명하고 건축을 의뢰하고 군에 지시를 내리는 등 갖가지 명령을 내리고 있었으리라 생각한다. 하지만 그때 마르쿠스는 또 다른 제국을 살피느라 열심이었던 것 아닐까? 황제는 막시무스에게 후세가 마르쿠스 아우렐리우스라는 이름을 어떻게 기억할지 물으며 이에 대한 암시를 남긴다. 당황한 장군이 대답할 말을 찾고 있을 때, 마르쿠스가 덧붙인다. "철학자로 기억할까?"

대답은 물론 백번을 물어도 "그렇다"이다. 지금도 로마 콜론나 광장에는 그의 승전을 기리는 30미터 높이의 거대한 대리석 기둥이 관광객을 내려다보고 있으며, 카피톨리니 박물관에는 그의 청동 기마상이 제국의 위세와 기백을 과시하며 당당히 서 있다. 하지만 오늘날 세상은 그를 철학자로, 그것도 광활한 영토를 자랑하던 제국과 내면의 제국을 함께 다스린 독특한 철학자로 기억한다. 그리고 마르쿠스 아우렐리우스가 철학자로서 보인 마음가짐은 프랑스의 고대 철학사가 피에르 아도Pierre Hadot가 '영적 수련'이라 일컬은 특수한 훈련이 필요한 것이었다.

피에르 아도는 고대의 철학 교육이 현대의 교육과 근본적으로 다르다는 점을 앞장서서 지적한 학자다. 오늘날 대학에서는 학생들이 이런저런 철학 분야에 관한 지식을 얻기 위해 강의를 듣는다. 현대 철학자들은 인식론이나 현상학을 전공하든 과학이나 문법을 연구하든 관계없이 누구나 자기 전문 분야의 내용만 자세히 가르친다. 수업이 끝나면 학생들은 각종 공리와 논증을 머릿속에 잔뜩 집어넣은 채 강의실을 떠나고, 교수들은 여태 수도 없이 가르친 내용을 되풀이하느라 지친 채 연구실로 돌아간다. 하지만 강의실에 들어오기 전의 자신과 나갈 때의 자신 사이에서 되돌릴 수 없는 변화를 경험하는 사람은 아무도 없다.

아도는 철학을 이런 식으로 가르치고 배우는 광경을 2000년 전 철학도가 본다면 화들짝 놀랄 것이라 확신했다. 아리스토텔레스나 에피쿠로스, 스토아나 키니코스* 중 어느 학파에 속하든 고대의 철학도는 지식을 얻기보다 자기 존재를 형성하기 위해, 먹고살 길을 찾기보다 삶을 바꾸기 위해 철학을 공부했다. 철학에 관한 이

* 소크라테스의 제자 안티스테네스를 시조로 하는 학파. 외적 조건에서 벗어나 본성에 따라 자연스럽고 소박하게 사는 삶을 추구한다. 키니코스Cynikos라는 이름이 그리스어로 '개'를 뜻하는 말에서 유래했기에 견유학파犬儒學派라고도 한다.

같은 태도는 서점의 자기계발서 구역에 가장 많은 사람이 몰리고 온갖 자기계발 요법이 성행하는 오늘날에도 정신이 번쩍 들 만큼 놀랍다. 타성에 젖은 교육제도 때문이든, 개인의 습관 때문이든 우리는 철학이 현대에 얻게 된 이미지에 사로잡혀 있다. 요컨대 우리는 철학이란 알아듣기 힘든 말로 일상에 어떤 의미가 있는지 모를 주제를 논하는 난해한 학문 분야라 생각한다.

반면 고대의 철학 학파들은 이러한 생각과 전혀 딴판이었다. 아도에 따르면, 헬레니즘 시대의 학생들이 특정 학파를 찾아간 이유는 "해당 철학이 제시하는 삶을 배우기 위해서"[9]였고, 각 학파는 학생들에게 자기 존재를 형성하는 데 필요한 삶의 기술technê을 가르쳤다. "목수가 나무를, 조각가가 청동을 재료로 삼듯, 삶의 기술은 각자의 삶을 재료로 삼는다"[10]는 에픽테토스의 주장은 고대의 모든 철학 학파에 들어맞는다. 그렇기에 에픽테토스는 학생들에게 "스토아 철학의 원리를 언제든 기록할 수 있도록 손에서 펜을 놓지 말 것"을 권했다.[11]

〈글래디에이터〉에서 막시무스가 황제의 막사에 들어섰을 때, 황제는 자신을 조각하는 일(끊임없이 주의를 기울여야 하며 절대 끝나지 않는 일)에 빠져 있었을지 모른다. 다만 이때 그가 사용한 도구는 점토와 조각칼이 아니라 양피지와 펜이었다. 마르쿠스는 이 두 가지 도구를 가지고 고대 그리스인이 아스케시스askêsis라 부른 윤리적 훈련에 몰두했다. 여기서 중요한 사실은 에픽테토스가 학생들에게 스토아 현자들의 글을 읽으며 시간을 보내라고 조언하지 않았다는 것이다. 오히려 그는 그런 활동을 시간과 노력을 허비하는 일로 여겼다. 다른 사람이 쓴 글을 읽기만 하는 것은 테니스를 직접 하지 않고 시합을 보기만 하는 것과 마찬가지로 진정한 훈련이라 할 수 없다. 철학책을 읽으면 마음의 양식을 쌓는 데 도움이 되겠지만, 삶을 바꾸지는 못한다. 게다가 이런 책은 대개 내용을 내면화하기보다 암기하는 데 걸맞게 쓰였으며, 독자에게 지식을 전달할 수는 있어도 독자가 자신을 형성하도록 도울 수는 없다.

안토니누스 피우스의 뒤를 이어 황제로 즉위한 마르쿠스는 '임페라토르 카이사르 마르쿠스 아우렐리우스 안토니누스 아우구스투스Imperator Caesar Marcus Aurelius Antoninus Augustus'라는 이름을 갖게 되었고, 이 이름은 그에게 막대한 세속적 권력과 신성한 지위를 부여했다. 이 같은 변화와 궁중의 엄격한 예법을 고려하면, 마르쿠스는 자기 자신 외에 다른 누군가와 진솔한 대화를 나눌 수 있으리라 기대하기 어려웠다. 하지만 마르쿠스는 에픽테토스의 엄중한 가르침을 잊지 않고 필요할 때마다 자양분으로 삼았다. 이러한 사실은 《명상록》이라는 책이 가진 본래의 의미를 설명한다. 《명상록》은 마르쿠스가 자신만을 위해 남긴 기록이었으며, 최초의 인쇄본에 쓰였지만 지금은 유실된 그리스어 필사본에는 '자기 자신에게Ta eis heauton'라는 제목이 붙어 있었다. 요컨대 《명상록》은 언어가 계속 바뀌어도 그 속에 담긴 진실은 변하지 않는 메모 모음인 셈이다.

◊

역사학자 카일 하퍼는 기후와 질병이 로마 제국에 끼친 영향을 종합적으로 분석하면서 훗날 안토니누스 역병이라 불린 전염병은 "그전까지 누구도 본 적 없었으며 (…) 그 병의 출현은 새 시대의 시작을 알렸다"고 단언한다.[12] 이 새로운 질병은 사람 간에 직접 전파된다는 점에서 당시 제국 전역에 유행하던 말라리아나 티푸스와 질적으로 달랐다. 갈레노스는 이 병을 '역병', '대역병', '긴 역병' 등으로 부르면서도 구체적인 이름을 붙이지는 않았다. 500년 전 투키디데스 시대와 마찬가지로 고대 로마에서 '역병'은 대규모 인명 피해를 가져온 사건이면 어디든 쓸 수 있는 말이었다. 병의 정체에 관해서는 티푸스, 콜레라, 말라리아, 가래톳 페스트 등 많은 후보가 거론되었지만, 대다수 연구자는 천연두가 가장 유력하다고 본다. 갈레노스가 남긴 묘사는 천연두와 대체로 일치하며, 특히 온몸에 난 검붉은 발진이 고름 물집으로 바뀌는 것은 천연두의 대표적인 증상이다. 다만 갈레노스는 훗날 천연두의 가장 무서운 후유증으로 여겨진 얼굴 흉터나 극심한 고열은 언급하지 않았다. 갈레노스의 기록에서 가장 깊은 인상을 남기는 대목은 차분하고 객관적으로 병을 묘사하던 그가 때때로 이렇게 탄식하는 순간이다. "이제는 제발 끝나면 좋으련만!"[13]

절망에 휩싸여 울분을 터뜨린 사람은 갈레노스만이 아니었다. 고고학자들은 로마 제국 영토 곳곳에서 역병의 신 아폴론에게 병을 물리쳐 달라고 애원하며 기도한 흔적을 발견했다. 각지의 아폴론 신전에는 여러 도시와 마을에서 사자들이 찾아왔고, 신탁은 이들에게 "지독한 역병과 끔찍한 고통으로 상처 입은 사람은 너희만이 아니다"라고 조언했다. 이런 말은 사람들에게 별다른 위안을 주지 못했지만, 신탁은 몇 가지 처방도 함께 내놓았다. 평상시에도 하던 훈증 소독이나 정화 의식과 더불어 흔히 내려진 처방은 도시 바깥에 "로마를 불모의 땅으로 만드는 역병을 향해 멀리서 화살을 쏘듯" 활을 당기는 아폴론 상을 세우는 것이었다.[14]

역병으로 죽는 사람이 급격히 늘어나면서 로마의 공동묘지에서는 다른 사람의 묫자리를 빼앗거나 가족의 장례를 제대로 치를 형편이 못 되는 빈민이 구걸하는 등 일대 혼란이 벌어졌다. 이에 마르쿠스 황제는 남의 묫자리를 빼앗는 일을 금하는 칙령을 선포했고, 장례비용을 마련하기 힘든 사람들에게는 보조금을 주었다.[15] 하지만 더 심각한 골칫거리는 로마군이 입은 막대한 병력 손실이었으며, 마르쿠스는 검투사와 노예 들에게 군에 복무하는 대가로 자유를 약속함으로써 병력을 보충해야 했다. 이뿐만 아니라 제국이 소유한 은광이 서서히 채굴을 멈추면서 로마의 재정 제도가 급격히 흔들렸고, 역병으로 상업 활동이 마비되자 세금 수입이 크게 줄었다. 세금 문제가 어찌나 심각했던지 169년 마르쿠스는 부족한 세수를 메꾸기 위해 황실의 물건을 경매로 처분하기까지 했다.[16]

안타깝지만 바다 위에 쪽지가 든 병이 떠다니는 것을 보고 그 안에 든 내용까지 알아낼 수는 없듯, 이렇게 기록으로 남은 몇몇 사건만으로는 당시의 상황을 온전히 파악할 수 없다. 일부 로마사 연구자는 이 시기의 문서와 기록이 얼마 남아 있지 않다는 사실 자체가 전염병이 끼친 엄청난 충격을 말해준다고 보기도 한다. 이러한 주장이 참인지 아닌지 확인할 길은 없지만, 한 가지 분명한 점은 문서 기록과 고고학적 증거가 부족한 탓에 안토니누스 역병이 로마 경제와 사회에 실제로 어느 정도 영향을 끼쳤는지를 놓고 역사학자들이 오랫동안 대립했다는 것이다.[17] 그러나 절충적인 결론을 제시한 인구학자 브루스 프라이어Bruce Friar조차 (그는 역병이 "다수의 사회적·경제적 문제를 일으키거나 훨씬 더 복잡하게 만들었다"고 말했다) 역병이 마르쿠스가 재위하는 동안 로마인의 삶 전반에 어마어마한 영향을 끼쳤고 잠재적으로도 크나큰 충격을 주었으리라는 점을 부정하지 않는다.[18] 로마 제국 전체의 정확한 사망자 수를 알아낼 수는 없지만(연구자들은 적게는 인구의 2퍼센트인 150만 명에서 많게는 인구의 30퍼센트인 2,500만 명까지 추산한다), 안토니누스 역병이 "절대적인 기준에서 봐도 당시까지의 인류 역사에서 최악의 질병"[19]이었다는 카일 하퍼의 주장에 반박할 역사학자는 거의 없을 것이다.

◊

2020년 4월 4일 토요일, 나는 부활절 토끼 복장을 한 채 요양원에서 하루를 보냈다. 난들 달리 선택지가 있었겠는가? 부활절을 일주일 앞둔 그때, 호리호리하면서도 위엄이 넘치는 60대 여성인 원장이 키 188센티미터짜리 부활절 토끼가 요양원에 나타나면 입소자들도 즐거워하지 않겠냐며 부추겼고, 나는 "저는 유대인인데요"라는 대답을 가까스로 삼킨 채 기꺼이 복도를 깡충깡충 뛰겠노라 말했다.

그러나 두꺼운 폴리에스터 천을 온몸에 두르고 토끼처럼 뛰어다니기란 만만치가 않았다. 여기에 달랑 눈구멍 두 개만 뚫린 무거운 플라스틱 탈까지 쓰고 있자니 여간 고된 게 아니었다. 설상가상으로 한 번 뛸 때마다 토끼 탈이 흔들리며 휙 돌아가는 바람에 눈구멍 대신 레이더를 다는 편이 나을 지경이었다. 어쨌든 나는 뛰고 또 뛰었다. 가끔 손수레나 벽을 향해 뛰기도 했지만, 다행히 휠체어나 간호사와 부딪치는 일은 없었다. 뛰면 뛸수록 셔츠와 바지가 축축해졌고, 비 오듯 쏟아지는 땀으로 눈앞이 흐려졌다. 하지만 뛰면 뛸수록 더 많은 직원이 같이 사진을 찍자고 부탁했고, 더 많은 웃음과 수다 소리가 들렸으며, 그와 함께 쓸모 있는 일을 하고 있다는 믿음도 커졌다.

그렇게 요양원을 돌다 232호 병실로 폴짝 뛰어 들어갔을 때도 나는 그 방의 입소자인 M 씨를 보기 위해 토끼 탈부터 고쳐 써야 했다. M 씨는 몸집이 작고 여위었으며 정신이 또렷하고 말투가 딱 부러지는 80대 노인이었고, 호스피스 환자로 등록되어 있었지만 늘 의자에 꼿꼿이 앉아 있었다. 겨우 눈구멍에 눈을 맞추자, 갈색 숄을 두른 노쇠한 여성이 놀란 얼굴로 내 오른쪽 어깨 너머를 빤히 쳐다보고 있었다. 어떻게 그 순간 M 씨도 눈이 보이지 않는다는 사실을 깜빡 잊을 수가 있었을까? 나는 얼른 인형 탈을 벗고 소란을 피운 이유를 설명했다. M 씨의 눈은 여전히 내가 서 있는 곳을 똑바로 향하지 않았지만, 그녀는 내 목소리를 듣고 안심하며 참 볼만한 광경이겠다고 말했다. 나는 토끼 옷 소매로 얼굴을 닦으며 얼마나 우스운 꼴인지 상상도 못 하실 거라 답했다. 그런 다음 탁자 위에 반쯤 먹고 남은 점심 식판이 보여 아직 배가 고프시냐고 물었다. "아니요." "그러면 식판은 치워드릴까요?" "괜찮아요. 또 배가 고플 수도 있으니까요." M 씨는 이렇게 나의 제안을 정중히 거절한 뒤, 밝게 웃으며 덧붙였다. "그럼 이제 다음 방으로 폴짝 뛰어가야겠네요."

그리하여 나는 다시 뜀뛰기를 시작했고, 다음으로 자신이 화학 박사 학위가 있는 연구자였다고 여러 차례 이야기한 적 있는 맥Mc 씨의 병실에 들렀다. 한 번은 동료 직원이 나도 대학에서 강의한다고 말하자, 맥 씨는 포옹으로 동료 연구자를 반기며 오래전 그가 박사과정에 있을 때 돌던 소문을 들려주기도 했다. 맥 씨의 방으로 들어가 토끼 탈을 벗으니 그가 웃으며 가까이 오라 손짓했다. 맥 씨는 금테 안경 너머로 나를 지그시 바라보며 따로 할 이야기가 있다는 듯 나직이 물었다. "테레빈유*에 관한 기사 읽었어요?" 나는 당황하며 되물었다. "테레빈유요?" 맥 씨가 고개를 끄덕이며 말했다. "언제 한번 시간 내서 이야기해요." 꼭 그러자고 말하며 침상 근처 벽에 걸린 텔레비전을 힐끗 보니 백악관의 일일 기자회견이 곧 시작할 참이었다. 나는 이마를 쓱 닦고 토끼 탈을 쓴 다음, 다시 부활절 순회에 나섰다.

이번에는 병실을 나와 간호사실 쪽으로 향했다. 〈스타 트렉〉에 나오는 우주선 엔터프라이즈호의 조종석같이 기다란 직사각형 접

* 송진을 증류해 얻는 기름으로, 유화보조제나 페인트, 구두약 등의 원료로 쓰인다.

수대로 둘러싸인 간호사실에서 접수대 뒤에 앉은 간호사들은 몸을 이리저리 돌려가며 모니터를 응시하거나 전화를 받고 있었다. 복도에는 이미 여러 병실에서 새어 나오는 트럼프 대통령의 탁한 목소리가 울려 퍼지고 있었다. 나는 그 목소리에서 멀어지기를 바라며 W 씨의 방으로 향했다. 마른 체구와 갸쭉한 얼굴, 파르스름한 낯빛과 사방으로 뻗친 백발이 눈에 띄는 W 씨는 내가 좋아하는 입소자 중 한 사람이었다. 그녀는 가벼운 치매를 앓고 있었지만 병세가 더 나빠지지 않도록 최선을 다했고, 언제나 큰 소리로 "좋아요"라며 인사했다. 이런 인사는 W 씨가 아직 나와 그녀 자신을 알아본다는 신호였다.

방 안쪽 침상에 몸을 기대고 앉아 창문으로 비껴 들어오는 햇살을 받던 W 씨는 나를 보더니 손뼉을 치며 외쳤다. "근사하네요." "좋은 거 맞죠?" 나의 물음에 W 씨가 곧장 소리 높여 말했다. "좋고 말고요." 이어 나는 그녀의 장성한 세 아들에 관해 물었다. W 씨는 그중에서도 의사인 스튜어트 이야기를 가장 자주 꺼내곤 했다. 세 아들은 모두 잘 지내는 듯했다. "요전에는 스튜어트랑 통화도 했어요." W 씨가 덧붙였다. 나는 그녀가 매번 스튜어트와 통화했다고 이야기한다는 사실은 제쳐둔 채 참 반가우셨겠다고 말했다. 그러던 중 텔레비전에서 트럼프 대통령이 코로나19 대책본부가 내놓은 암울한 전망을 인정하는 말이 들려 나도 모르게 그리로 눈을 돌렸다. 그는 최근에야 그런 전망을 인정하기 시작했지만, 머지않아 밝혀졌듯 그것도 잠깐뿐이었다. “많은 사람이 목숨을 잃을 것입니다.” 백악관 로즈가든의 연설대에서 트럼프가 읊조리듯 말했다. 그러면서도 그는 불과 일주일 뒤인 부활절에는 참가자 간에 “상당한 거리”를 유지한다면 예배를 허용할 수 있기를 바란다고 덧붙였다.

트럼프가 이야기하는 동안, 나는 화면 아래의 대시보드를 슬쩍 보았다. 대시보드란 전염병이 얼마나 빨리 절정으로 치닫고 있는지를 보여주는 지표 모음을 말한다. 이날 텍사스에서는 6,100명의 확진자가 나왔다. 텍사스가 거의 모든 지표에서 최악을 기록한 지역임을 고려하면 그리 나빠 보이지는 않는다. 6,100명이면 텍사스에서 유명한 초대형 교회이자 프로농구 구단 휴스턴 로키츠가 홈구장으로 쓰던 곳을 16,000명 이상 수용할 수 있는 교회로 개조한 레이크우드교회에 한꺼번에 들어가더라도 초라해 보일 법한 인원이다. 그리고 이날 사망자는 105명이었는데, 이 정도 숫자면 휴스턴 로키츠가 탈의실로 쓰던 공간에도 거뜬히 들어갈 만하다. 그러나 대시보드에는 워싱턴대학교 의과대학의 건강측정평가연구소가 최근 발표한 전망은 나와 있지 않았다. 건강측정평가연구소는 2021년 초까지 텍사스주의 사망자 수가 32,000명에 이르리라 전망했다. 레이크우드교회의 아침 예배를 두 번 가득 채울 만큼 많은 숫자다.

W 씨도 텔레비전 화면을 보고 있었다. 나는 한 손에 토끼 탈을 들고는 다른 손으로 늘어진 토끼 귀 한쪽을 W 씨에게 흔들었다. 그녀는 손뼉을 치며 웃다가 탁자 위에 있던 편지를 집어 들었다. "오늘 편지가 왔어요." "와! 요즘 세상에 편지라니요." W 씨가 내 대답에 고개를 끄덕이며 말했다. "장례식장에서 온 거예요." 잠깐 어색한 침묵이 흐른 뒤, 우리는 서로 마주 보며 웃었다. 그런 것은 아무래도 좋았다.

◊

어린 시절 침대를 두고 바닥에서 자려 했던 마르쿠스 아우렐리우스라면 황궁의 가구와 장식을 시중에 내다 팔았다 해서 밤에 잠을 못 이루지는 않았을 것이다. 실제로 그는 《명상록》에서 "호위대나 화려한 의복, 장식용 촛대, 조각상 등으로 요란하게 과시하고 싶은 마음을 품지 않고도 황궁에서 살 수"(1권 17장) 있었다고 말한다. 하지만 마르쿠스가 황실 물건을 경매로 팔도록 내몬 원인은 로마의 황궁에서든, 《명상록》 2권에서 말한 "그라누아 강변*의 콰디족** 사이"에서든 항상 그를 짓눌렀다. 그가 어떻게 역병을 한시도 걱정하지 않을 수 있었겠는가? 역병은 휘하의 병사들을 무자비하게 쓰러뜨렸을 뿐만 아니라, 마르쿠스가 "나 자신을 단속하도록 일깨우는 성품"(1권 17장)의 소유자라고 말한 동생이자 공동 황제 루키우스 베루스의 목숨을 빼앗아 그가 홀로 제국을 이끌게 만든 원인이 아닌가.

그러나 동생을 잃고 혼자서 막중한 책임을 떠안는 와중에도 마르쿠스는 바깥세상과 다른 차원에서 일어나는 역병에 취약한 내면을 돌보려 애썼다. 마르쿠스는 아폴론이 쏜 화살보다 위험한 것은 인간의 거짓과 기만이라 말한다. "이런 역병을 피해야 한다는 것을 아직도 경험으로써 배우지 못했단 말인가? 마음의 타락은 우리가 숨 쉬는 공기가 오염으로 변질되는 것보다 훨씬 무서운 역병이다. 후자는 살아 있는 동물이 가진 동물로서의 본성을 오염시키지만, 전자는 인간이 가진 인간성을 오염시킨다."(9권 2장)

자신을 일깨울 동생도, 가르칠 스승도 없는 마르쿠스는 두 역할을 혼자서 해냈다. 이는 에픽테토스가 제자들에게 전한 "너 자신의 제자이자 스승이 되어라"[20]는 충고를 따르는 일이었다. 자신을 향한 글쓰기는 사실상 스승 마르쿠스가 제자 마르쿠스에게 내는 숙

* 현재 슬로바키아의 흐론Hron강을 가리킨다.

** 체코 동부 모라비아 지역에 살던 게르만계 부족.

제나 다름없었다. 철학자 미셸 푸코Michel Foucault 역시 말년에 자신에 관한 글쓰기가 가진 힘을 깨달았다. 푸코는 〈자기에 관한 글쓰기Self-Writing〉라는 에세이에서 자신을 향한, 자신을 위한 글쓰기는 윤리적 훈련으로서 "행동뿐 아니라 더 정확히는 사고에 작용한다. 타인의 존재가 행동의 영역에 제약을 준다면, 글쓰기는 내적 충동의 영역에 제약을 준다"고 말한다.[21]

푸코는 자신을 향한 글쓰기를 훈련하는 이유를 자신을 돌보기 위함이라 보았다. 하지만 스토아 철학자들은 훈련의 이유를 이성 자체에서 찾았다는 점에서 푸코와 전혀 달랐다. 스토아 철학에서 자신을 향해 글을 쓰는 기술은 무엇보다도 자신의 행동을 로고스logos에 맞게 조정함으로써 타인을 돌보는 기술이지, 스스로를 돌보는 수단이 아니다. 로고스는 영어에 헤아릴 수 없는 영향을 끼친 그리스어 단어로, '말', '담화', '이성' 등 많은 의미를 담고 있다. 마르쿠스 역시 로고스라는 단어를 말과 담화, 이성 등을 가리키는 데 사용하지만, 스토아 철학에서 말하는 로고스의 가장 중요한 의미는 따로 있다. 스토아 철학에서 로고스란 우주 만물이 질서를 지키며 돌아가도록 하는 이성적 또는 신적 법칙을 뜻하며, 이러한 법칙은 말, 담화, 이성을 비롯한 모든 것에 목적을 부여한다. 이성에 따라 판단하고 언어로써 판단 결과를 표현하는 인간의 능력은 인간을 자기 의지에 따라 로고스에 협력하는 존재로 만드는 데 그 의의

가 있는 것이다.

로고스에 협력하는 것이 중요한 이유 중 하나는 이를 통해 인간이 통제할 수 있는 일과 할 수 없는 일, 인간의 능력에 달린 일과 외부 요인에 달린 일을 구별한다는 점이다. 스토아 철학에서는 후자를 어쩔 수 없는 일, 즉 논리적으로 설계된 세상의 법칙에 따라 일어나는 사건으로 본다. 반면 이성의 영역에 속하는 전자는 이 같은 구별을 가능케 하는 수단이다. 세상은 (나와 이 책을 읽는 독자를 포함한 모든 인간은) 로고스에 따라 움직인다. 우리는 로고스를 기꺼이 혹은 마지못해 따를지, 현명하게 혹은 어리석게 따를지 선택할 수 있지만, 누구도 로고스의 명령을 거스를 수는 없다. 세상과 우리 자신에게 작용하는 신적 이성의 원리를 이해하는 길은 우리 안의 이성을 활용하는 것뿐이다.

마르쿠스는 스토아 철학이 제시하는 세계를 불안하게 보기보다 기쁜 마음으로 받아들인다. "정신이 우리 모두에게 보편적이라면, 우리를 이성적 존재로 만드는 이성도 모두에게 보편적이다. 그렇다면 우리가 해야 할 일과 하지 말아야 할 일을 알려주는 이성도 보편적이다. 그렇다면 법도 모두에게 보편적이다."(4권 4장) 스토아 철학자는 내면의 이성을 활용해 자신의 행동을 신적 이성의 의지에 맞게 조정하기를 자유롭게 선택할 수 있다. 여기서 중요한 것은 스토아 철학자가 자유로운 의지에 따라 선택한다는 점이다. 에픽테토스는 제자들에게 다음과 같이 선택의 의미를 강조했다. "네가 누구인지를 생각하라. 너는 무엇보다도 인간이다. 그 말인즉슨, 네가 할 수 있는 가장 지배적인 행위는 선택이며 다른 모든 것은 그 선택에 종속되지만, 선택 자체는 노예가 되거나 복종하는 일이 아니다."[22] 역설적이게도 스토아 철학자는 마르쿠스가 말한 '지배적 이성'에 자발적으로 복종하기를 선택함으로써 자신의 자유를 가장 온전히 실현한다.

스토아 학파의 창시자 키티온의 제논Zenon ho Kitieus이 즐겨 비유한 대로, 인간이 처한 상황이 수레에 묶인 개의 처지와 비슷하다고 생각해보자. 개는 줄에 묶여 있긴 해도 조금이나마 움직일 수 있지만, 결국 수레가 가는 곳으로 따라갈 수밖에 없다. 하지만 이 상황에서도 수레와 반대 방향으로 가려 애쓰는 개는 있기 마련이며, 이런 개들이 바둥거리다 쓰러져 수레에 끌려가리라는 것은 누가 봐도 뻔한 일이다. 반면 제논이 말하기를, 현명한 개는 "자신의 자연스러운 행동을 불가피한 현실에 맞추며" 수레와 나란히 발맞춰 간다. 마찬가지로 현명한 인간이란 로고스의 명령에 분노하고 저항하는 인간이 아니라 로고스의 명령에 자신의 행동을 맞추는 인간이다. 요컨대 스토아 철학자들은 세상과 발을 맞춰 걷는 쪽을 택하라는 가르침을 전하며, 이러한 선택이 쓸모없는 노력을 덜어줄 뿐 아니라 우리가 서로에게 도움이 되는 방향으로 노력하도록 이끌 것이라 말한다.

물론 이것은 결코 쉬운 일이 아니다. 마르쿠스는 《명상록》에서 "한겨울에 무화과를 찾는 정신 나간 사람들"(11권 33장)을 대할 때 더 잘 처신하겠다고 거듭 다짐한다. 그는 매일 아침 오늘은 "참견하기를 좋아하고, 감사할 줄 모르고, 무례하고, 음흉하고, 악독하고, 남과 어울릴 줄 모르는 사람들을 만날 것"(2권 1장)이라 자신에게 말한다. 마르쿠스가 2권 첫 번째 장에 나오는 이 구절을 "그라누아 강변의 콰디족 사이에서" 썼다는 점을 고려하면 이는 이민족을 염두에 둔 말이라 볼 수도 있겠다. 하지만 그는 이러한 특성이 안타깝게도 이성만큼이나 보편적이라는 사실을 잘 알고 있었다. 또 다른 장에서 마르쿠스는 정체 모를 누군가를 묘사하면서 이성을 거부하는 사람을 상대로 이성을 발휘하는 일이 얼마나 어려운지를 넌지시 이야기한다. "음험한 성격, 유약한 성격, 고집 센 성격, 야수나 아둔한 짐승 같으며 유치하고, 어리석고, 거짓을 일삼고, 저속하고, 탐욕스럽고, 포악한 성격."(4권 28장) 장대히 펼쳐지는 로고스 안에서는 이성적인 사람이든 비이성적인 사람이든 똑같이 생명을 얻고 죽음을 맞이한다. 물론 비이성적인 사람은 세상이 어떤 원리로 돌아가는지 이해하지 못하지만, 마르쿠스는 로고스를 이해하는 사람과 그렇지 못한 사람이 부딪칠 경우, 전자가 설령 상처 입거나 배신당하게 되더라도 후자에게 가르침을 줘야 한다고 말한다. “그를 친절히 가르치고, 무엇을 잘못했는지 알려줘라. 그렇게 할 수 없다면 너 자신을 탓하고, 그것도 아니면 너 자신조차 탓하지 마라.”(10권 4장) 그러나 인간이 발휘할 수 있는 친절은 특히 낯선 사람을 대상으로 할 때라면 한계가 있지 않을까?

◊

로마 콜론나 광장 한가운데 서 있는 30미터 높이의 마르쿠스 아우렐리우스 기둥은 마르쿠스 재위 말기에 지어지기 시작해 그의 아들 콤모두스Commodus 재위기에 완공되었다. 기둥을 보면 밑에서부터 나선을 그리며 올라가 한때 거대한 마르쿠스 상이 서 있던 꼭대기까지 이르는 일련의 프리즈가 눈길을 사로잡는다. (16세기 말, 기둥 복원을 지시한 교황 식스토 5세Sixto V는 이교도 황제 마르쿠스 대신 사도 바울의 상을 세우도록 했다.) 로마인들은 황제가 사르마티아족과 마르코만니족에게서 거둔 승리를 기념하기 위해 28개의 대리석 덩어리를 차곡차곡 쌓아 기둥을 세웠고, 겉에다 당시의 승리를 묘사하는 프리즈를 새겼다. 기둥에 새겨진 116개 장면 중 절반 가까이는 전쟁과 전투에서 벌어지는 폭력을 다룬다. 식스토 5세는 천 년이 넘는 세월을 견디며 닳고 흠이 난 장면을 모두 복원하도록 지시했고, 그리하여 스토아 철학자가 이끈 전쟁에서 벌어진 일이 간담을 서늘케 할 만큼 낱낱이 드러냈다.

로마군이 배다리를 놓아 다뉴브강을 건너는 장면으로 시작하는 프리즈는 보는 이에게 도저히 외면할 수 없는 냉혹한 메시지를 전한다. 서로 어깨와 방패를 맞댄 채 진격하는 로마 병사들의 모습은 압도적인 힘을(신적 이성처럼 모든 것을 아우르는 전능한 힘을) 암시한다. 프리즈는 단순히 로마군이 전투에서 게르만족을 밀어붙이는 장면만을 묘사하지 않는다. 로마군은 게르만족 마을을 무참히 파괴하고, 주민을 살해하며, 생포한 전사들의 목을 벤다. 게르만인의 얼굴에는 두려움이 가득하지만 로마 병사의 얼굴에서는 굽힐 줄 모르는 용기가 뿜어져 나온다. 때로는 게르만족 포로들이 강요에 못 이겨 서로 목을 베며, 때로는 로마 병사들이 직접 참수에 나선다. 한 장면에서는 마르쿠스가 자리에서 일어나 처형을 지시하며, 다른 장면에서는 앉아 있는 마르쿠스가 병사들로부터 잘린 머리를 받아 든다.

《명상록》 8권에서 마르쿠스는 "잘린 손발이나 머리가 나머지 신체와 떨어져 있는 광경을 본 적이" 있는지 자문한다. 물론 그는 답을 알고 있다. 마르쿠스는 생애 마지막 10년을 대부분 로마 북부의 군영에서 보냈고, 전장에서 잘린 팔다리와 머리를 볼 기회는 얼마든지 있었다. 전쟁은 늘 잔혹한 법이지만 로마 북부의 전선에서는 특히 심했다. 전임 황제 트라야누스Traianus가 이끈 전쟁이 정복 전쟁이었던 반면, 마르쿠스가 이끈 전쟁은 복수와 응징을 계기로 촉발되었다. 이 전쟁은 다뉴브강 북쪽에서 오랫동안 로마와 공존했던 마르코만니족이 국경을 넘어 이탈리아 본토까지 침범해 로마를 경악에 빠뜨림으로써 시작되었다. 제국 전체를 휩쓴 충격은 곧 훨씬 더 큰 분노로 바뀌었다. 이제 로마인은 선조로부터 전해진 관습적 가치의 우선순위를 조정해 관용보다 권위를 앞세웠다. 로마는 서기 9년 게르만의 족장 아르미니우스의 계략에 속아 토이토부르크 전투에서 3개 군단이 전멸하는 참패를 당한 적이 있다. 이후 로마의 사령관 게르마니쿠스가 당시의 굴욕을 갚기 위해 병사들을 이끌며 한 말은 마르코만니족의 공격을 받은 로마의 반응이 어땠을지를 짐작게 한다. "적을 생포해도 소용없다. 게르만족을 말살하는 것만이 전쟁을 끝내는 길이다."[23] 다소 신빙성은 떨어지지만, 마르쿠스와 동시대 역사가 디오 카시우스Dio Cassius는 마르쿠스가 사르마티아계 부족인 이아지게스족을 상대로도 게르마니쿠스만큼 잔혹한 태도를 보였다고 주장한다. "황제는 이아지게스족을 절멸하기를 원했다. 그들은 여전히 강력했고, 앞서 로마인에게 어마어마한 피해를 주었기 때문이다."[24]

마르쿠스 아우렐리우스 기둥의 꼭대기를 향해 진군하는 병사들은 반항하는 부족을 압도적인 권위로써 제압해야 하는 로마의 위치를 반영한다. 마르쿠스는 이전까지 한 번도 전쟁을 경험하지 않았지만, 이 전쟁에서 마르코만니족을 말살해야 할 필요가 있음을 잘 알았다. 틀림없이 그는 베르길리우스Publius Vergilius Maro의 서사시 《아이네이스Aeneis》에서 로마의 시조로 추앙받는 아이네이아스에게 아버지 안키세스가 건넨 "교만한 자들을 쳐부숴라"는 충고를 떠올렸을 것이다. 기둥의 프리즈가 보여주듯, 마르쿠스의 군대는 이탈리아 본토를 침략할 정도로 교만한 게르만족을 쳐부숨으로써 안키세스의 충고를 이행했다. 하지만 마르쿠스는 안키세스가 "정복당한 자들에게 관대하라"고 말했다는 사실도 기억하고 있었을 것이다. 비극적이게도, 아이네이아스는 서사시의 마지막 대목에서 아버지의 가르침을 거스른다. 아이네이아스는 자신에게 패한 적수 투르누스가 손을 내밀며 "증오를 내려놓아 달라"고 애원하자 잠시 망설이지만, 이내 친구 팔라스가 그에게 죽임을 당했다는 사실을 떠올리고는 "무시무시한 분노"에 사로잡혀 투르누스의 가슴을 칼로 찌른다.

물론 우리는 기둥의 프리즈를 조각한 무명의 예술가가 마르쿠스를 얼마나 정확히 묘사했는지 알 수 없다. 혹시 그 예술가는 마르쿠스가 실제로 지은 표정이 아니라 지어야만 했던 표정을 새긴 것 아닐까? 잘린 머리를 받는 (병사들은 잘린 머리를 밭에서 뽑은 커다란 비트처럼 취급한다) 마르쿠스의 얼굴에는 깊게 팬 주름만 보일 뿐, 망설임이나 분노는 찾아볼 수 없다. 마르쿠스는 이 순간 무슨 생각을 했을까? 모르긴 몰라도, 그가 이 특별한 전투 전후에 썼을 다음의 구절을 떠올리지는 않았으리라. "호의는 무적이다. (…) 아무리 오만불손한 사람이라 해도, 네가 그에게 줄곧 호의를 베풀어 기회가 있을 때마다 잘 타이르고, 그가 네게 해를 입히려는 순간에도 시간을 들여 그를 다시 가르친다면 그가 네게 무슨 짓을 할 수 있겠는가?"(11권 18장 9절) 어쩌면 그가 잘린 머리를 보며 떠올린 것은 《명상록》의 또 다른 구절일지 모른다. "매 순간 로마인으로서, 남자로서 네가 당면한 일을 공평무사하고 정의롭게 처리하도록 온 힘을 기울여라."(2권 5장) 나는 마르쿠스의 입술을 더 가까이 들여다본다. 입꼬리가 아래로 처지지 않고 살짝 올라가 있어 가볍게 미소 짓는 듯하다. 그의 표정에서는 어떤 기쁨이 엿보이는데, 이것은 그의 병사들이 보이는 기쁨이 아니라 동료 스토아 철학자들이 생각한 기쁨에 가깝다. 스토아 학파의 대표적 철학자 세네카Seneca는 진정한 기쁨이란 늘 "진중한 일"이라 말했다.[25] 마르쿠스의 표정에서 드러나는 감정은 당면한 문제에 깊이 몰두하는 데서 나오는 기쁨이다. 다만 이 순간 그가 당면한 문제가 손에 든 누군가의 머리일 뿐이다.

◊

《명상록》에서 한 가지 흥미로운 점은 마르쿠스가 말하는 것이 아니라 말하지 않는 것에 있다. 마르쿠스는 전쟁과 역병이 한창이던 때 이 글을 썼지만, 그에 관해 거의 이야기하지 않는다. 그는 "삶은 전쟁"(2권 17장)이라거나 "그들이 갈기갈기 찢어 죽인다"(8권 51장)는 식으로 전쟁을 슬쩍 언급하지만, 그 이상 깊게 고찰하거나 상세히 묘사하지는 않는다. 그리고 역병의 경우, 역병과 거짓을 비교하는 대목에서 딱 한 번 언급할 뿐이다. 주목할 점은 마르쿠스가 역병과 거짓을 피해야 할 해악으로 보면서도, 후자가 전자보다 더 위험하다고 말한다는 것이다. "마음의 타락은 우리가 숨 쉬는 공기가 오염으로 변질되는 것보다 훨씬 무서운 역병이다. 후자는 살아 있는 동물이 가진 동물로서의 본성을 오염시키지만, 전자는 인간이 가진 인간성을 오염시킨다."

처음 이 대목을 읽을 때는 수사적 실수임이 틀림없다고 생각했다. 마르쿠스는 재위 말 10년 동안 로마 경제와 인구에 전례 없는 피해를 준 역병에 맞섰다. 주치의 갈레노스가 그랬듯, 그는 역병이 신체에 끼치는 끔찍한 영향을 똑똑히 보았을 것이며, 그가 쌓아 올린 내면의 성채는 역병으로 인해 송두리째 흔들렸을 것이다. 그런데도 어떻게 거짓이 역병보다 나쁘다고 믿을 수 있단 말인가?

하지만 내 생각이 틀렸다. 마르쿠스는 거짓된 인식이 진짜 역병보다 위험하다고 진심으로, 한결같이 믿었다. 스토아 철학에서는 눈으로 보고 지성으로 판단한 것을 부정하면 세상의 순리에 맞게 행동할 수 없다고 본다. 그렇게 되면 우리는 각자가 해야 할 일을 인식하지 못할 뿐 아니라, 나와 타인을 잇는 특성, 즉 이성의 능력에 기반한 인간성으로부터 멀어진다. 마르쿠스는 사물의 본성을 똑똑히 이해하고 말로 표현하지 못하는 사람은 길 잃은 영혼이나 다름없다고 말하며 이렇게 묻는다. "자신이 어디 있는지, 누구인지 모르는 자들을 두려워하거나 그들의 박수갈채를 받고 싶어 하는 사람을 어떻게 볼 것인가?"(8권 52장) 그가 던진 물음은 2000년 전만큼이나 오늘날에도 절실하다.

이처럼 거짓에 예민하게 반응하며, 사물을 있는 그대로 보고 묘사하기를 고집하는 태도는 여러 변화를 가져온다. 일례로 이런 태도는 죽음을 바라보는 방식을 바꾼다. 마르쿠스는 스토아 철학을 훈련한 덕분에 전쟁과 역병을 겪기 훨씬 전부터 죽음을 똑바로 마주할 수 있었다. 그는 언제라도 닥칠 수 있는 임종의 순간을 늘 대비함으로써 죽음의 공포를 이겨내려 했다. 그의 스승 에픽테토스도 인간은 시간과 죽음이라는 섭리를 거스를 수는 없어도 그에 대한 태도를 바꿀 힘이 있다는 진리를 다양한 방식으로 전달했다. 우리는 여러 기술을 활용해 죽음을 기억함으로써 죽음에 대한 두려움에서 벗어날 수 있으며, 자신의 삶이 언제든 끝날 수 있다는 사실을 부단히 떠올리도록 해야 한다. 에픽테토스는 이렇게 충고한다. "죽음과 추방을, 그중에서도 특히 죽음을 매일 눈앞에 두어라. 그러면 너는 다시는 비참한 생각을 품지도, 가지지 못한 것을 지나치게 갈망하지도 않을 것이다." 마르쿠스는 에픽테토스의 가르침을 되새기며 다짐한다. "너는 언제 어느 순간에라도 세상을 떠날 수 있다. 이 사실을 마음에 새긴 채 모든 것을 행하고 말하고 생각하라."(2권 11장)

요컨대 마르쿠스는 죽음을 "위에서 내려다보는"(9권 30장) 경지에 이르려 노력했다. 그는 자신의 죽음을 눈부시게 빛나는 우주에서 가장 희미하게 깜박이는 별 같은 일로 치부하며 멀찌감치 거리를 둠으로써 죽음을 개인적인 문제로 받아들이지 않으려 했다. 그런 만큼 《명상록》에는 죽음을 다룬 구절이 많다. 마르쿠스는 에픽테토스의 말을 인용해 자신을 "시신을 짊어진 영혼"(4권 41장)에 빗대며, 죽음을 "감각적 반응, 충동의 횡포, 두서없는 생각, 육신에 대한 봉사에서 벗어나는 일"(6권 28장)로 묘사한다. 또, 그는 과거로 눈을 돌려 황제나 현자 들처럼 생전에 경외와 칭송을 받던 이들도 이제는 모두 죽고 없으며, 자신도 머지않아 그들의 뒤를 따르리라는 점을 언급한다.

실상 마르쿠스는 어떤 것도 개인적으로 받아들이지 않고자 한다. 이성이라는 내면의 요새 바깥에 있고 인간이 통제할 수 없는 것은 모두 어쩔 수 없다. 앞서 말했듯, 인간은 그에 대한 태도와 행동만 통제할 수 있으므로 우리는 끝없는 성찰과 훈련을 통해 자신의 태도와 행동을 통제하는 법을 익혀야 한다. 이를 위해서는 지속적인 경계와 더불어 지속적인 추상화가 필요하다. 마르쿠스가 추구한 내려다보는 시각은 곧 추상하는 시각이다. 높은 곳에서 보면, 저마다의 역사와 개성을 가지고 함께 살아가는 개인들은 서로 엉겨 붙어 하나의 개념으로 바뀐다.

이러한 시각을 가진 사람은 인류 전체를 한눈에 바라보며, 세계를 이성을 가진 시민이 모인 도시국가로 여기는 세계주의적 cosmopolitan 관점을 획득한다. 우리는 자녀나 부모를 남들보다 소중히 생각하지만, 그들이 훨씬 가치 있는 존재여서가 아니라 단지 우리와 가깝기 때문이다. 세상을 내려다보는 세계주의적 관점에 따르면, 우리는 특정 개인이나 집단에 각별한 관심을 쏟기보다 모든 사람을 동등하게 대해야 한다. 우리는 흔히 가깝고 소중한 사람들이 본질적인 가치를 지니며 사랑이나 우정 같은 유대가 삶을 가치 있게 만든다고 생각하지만, 이 같은 생각은 우리를 운에 달린 일에 얽맬 뿐이다. 타인에게 품는 연민은 어쩔 수 없는 것, 통제를 벗어난 것에 매달리게 하므로 피해야 한다. 우리가 받아들이지 말고 없애야 할 것은 내면에서 불쑥 치솟는 비이성적인 정념이다. 마르쿠스는 상실을 겪고 슬퍼하는 사람이 있으면 힘닿는 데까지 돕되, "그들이 겪은 상실을 진짜 피해라고 상상하지 마라. 그것은 잘못된 사고방식이다"(5권 36장)라고 말한다.

디오 카시우스는 그의 저서에서 마르쿠스의 주치의들이 "180년 콤모두스의 명으로 황제를 죽게 했다"는 이야기를 "똑똑히 들었다"고 말한다. 이 말이 사실이라면 콤모두스는 용서할 수 없는 죄를 저지른 것이다. 하지만 마르쿠스가 진정한 스토아 철학자라면 아들의 행동을 용서하기는 어려워도 이해할 수는 있다고 생각하지 않을까.

◊

처음 R 씨를 만났을 때, 그는 어둑어둑한 병실에서 온몸에 담요를 몇 겹이나 두른 채 침대에 웅크리고 있었다. 나는 식판을 들고 병상 곁으로 다가가 조용히 그를 불렀다. "R 씨?" 둘둘 말린 리넨 담요 사이로 어렴풋한 대답 소리가 들렸다. "네?" 얼굴을 보려 했지만, 그는 얼굴까지 담요로 가리고 있었다. "5성급 식사 나왔습니다." 나는 목소리를 높이지 않으면서도 짐짓 명랑한 체했다. "탁자에 놔둬 주세요. 이따 먹을게요." R 씨가 대답했다. 잠깐 어찌할 줄을 몰랐지만, 결국 그의 말대로 식판을 두고 까치발로 병실을 빠져나왔다. 문으로 나서려던 순간, 말소리가 들렸다. "고마워요." 한 시간 뒤 식판을 가지러 가니, 식판은 손도 대지 않은 채로 놓여 있었다.

R 씨와의 만남은 늘 이런 식이었다. R 씨를 담당하던 물리치료사는 그가 암뿐만 아니라 우울증 때문에 쇠약해졌다고 말했다. 하지만 R 씨는 다른 여러 입소자와 달리, 지적 능력에 아무런 문제가 없었다. 이 사실은 그를 치료하려 애쓰던 사람들을 더욱 주눅 들게 했다. R 씨가 그들의 노력에 전혀 응하지 않으면서도 그 이유를 설명하지 않았기 때문이다. 그는 물리치료사에게 자신은 상체 근력을 회복할 필요가 없다고 여러 번 말했다. 그는 죽기를 바라고 있었다. 가끔은 물리치료사가 이끄는 대로 휠체어를 타고 재활 치료실로 와서 45분간 고분고분 훈련받는 시늉을 하기도 했지만, 방으로 돌아가면 다시 담요 속에 몸을 웅크렸다. 물리치료사는 그를 침대 밖으로 (정확히는 그 자신 밖으로) 끌어내기 위해 일과 중에 틈틈이 짬을 내 안뜰로 데리고 나갔고, 두 사람은 전염병이 창궐한 바깥세상으로부터 안전한 그곳에서 담소를 나누곤 했다.

물리치료사의 노력에 감명받은 나는 똑같이 R 씨를 안뜰로 데리고 나가기 시작했다. R 씨와 얼굴을 마주하고 있으면(그의 두 볼은 야윌 대로 야위었고 피부는 거무죽죽했으며, 푸른 눈에는 탁한 빛이 감돌았고, 이는 누렇게 변해 있었다), 그가 '군대'와 어떤 '산업'에 있던 때의 이야기를 들을 수 있었다. R 씨는 한 번도 어떤 부대에 있었고, 어떤 분야에서 일했는지 말하지 않았지만, 그런 것이 중요하게 느껴지지 않을 만큼 그의 이야기는 수수께끼투성이였다. 한 번은 그가 마스크를 졸라매며 자신의 임무는 지역 주민을 감시하는 것이라 말했다. 더 기이한 것은 R 씨의 상관이 자기가 예상한 일이 실제로 일어났는지 확인해보라며 R 씨를 다른 나라로 파견한 적이 있다는 이야기였다. 나는 R 씨의 말을 들으며 고개를 끄덕이고 놀란 반응을 보이곤 했지만, 속으로는 줄곧 그가 이야기를 꾸며내는 게 아닌지 의심했다. 아니면 죽어가던 한 남자가 여생을 끝마칠 곳이라 생각한 요양원에서 뜻하지 않게 역사가를 만나 즐겁게 자기 이야기를 털어놓은 것인지도 모를 일이었다.

물론 스토아 철학자들이 일깨우듯, 인간은 태어난 순간부터 죽어간다. 하지만 R 씨는 그런 가르침을 마음에 위안을 주는 말로 받아들이지 않았을 것이다. 그에게 죽음은 안뜰에 드리운 나무 그림자만큼이나 무겁게 다가온 현실이었다. 그는 이 사실을 너무도 잘 알았고(나는 그가 당시 요양원에 있던 입소자 중 가장 정신이 또렷했다고 생각한다), 전혀 동요하지 않는 것처럼 보였다. 어느 날 오후, 이야기를 나누던 도중 한참을 침묵하던 R 씨가 이렇게 말했다. "나는 살 만큼 살았어요. 이제는 죽고 싶네요." 순간 나는 무슨 말을 해야 할지 몰라 안절부절못하다 자리에서 일어났다. 그러고는 R 씨의 휠체어 손잡이를 잡으며 무심결에 말했다. "자녀분들은 그렇게 생각안 하실걸요.” 솔직히 말해 R 씨의 자녀들이 어떻게 생각할지는 눈곱만큼도 알 수 없었다.

그해 6월 중순, 요양원을 떠난 지 몇 주 뒤의 일이었다. R 씨를 담당하던 물리치료사로부터 호스피스 치료를 받던 R 씨가 전날 밤 숨을 거뒀다는 연락을 받았다. 순간 눈앞이 캄캄해졌고, R 씨의 삶과 죽음을 어쩔 수 없는 일로 받아들이기란 도저히 불가능해 보였다. 문득 《명상록》의 메시지가 고대 로마 시대만큼이나 멀게 느껴졌다. 하지만 곧 마르쿠스가 바로 이런 때를 염두에 두고 쓴 것 같은 구절이 떠올랐다. 《명상록》 5권에서 마르쿠스는 정신이 육체보다 먼저 쓰러지면, 육체는 키잡이를 잃은 배처럼 갈피를 못 잡는다고 말한다. 그렇기에 배를 언제 정박할지 결정하는 일은 키잡이의 몫이다. “너는 이 세상을 떠나면 어떻게 살겠다고 생각하는 대로 이 세상에서도 살 수 있다. 그렇게 사는 것이 허락되지 않는다면 목숨을 버리되, 어떤 불행한 일도 일어나지 않은 것처럼 하라. ‘불에서 연기가 나니, 나는 집을 떠난다.’* 그게 뭐 그리 대수겠

* 불에서 연기가 나는 것이 자연스럽듯, 인간의 정신이 육신을 떠나는 것도 자연스러운 일이라는 뜻이다. 마르쿠스 아우렐리우스, 《명상록》, 박문재 옮김, 현대지성, 2018, 103쪽 참고.

는가? 하지만 그런 일이 나를 내쫓지 않는다면 나는 자유로운 인간으로 남을 것이며, 누구도 내가 원하는 대로 하는 것을 막지 못하리라. 나는 이성적·사회적 존재로서의 본성을 따르기를 원한다."(5권 29장)

미셸 드 몽테뉴와 가래톳 페스트

3

죽음이 도사리는 세계에서 자유로워지기 위한 글쓰기

그는 영웅이 아니었고,

결코 영웅인 체하지도 않았다.

- 슈테판 츠바이크

우리의 의무는 품성을 도야하는 것이지

책을 쓰는 것이 아니다.

- 미셸 드 몽테뉴

1585년 6월, 미셸 드 몽테뉴는 보르도 시장으로서 임무를 마치며 주변을 정리하고 있었다. 곧 두 번째 2년 임기가 끝날 참이었고, 이제 시에서 관리하는 열쇠를 후임 시장에게 넘기기만 하면 되었다. 하지만 몽테뉴에게는 문자 그대로 정리해야 하는 것이 또 하나 있었다. 바로 그가 다스리던 도시의 위생 상태였다. 당시 프랑스에서 다섯 번째로 컸던 인구 4만 명의 도시 보르도는 그야말로 돼지우리를 방불케 했다. 시에서 여러 차례 경고했지만, 주민은 계속 길거리에 쓰레기를 내다 버렸고, 항구 도시답게 대구와 청어 찌꺼기가 섞인 오물이 창문을 통해 거리와 보행자 위로 쏟아졌다. 이에 시 당국은 "하수와 거름, 쓰레기 등 각종 오물로 인한 악취와 감염"을 막도록 시급히 조치하겠다고 공표했다.[1] 몽테뉴는 1년 전에도 매주 두 번씩 쓰레기를 수거하도록 명령한 적이 있으니 새삼스러운 일은 아니었지만, 이것은 그가 시의 보건을 위해 내린 마지막 법령이 되었다.

그해 6월 말, 가래톳 페스트가 보르도에 들이닥쳤다. 보르도가 속한 주의 총독이었던 마티뇽의 영주*는 국왕 앙리 3세Henri III에게 보낸 편지에서 당시의 상황을 이렇게 묘사했다. "역병이 삽시간에 도시로 퍼졌고, 피난할 방도가 있는 사람은 한 명도 남김없이 떠났습니다."[2] 시 당국은 질서를 유지하려 안간힘을 썼지만, 시의 고위 관리들도 탈출 행렬에 동참했다. 이들은 인근의 소도시 리부른Libourne으로 서둘러 대피했다. 리부른은 14세기 페스트균을 옮기는 곰쥐가 처음 프랑스 땅에 도달한 이래 보르도 부유층의 피난처로 쓰이던 곳이다. 반면 도시의 빈민층에게는 가혹한 운명만 기다리고 있었다. 1585년 말, 도시를 빠져나가지 못한 채 페스트로 사망한 사람은 인구의 절반 수준인 14,000명에서 16,000명에 달했다.[3]

사실대로 말하자면, 몽테뉴는 이때 보르도에 있지 않았다. 페스트가 도시를 덮쳤을 때, 그는 인근에 있던 가문의 성에서 두 번째 임기가 끝나기를 기다리고 있었다. 남은 예정은 8월 1일 보르도에서 있을 행사에 참석해 후임 시장인 마티뇽 영주에게 공식적으로 시장직을 넘기는 것뿐이었다. 하지만 몽테뉴가 페스트 소식을 들었을 때 그와 같은 상류층 사람들은 진작 도시를 빠져나간 뒤였고, 피난할 형편이 못 되는 이들은 암담한 지경에 처해 있었다. 마

* 당시 마티뇽 영주인 자크 드 고용 2세Jacques II de Goyon로, 몽테뉴의 친구이기도 했다.

티농 영주는 7월 30일 몽테뉴에게 보낸 편지에서 도시의 백성이 "떼죽음을 당한다"고 썼다.[4] 이 상황에서 몽테뉴는 어떻게 해야 했을까? 남은 임기는 고작 이틀이었으며, 후임 시장인 마티뇽 영주는 이미 직무를 수행하고 있었다. 설령 그가 보르도로 돌아간다 해도 48시간 동안 무슨 수로 도시를 돕겠는가? 그러다 퇴임 전날 죽기라도 하면 영웅 흉내를 내려다 헛되이 목숨만 버리는 꼴 아닐까? 가뜩이나 정신없을 시 당국에 부담을 지우고, 공동묘지에 실어 갈 시신만 늘리는 것 아닐까?

몽테뉴는 일단 말을 타고 성을 떠나 보르도로 향하다 리부른에서 멈춰 섰다. 그곳에서 몽테뉴는 보르도의 시정관jurat*들에게 편지를 보내 (내심 그런 일이 없기를 바라며) 보르도로 돌아오라는 명령에도 따르겠노라 약속했다. 하지만 그는 "목숨까지도 기꺼이 내놓을 것"이라 말하면서도 곧장 그런 희생은 안 하느니만 못하다는 생각을 내비쳤다. "도시의 열악한 상황을 고려할 때 제가 곧 있을 선출 행사에 참석해서 할 수 있는 일이 도시로 들어가는 위험을 감수할 만한 것인지 판단해주시기 바랍니다."[5] 다음 날 몽테뉴는 두 번째 편지를 보내 어떻게 하는 것이 좋을지 재차 물었다. 시정관들

* 보르도 지방정부의 일원으로 시의 유력한 상류층 가운데서 선출되었으며, 시정 전반과 시장 선출에 관여했다.

의 답장에 관해서는 기록이 남아 있지 않으므로 그들이 답을 했는지, 아니면 계속 미적대고 있었는지는 알 수 없다. 어쨌든 공식 행사 날이 지나자 몽테뉴는 말을 돌려 자신의 성으로 돌아갔다.

◊

근대 초기 프랑스 해안 지방에서 가래톳 페스트는 오늘날 미국 해안 지방에서 허리케인이 그러하듯 드물지 않게 일어나는 재난이었다. 프랑스에서 페스트는 14세기 중반부터 17세기 중반까지 50여 차례 유행했는데, 대부분 대서양과 지중해 연안 지방에서 발생했다.[6] 그러나 페스트와 허리케인의 유사성은 여기까지다. 허리케인이 도시를 휩쓸고 지나가는 데 반해, 역병은 도시로 와서 그대로 눌러앉는다. 또, 허리케인은 건물과 기반 시설을 파괴하지만, 역병은 인간의 신체와 사회 전체에 타격을 준다. 가래톳 페스트가 가장 끔찍한 수준의 허리케인조차 할 수 없는 방식으로 두려움을 자아내고 상상력을 자극하는 것은 이런 이유 때문이다.

마티뇽 영주는 몽테뉴에게 쓴 편지에서 백성이 "떼죽음을 당한다"고 알릴 뿐, 희생자들이 구체적으로 어떤 화를 당했는지는 구태여 설명하지 않는다. 편지는 어디까지나 공적인 연락이었고, 페스트의 특성이 이미 잘 알려져 있었다는 사실을 고려하면 그럴 필요도 없었다. 만약 마티뇽 영주가 당시의 참상을 묘사했다면, 그 내용은 1720년 마르세유에서 페스트가 유행했을 때 한 주민이 남긴 기록과 별반 다르지 않았을 것이다. "거리에 보이는 것이라고는 돌연 길바닥에 쓰러져 죽는 사람들과 발을 질질 끌며 걷고는 있지만 몇 걸음도 채 못 가 쓰러질 것처럼 다 죽어가는 사람들뿐이다. 어떤 이들은 침대를 빠져나와 발광한 듯 거리를 내달리며 치명적인 질병의 보이지 않는 형질을 퍼뜨리기도 한다. 유족들은 다른 수많은 희생자처럼 비참한 운명을 맞을까 봐 두려움에 떨면서 대개는 반쯤 썩은 시신을 매장용 구덩이로 끌고 가 차곡차곡 던져넣는다."[7]

마티뇽 영주의 묘사는 14세기 중반부터 프랑스와 전 유럽을 할퀸 페스트에 대한 설명과도 크게 다르지 않았을 것이다. 역사학자 에마뉘엘 르루아 라뒤리Emmanuel Le Roy Ladurie는 1300년대부터 1800년대까지의 프랑스 역사는 근본적으로 "움직임 없는" 역사였다는 도발적인 주장을 펼치며 해당 시기 프랑스의 인구가 1,500만에서 1,700만 사이에 머물러 있었다는 점을 강조한다. 라뒤리는 프랑스의 인구 성장이 멈춘 주요인으로 프랑스 방방곡곡을 휩쓴 페스트와 각종 전염병을 꼽는다. 당시 유행한 전염병 중에는 매독과 티푸스도 있었는데, 이는 바다를 건너 신대륙을 탐험하는 일이 급격히 늘고 신대륙 사람들을 잔혹하게 정복한 결과였다.[8] 하지만 그 가운데서 가장 가공할 위력을 떨친 것은 환자의 림프샘에 가래톳을 일으키는 가래톳 페스트였다. 일례로 14세기 중반 보르도에 퍼진 페스트는 불과 50여 년 만에 3만 명이었던 인구를 반으로 줄여놓았다.

◊

몽테뉴에게 죽음은 낯선 일이 아니었다. 그는 여섯 딸 중 다섯을 잃었으며(몽테뉴 부부에게는 아들이 없었다), 생명을 위협할 만큼 심각한 신장 결석에 오래도록 시달렸다. 여기에다 1569년에는 자신의 영지에서 간신히 죽을 고비를 넘긴 적도 있었다. 말을 타고 달리다 다른 사람과 세게 부딪치며 낙마한 것인데, 바닥에 대자로 뻗은 채 미동도 하지 않는 그를 보고 수행원들은 그가 죽었다고 생각할 정도였다. 성으로 옮겨진 그는 다음 날 몸을 추스를 수 있었지만(갖가지 방법으로 그를 치료하겠다는 제안을 거절한 것이 분명 도움을 주었으리라), 몇 년간 후유증을 앓았다. 훗날 그는 당시의 일을 이렇게 회상했다. "목숨이 입술 끝에 간신히 매달려 있는 것 같았다. 나는 목숨이 빠져나가는 것을 거들려는 양 눈을 감았고, 몸이 점점 나른해지는 가운데 나 자신을 놓아버리는 즐거움을 느꼈다."[9]

그가 겪은 죽음 가운데 가장 널리 알려진 사례는 친구 에티엔

드 라 보에티Étienne de La Boétie의 죽음이다. 몽테뉴는 1559년 보르도 고등법원 법관으로 갓 임명되었을 무렵 라 보에티를 처음 만났다. 라 보에티는 몽테뉴보다 겨우 두세 살 위였지만 이미 유력한 법관으로 명성이 높았고, 몽테뉴를 만났을 때 훗날 그의 이름을 널리 알린 저작 《자발적 복종Discours de la servitude volontaire》의 원고를 완성한 뒤였다. 독재자와 피지배자 간의 관계를 탐구한 이 흥미진진한 책에서 라 보에티는 피지배자가 억압에 단순히 굴복하는 것이 아니라 영합함으로써 벌어지는 기이한 현상을 분석한다. "이 얼마나 이상한 일인가?" 라 보에티는 탄식하며 묻는다. "이를 무엇이라 불러야 한단 말인가? 이런 불행의 본질은 무엇인가? 이것은 어떤 종류의 악덕, 아니 타락인가? 셀 수 없이 많은 사람이 그저 명령에 따르기만 하는 것이 아니라 제 발로 복종을 찾는다니!"[10] 사람들이 복종을 받아들이는 이유 중 하나는 독재자가 제공하는 화려한 구경거리다. 라 보에티는 이런 꼬임수에 "넋이 나간 사람들은 눈앞에서 번쩍이는 오락과 무익한 쾌락에 빠져 복종에 익숙해졌다"고 말한다. 게다가 피지배자들은 억압이 과거에도 늘 존재했고 지금도 존재하며 앞으로도 영원히 존재할 것이라 믿기에 그 굴레를 받아들인다. 이런 식으로 피지배자들은 "여태 항상 그래왔다는 믿음에 따라 명령을 내리는 자에게 주인의 권리를 부여한다". 이 구절에서 라 보에티는 독재자에게 피지배자를 사로

잡는 자질을 부여하는 것은 결국 피지배자 자신이라는 점을 암시하는데, 이는 훗날 막스 베버Max Weber가 제시한 카리스마 이론과 놀라울 정도로 비슷하다(막스 베버는 카리스마를 지배자와 피지배자가 동등하게 관여하는 역학관계로 본다).

하지만 다행히 이런 암울한 지배에도 예외는 있다. 라 보에티는 기질과 교육의 영향으로 복종의 유혹에 면역력을 가진 행복한 사람이 소수나마 존재한다고 단언한다. 이것은 정신에 깃든 타고난 소질이기에 설령 "이 땅에서 자유가 완전히 사라졌다 해도 이들이 자유를 발명해냈을 것이다. 이들은 노예 상태를 아무리 교묘히 위장한다 해도 그로부터 아무런 만족을 느끼지 못한다". 라 보에티는 이들이 강자에게 자신의 자유를 맡기려는 뿌리 깊은 욕망에 흔들리지 않는다고 믿는다. 그는 독재자가 피지배자에게 행사하는 영향력에 저항할 수 있는 비범한 소수를 대상으로 이 글을 썼다. 이들이 스스로가 어떤 사람이며 무엇을 할 수 있는지 잊었을 경우를 대비해, 라 보에티는 이렇게 다그친다. "더는 노예로 살지 않겠노라 마음먹는다면 당신은 자유롭다!"

그러나 라 보에티는 《자발적 복종》을 출판하지 않기로 마음먹었다. 어리고 불안정한 국왕 샤를 9세Charles IX 치하에서 이런 책을 출판하는 것은 자살 행위나 다름없었기에 라 보에티는 공개적으로 행동을 촉구하는 대신, 가까운 동료들끼리 원고를 돌려 보도록 했다. 그런데도 이 글은 감수성이 예민했던 청년 몽테뉴에게 지워지지 않을 인상을 남겼다. 라 보에티의 독립심과 사려 깊은 태도에 감명받은 몽테뉴는 그의 정신이 "이 시대를 초월한 다른 시대의 틀로 빚어졌다"며 찬사를 보냈다.[11] 그러니 보르도에서 만난 몽테뉴와 라 보에티가 금세 친구가 된 것은 자연스러운 일이었다. 두 사람이 맺은 우정은 그들을 영혼의 "경계가 사라질" 만큼 끈끈히 묶어주었다. 몽테뉴는 훗날 그와 라 보에티가 "서로에게 푹 빠져 각별한 친분과 유대를 쌓은 이후 서로를 세상 무엇보다 가깝게 느꼈다"고 회상했다(혹은 기억을 새롭게 했다).[12]

하지만 이들의 우정은 4년이 채 지나기 전에 끝났다. 1563년, 한동안 병을 앓던 라 보에티가 33세를 일기로 요절한 것이다. 정확한 병명은 알 수 없지만(주요 증상은 혈변과 고열이었다), 라 보에티와 몽테뉴는 일종의 전염병이라 생각했다. 그 병이 무엇이었든 간에 결과는 치명적이었다. 라 보에티의 아내는 남편이 병상에서 일어나지 못한 채 점점 쇠약해지자 몽테뉴에게 편지를 보내 그가 머지않아 세상을 떠날 것이라 알렸다. 보르도로 한걸음에 달려온 몽테뉴는 라 보에티가 숨을 거둘 때까지 일주일간 병상을 지켰다.

라 보에티의 임종을 지킨 것은 몽테뉴만이 아니었다. 병상 곁은 가족과 친구, 동료로 가득했다. 당시에는 이렇게 많은 사람이 (사실상의 관객이) 모여 임종을 지키는 것이 일반적이었다. 역사학자 필리프 아리에스Philippe Ariès에 따르면, 16세기는 '길들인 죽음의 시대'에 속했다.[13] 이 시대에는 죽음을 친숙하면서도 공개적인 통과의례로 여겼다는 뜻이다. 죽음을 앞둔 사람은 자신의 죽음을 지휘하고 연출함으로써 삶의 결정적인 전환점을 맞는 의례를 치렀다. 이 의례는 죽어가는 사람이 삶의 마지막을 준비하고 남겨질 사람들에게 교훈이 될 말을 전하는 연극과 다름없었고, 의례의 주인공은 연설을 통해 기독교인으로서 선한 삶을 살 것을 당부하곤 했다. 라 보에티도 예외는 아니었다. 그는 실제로 꽤 많은 연설을 했고(몽테뉴는 그의 연설을 전부 받아적었고, 연설이 "조금 길었다"고 에둘러 말했다), 가족에게 자신과의 추억을 소중히 간직해 달라 부탁했다.[14] 병상을 지키는 몽테뉴에게 남긴 유언에서 라 보에티는 한숨을 쉬며 말했다. "3일 동안 나는 세상을 떠나려 안간힘을 썼다네."[15]

◊

나는 육신을 떠나려 안간힘을 쓰다 끝내 성공을 거두는 사람을 한 번도 본 적이 없었다. 어느 날 식판을 가지고 W 씨의 병실을 찾던 순간까지는 그랬다. 병실로 들어서자 창으로 쏟아지는 햇빛 아래 앙상한 몸을 쭉 펴고 병상에 누운 W 씨가 보였다. 눈은 감겨 있었지만 잠든 것 같지는 않았다. 입은 찡그린 듯 뒤틀려 있었는데,

이번에는 밥을 먹기 싫어서 그러는 것이 아니라는 예감이 들었다. 한쪽 끝이 비쩍 마른 가슴께 아래로 흘러내린 연푸른색 가운이 수의처럼 보였다.

일단 병상 머리맡 탁자에 식판을 두고, 몸을 기울여 늘어진 가운 한쪽을 조심스레 올려놓았다. W 씨의 가슴 언저리는 미동도 없어 보였다. 목이 메는 듯 나지막한 목소리로 W 씨의 이름을 두어 번 부르다 문득 내가 왜 속삭이고 있는지 의문이 들었다. 병실에는 아무도 없었고(다른 한쪽 병상은 비어 있었다), W 씨는 그러니까, 숨을 거뒀는데 말이다. 그전까지 W 씨의 병실에 올 때면 여윈 팔을 흔들어대며 욕을 퍼붓는 그녀를 피해 도망치듯 떠나기 일쑤였다. 그런 만큼 너무나 조용한 W 씨의 모습을 보는 것이 어색했지만, 그녀는 죽음을 맞은 지금도 생전과 마찬가지로 평온해 보이지 않았다. 나는 어찌 줄 몰라 하며 조용히 병실을 나와 간호사나 간호보조사, 아니 정말 누구라도 좋으니 이 소식을 알릴 사람을 찾았다. 복도를 둘러보니 제일 먼저 A가 눈에 들어왔다. A는 늘 미소를 띠며 누구에게나 친근하게 말을 거는 활동지도사였는데, 허둥대던 내 눈에는 A가 간호사보다도 더 이 상황에 알맞은 사람처럼 보였다. 나는 눈이 마주친 A에게 W 씨의 병실로 같이 가달라고 손짓했다. 병실 앞에서 나는 W 씨에게 문제가 생긴 것 같다고 또다시 속삭이듯 말했고, 무슨 일인지 묻는 A에게 "W 씨가 돌아가신 것 같아요"라고 답했다.

고맙게도 A는 왜 소곤거리는지 묻지 않았다. 대신 나와 W 씨를 번갈아 보더니, 자신이 이 상황에 적임자가 아님을 알아챘다. A는 간호사를 찾으러 서둘러 복도로 나갔고, 몇 분 뒤 간호부장 R과 함께 돌아왔다. R은 몸집은 작아도 박력이 넘치는 텍사스 사람으로, 운전대에 앉으면 몸을 가릴 만큼 큰 SUV를 몰고 마트 주차장을 누빌 것 같은 인상을 주었다. R은 요양원 원장은 물론 자녀들을 부를 때조차 부드러운 비음이 섞인 텍사스 억양으로 '부인', '선생님' 같은 경칭을 붙이곤 했다. 이런 경칭이 존중의 표현인지 아니면 상대를 움츠러들게 하는 수단인지 알 길은 없었지만, 나는 대개 R과 어느 정도 거리를 뒀고, 그녀가 A와 함께 W 씨의 병실로 들어갈 때도 그렇게 했다.

나는 뒤돌아보고 싶은 마음을 참으며 복도 끝에 있는 배식 수레로 돌아갔다. 15분 정도 지났을까, 쏟아진 음식과 아이스티로 범벅이 된 식판 두 개를 들고 병실을 나오는데 R이 내 앞으로 와 멈춰 섰다. "보여드릴 것이 있어요." R은 W 씨의 병실로 나를 이끌고는 고인이 된 입소자를 가리켰다. W 씨는 여전히 눈을 감고 있었고, 그 앞에는 손대지 않은 식판이 놓여 있었다. 내가 당황하는 것을 본 R은 병상으로 다가가 몸을 기울이며 말했다. "부인, 저녁 식사 도와드릴까요?" 그 순간 W 씨가 눈을 번쩍 뜨더니 버럭 소리를 질렀다. "네 도움 따위 필요 없고 네가 주는 밥도 먹을 생각 없다!" W 씨의 고함이 병실을 쩌렁쩌렁 울리자, 나와 R은 복도로 물러났다. R은 의기양양한 얼굴로 나를 돌아보며 말했다. "보셨죠. W 씨는 아무 문제 없어요." R과 나는 각자 간호사실과 배식 수레로 되돌아갔다.

다음 날 오후, 나는 요양원에 도착해 늘 하던 일을 차례로 했다. 바깥의 세면대에서 손을 씻고, 똑같은 문진표에 똑같은 답을 쓰고, 출입 관리자로부터 체온 측정을 받았다(출입 관리자는 체온 측정 외에 다른 일은 거의 하지 않았는데, 여기에는 그럴 만한 몇 가지 이유가 있었다). 그런 다음 주방으로 향하려는데 A가 허겁지겁 달려왔다. 그녀는 장갑 낀 손으로 내 팔을 잡고 울음을 참으며 아침에 W 씨가 돌아가셨다고 말했다. 어안이 벙벙해진 나는 일단 고개를 끄덕이며 소식을 전해준 데 감사를 표했다. 솔직히 말해 뜻밖의 소식은 아니었지만, 충격적이기는 마찬가지였다. 이제 와 생각하면, 그 전날 내가 식판을 나르다 본 것은 W 씨가 세상을 떠나려 애쓰는 모습이 아니었을까 한다. 그 순간 나는 죽음이 벌어지는 현장에 있는 것인지도 모른다는 생각에 등골이 오싹해 W 씨 곁에 앉지 않고 자리를 피했다. 그리고 지금껏 나는 W 씨가 죽음을 길들이는 데 조금이나마 이바지했다고 믿었지만, 이제는 그게 아니라 그녀의 마지막 순간을 방해했다는 생각이 들어 등골이 오싹하다.

◊

몽테뉴가 "더없이 지독한 역병"이라 묘사한 페스트는 곧 보르도를 넘어 몽테뉴의 성까지 밀어닥쳤다. 그는 당시의 일을 이렇게 회상했다. "이런 터무니없는 변고를 당하니 내 집을 보는 것조차 겁이 났다." 몽테뉴는 에세이집 원고를 비롯해 꼭 필요한 물건만 후다닥 챙겨 노모와 아내, 딸과 함께 마차를 타고 영지를 떠났다. "그 밖의 모든 것은 탐내는 자가 있다면 누구든 마음대로 하도록 내버려뒀다."[16] 몽테뉴와 그의 가족은 하루아침에 방랑자 신세가 되었다. 그들은 집은 물론이고 과거의 자신, 즉 매일의 일상과 의례, 기대와 바람이 규정하던 자신까지 버려야 했다.

하지만 몽테뉴는 길거리에 나앉는 처지가 되어서도 페스트의 그늘을 벗어나기란 불가능하다는 사실을 깨달았다. 몽테뉴 가족은 어디를 가나 잠재적 보균자로서 "공포를 퍼뜨렸다". "누구 하나가 손가락 끝이라도 아프다 싶으면 곧장 거처를 떠나야" 하는 신세가 되자, 역병을 피해 달아나는 이들은 다른 사람이 자신을 두려워하는 만큼 스스로를 두려워했다. 누구 한 사람이 역병에 걸리면 "근처에 있던 사람들은 백에 하나도 목숨을 건지지 못했"으니 그럴 만도 했다. 역병이 사방에 퍼져 있다는 생각은 가장 일상적인 경험이나 만남조차 불길한 징조로 여기도록 했고, 감염에 대한 공포는 신체는 물론 정신까지 공격했다. "위험에 조금이라도 가까이 갔다 싶으면 40일간은 병에 걸렸을지 모른다는 두려움에 시달려야 하며, 그러는 동안 머릿속은 걷잡을 수 없는 상상에 사로잡혀 건강한 몸에도 열병을 일으킨다."[17]

보르도가 속한 지롱드주의 푸르른 벌판과 포도밭에는 죽은 자와 죽어가는 자 들이 곳곳에 널브러져 있었다. 그 땅을 경작하던 이들은 자신이 파놓은 구덩이에 몸을 던졌다. "포도송이는 여전히 포도나무에 매달린 채"였지만, 운명을 받아들이기로 한 농부들은 "그날 저녁이든 다음 날이든 찾아올 죽음"을 기다렸다. 몽테뉴는 길에서 악몽 같은 광경에 잇달아 마주쳤다. 들판에 쓰러져 죽은 농부들은 "곧장 떼 지어 나타난" 늑대와 들개 들에게 뜯어 먹혔다. 그가 부리던 일꾼 중 한 사람은 "죽어가면서 제 손발로 자기 몸에 흙을 끌어다 덮었다".[18] 우리는 당시의 몽테뉴를 어떻게 봐야 할까? 그는 그 일꾼을 부르거나 말리려 했을까? 아니면 외면했을까? 그가 과연 어떤 말이나 행동을 할 수 있었을까? "참혹했던 6개월" 동안 몽테뉴는 불안과 공포에 질린 가족과 하인들을 이끌고 이곳저곳을 떠돌아다녔다. 이듬해 성으로 돌아왔을 때, 그는 어딘가 다른 사람이 되어 있었다. 그리고 몽테뉴는 그가 겪은 변화를 지난 10년간 자신을 평가하고 형성하는 데 사용했던 특별한 도구에 기록해두었다. 바로 《수상록Les Essais》이다.*

◊

많은 사람이 은퇴를 새로운 기술이나 흥미, 목표를 시도하고 시험할 기회로 여긴다. 몽테뉴에게 은퇴는 태어난 순간부터 함께한 것, 즉 자기 자신을 시험할 기회였다. 1571년, 30대의 귀족 몽테뉴는 10년 넘게 법관으로 일한 보르도 고등법원을 그만뒀다. 직업 경력이 10년 남짓 되는 사람이 마흔도 되기 전에 은퇴하는 것은 16세기에도 보기 드문 일이었다. 그러나 몽테뉴는 이때가 허튼소리로 가득한 법관 생활을 정리하고 철학적 사색에 매진하는 삶을 시작할 적기라 보았다. 그는 매일 자신을 일깨우고자 서재 바깥쪽 벽에 라틴어로 이런 문구를 새겼다. "오랫동안 법원과 공직에 매여 있느라 지친 미셸 드 몽테뉴는 아직 몸과 마음이 성할 때 뮤즈 여신들의 품으로 물러나 절반 이상이 흘러 얼마 남지 않은 인생을 근

* 몽테뉴는 그가 시도한 새로운 글쓰기 형식에 '시험하다', '시도하다'라는 뜻의 프랑스어 동사 '에세이예essayer'에서 딴 '에세essai'라는 이름을 붙였다. 프랑스어 '에세이예'에서 나온 영어 단어 '에세이essay'도 본래 '시도', '시험'이라는 뜻으로 쓰였지만, 몽테뉴의 글이 널리 알려지면서 그가 창안한 글쓰기 형식을 가리키는 말로 굳어졌다.

심 없는 평온 속에서 보내고자 한다." (물론 프랑스 귀족이 라틴어로 글을 쓰는 것은 드문 일이 아니었지만, 몽테뉴처럼 라틴어에 유창한 경우는 드물었다. 이는 열렬한 인문주의자였던 그의 아버지가 몽테뉴가 여섯 살이 될 때까지 라틴어로만 이야기하도록 교육한 덕분에 가능한 일이었다.)

그러나 몽테뉴는 곧 특별히 하는 일 없이 보내는 새 삶이 이전의 활동적인 삶보다 훨씬 근심거리가 많다는 사실을 알게 되었다. 여유로운 삶이 돌연 무기력한 삶으로 바뀌면서 몽테뉴는 우울에 빠졌다. 외부에서 주어지는 따분한 의무에서 해방된 정신은 격렬한 내적 갈등에 사로잡혔다. "정신은 어떤 주제를 주어 그에 전념하도록 고삐를 매고 통제하지 않으면 막연한 공상의 들판에서 이리저리 헤매며 혼란에 빠진다." 몽테뉴가 "고삐 풀린 말"에 빗댄 혼란한 정신은 "무수한 망상과 기괴한 괴물을 질서나 목적도 없이 잇달아" 만들어냈다. 이에 따라 몽테뉴는 혼란한 내면에 고삐를 매기로 마음먹고, "정신이 늦기 전에 스스로 부끄러워하기를 바라며 갖가지 공상을 글로 담아내고자" 했다.[19] 몇 년 뒤, 몽테뉴는 〈자식에 대한 아버지의 사랑에 관하여〉라는 글의 첫머리에서 그가 "세상에 하나뿐인 종류의 책"이라 부른 에세이집의 발단을 이야기한다. 여기서 그는 "몇 해 전 우울한 고독에 나를 내맡기던" 시기에 에세이를 쓰기 시작했으며, 자신은 "다른 재료라고는 하나도 없이 텅 비어 있었기에, 나 자신을 재료와 주제로 삼아 나에게 제시"했다고 회상

한다.[20]

이런 식의 글쓰기를 시작하는 것은 "무모하고 별난 계획"이었으므로 몽테뉴는 우선 고대 그리스·로마의 철학자, 시인, 역사가, 비극 작가의 글을 인용하는 데 중점을 뒀다. 우리는 몽테뉴가 책상에 앉아 고대 작가들의 글을 읽으며 묵묵히 자기 생각을 써 내려가는 모습을 떠올리기 쉽지만, 그는 이 책 저 책을 들었다 놨다 하거나 비서에게 생각한 것을 받아 적게 하면서 참나무 바닥이 깔린 서재를 서성거리곤 했다. 처음에 몽테뉴의 글은 인용문투성이에 해설은 통명스러웠고, 짜임새도 들쭉날쭉했다. 비유하자면 초기의 에세이는 계속 새로운 재료를 덧붙이면서도 제대로 치대지 않은 빵 반죽 같았다.

몽테뉴가 이러한 반죽을 방대한 에세이집으로 '구워낸' 것은 1580년의 일이었다. 그는 에세이 94편을 57개 장으로 묶어 《수상록》 1권으로, 또 다른 에세이 37편을 묶어 2권으로 펴냈다. 각 에세이에 붙은 제목을 보면 저마다 특정한 주제(우정, 중용 같은 미덕이나 나태, 허영 같은 악덕, 고독과 공포 같은 감정 등)를 다뤘음을 알 수 있지만, 몽테뉴는 대개 한 페이지 안에서도 여러 화제를 종횡무진 늘어놓곤 한다. 몽테뉴는 자신의 글쓰기를 이렇게 설명한다. "나는 이 책 저 책을 순서나 계획도 없이 아무렇게나 들춰 본다. 때로는 골똘히 생각에 잠기기도 하고, 때로는 서재를 이리저리 거닐며 지금이 책에 나오는 공상을 글로 쓰거나 받아 적게 한다."[21]

몽테뉴를 열렬히 존경했던 18세기 철학자 드니 디드로Denis Didrot는 어지러운 대화로 구성된 소설 《라모의 조카Le Neveu de Rameau》에서 작품 속 또 다른 자아의 입을 빌려 상상을 매춘부에 빗댄 것으로 유명하다. 상상이 어디로 이끌든 그는 상상을 기꺼이 따른다는 말이다. 이는 몽테뉴 역시 마찬가지인데, 디드로의 표현은 오히려 몽테뉴의 몽상과 성찰, 감각과 정서에 더 잘 들어맞는다고 할 수 있다. 몽테뉴는 자신의 존재와 정신, 육체 전부를 에세이의 주제로 삼으면서도, "나는 나의 주제를 붙잡아둘 수 없다. 그것은 본래부터 취한 것처럼 내내 정신없이 비틀거린다. 나는 존재가 아니라 과정을 그린다. 한 시대에서 다른 시대로 가는 과정이 아니라 (…) 하루하루, 순간순간의 과정을 그린다"고 말한다.[22] 고대 그리스 철학자 헤라클레이토스가 "같은 강에 두 번 발을 담글 수 없다"고 했다면, 몽테뉴는 한술 더 떠 한 번도 담글 수 없다고 말하는 셈이다. 피부가 물에 닿는 순간과 뇌가 접촉을 인식하는 순간 사이에 모든 것이 달라지기 때문이다.

이런 상황에서 인간은 무엇을 할 수 있을까? 몽테뉴에게 답은 에세이를 쓰는 것이다. 그는 정신이 발을 디딜 "굳건한 발판"을 찾을 수 있다면 에세이를 쓸 필요가 없다고 말한다. 그런 상황이라면 "결정을 내리는" 것이 가능하기 때문이다. 그러나 현실에서는 세상도, 몽테뉴 자신도 오래도록 지속할 수 있는 결정을 내릴 만큼 같은 상태를 길게 유지할 수 없다. 인간은 태어난 순간부터 현상학적 혼란에 삼켜지며, 끊임없이 변화하는 바다 위에서 섬처럼 가만히 떠 있는 것이 아니라 코르크처럼 휩쓸리는 처지에 놓인다. 그러므로 에세이를 쓰는 행위는 닻을 내리고 배를 묶을 곳을 찾는 시도라기보다는, 현재가 과거로 바뀌는 순간을 (그리고 그 순간의 자신을) 포착하려는 끝없는 시도다. 흔히 작가들이 의식의 흐름을 담아내려 시도한 것은 심리학자 윌리엄 제임스William James가 그 용어를 처음 제안한 이후라고 생각한다. 하지만 몽테뉴는 그보다 500여 년 앞서 대담하게 선언했다. "나는 다른 어떤 주제보다 나 자신을 탐구한다. 이것이 나의 형이상학이며, 이것이 나의 물리학이다."[23] 몽테뉴는 그가 창안하다시피 한 문학적 뗏목, 즉 에세이 형식에 올라타고 내면의 감각이라는 급류로 뛰어든 최초의 인물이었다.

이렇게 거친 물살에 몸을 내맡긴 몽테뉴에게 죽음은 늘 곁에 있는 동반자였다. 여기서 죽음이란 바위나 제방에 충돌한 결과가 아니라 누구나 공평하게 맞이하는 유일한 결과로서의 죽음을 말한다. 몽테뉴가 초기의 글에서 죽음에 깊은 관심을 보인 것은 질병보다 스토아 철학과 관련이 있었다. 2장에서 살펴보았듯이 스토아 철학은 인간의 사고만이 아니라 자아 자체를 바꾸는 것을 목표로 삼았으며, 에픽테토스 같은 스토아 철학자는 제자들에게 외적인 것과 내적인 것, 통제할 수 있는 것과 없는 것을 구별하도록 가르쳤다. 이러한 사고방식을 내면화하면 삶의 우여곡절로부터 자유로울 수 있다는 것이다. 제목에서 짐작할 수 있듯이 〈좋고 나쁜 것은 우리 견해에 달려 있다〉와 같은 몽테뉴의 초기 에세이는 스토아 철학의 관점을 반영한다. 이 글에서 몽테뉴는 운은 우리를 돕지도 해치지도 않는다고 말한다. 운은 그저 "운보다 강력하며 행복과 불행의 유일한 원인이자 주인인 영혼이 내키는 대로 요리조리 쓰도록"[24] 좋고 나쁨을 판단할 재료를 제공할 뿐이라는 것이다.

따라서 스토아 철학자에게 철학은 삶의 도구인 동시에 죽음의 도구이기도 한데, 몽테뉴는 초기 에세이에서 죽음을 위한 도구로서의 철학에 열중한다. 그는 키케로의 유명한 격언을 살짝 바꿔 제목을 붙인 에세이 〈철학을 한다는 것은 죽는 것을 배우는 것이다〉에서 죽음이 가진 '기이함'을 없앨 여러 방안을 시험한다. 불시에 들이닥치는 죽음의 능력을 과소평가하지 마라. 자신의 능력을 과대평가해 죽음을 피할 수 있다고 생각하지 마라. 우리는 죽음에서 눈을 돌리지만 죽음은 늘 우리를 따라다닌다. 몽테뉴는 죽음을 불청객 취급하기보다 인정해야 한다고 충고한다. "죽음이 어디서 우리를 기다리는지는 알 수 없다. 그러니 차라리 어디서나 죽음을 기다리자. 죽음을 계획하는 것은 자유를 계획하는 것이다. 죽는 법을 배운 자는 노예가 되는 법을 잊은 자다."[25] 그러므로 우리는 언제나 죽음을 먼저 생각해야 한다. 특히 삶을 즐기고 있을 때는 "인간이 처한 조건을 기억하고 (…) 행복이 죽음의 먹잇감이라는 사실을 잊지 않도록 해야 한다". 몽테뉴는 예측할 수도, 피할 수도 없는 죽음에 대비하기 위해 스토아 철학에 기대어 자신의 삶에 죽음에 관한 생각이라는 멍에를 씌운다. "우리 생애의 목적지는 죽음이다. 죽음은 우리가 필연적으로 향하는 목표다."[26]

◊

그러나 설령 몽테뉴가 죽음에 관심을 두지 않았을지라도 죽음은 늘 몽테뉴에게 관심이 있었다. 친구 라 보에티의 죽음을 겪기 1년 전, 몽테뉴는 조국 프랑스를 죽음으로 몰아넣을 듯한 사건을 목격했다. 1562년 3월 1일, 무장한 가톨릭 극단주의자들이 샹파뉴 지방의 소도시 바시에 있는 한 곳간에서 불법으로 예배 모임을 연 수백 명의 위그노huguenots(프랑스의 개신교도)를 습격했다. 뒤이은 학살 끝에 수십 명의 위그노가 사망하고, 백 명 이상이 크게 다쳤다. 가톨릭교도와 개신교도 사이의 종교 분쟁이 수십 년간 곪을 대로 곪은 프랑스에서 이 사건이 어떤 결과를 가져올지는 불 보듯 뻔했다. 몽테뉴의 친구이자 파리의 변호사였던 에티엔 파스키에는 학살 소식을 듣고 이렇게 말했다. "이제는 다들 전쟁을 이야기한다. (…) 한 나라 안에서 벌어질 수 있는 일 중 내전보다 더 두려운 것은 없다. (…) 이런 사건을 감히 평가하자면, 비극을 알리는 시작이라 말하겠다."[27]

바시 학살 이후 수십 년간 이어진 종교적 내전은 비극이라는 말로 다 설명할 수 없다. 이를 이해하기 위해 알아야 할 것은 16세기 프랑스의 가톨릭교도와 위그노가 서로에게 느낀 두려움과 증오다. 서로를 향한 불신과 증오는 이들이 1562년부터 1598년까지 무려 여덟 차례에 걸쳐 전쟁을 벌인 이유를 설명한다. 그리고 이 전쟁에서 서로 자신이 신의 가호를 받고 있다 확신한 두 세력은 민간인과 군인을 구별하려 들지 않았고, 이에 따라 전투와 학살을 나누는 모호한 경계도 일찌감치 무너졌다. 이후 프랑스인의 삶에는 어떤 진영을 선택했든, 어떤 진영을 거부했든 관계없이 끊이지 않는 폭력의 굴레가 씌워졌다. 몽테뉴는 말년에 당시의 상황을 이렇게 묘사했다. "30년째 계속되는 이 환란 속에서 모든 프랑스인은 개인으로서든 공동체의 일원으로서든 자기 운명이 언제 거꾸로 뒤집혀도 이상하지 않음을 안다."[28]

당시 프랑스 사람들이 처한 불행의 깊이를 가장 적나라하게 보여준 사건은 1572년 8월 24일 성 바르톨로메오 축일에 벌어진 학살이었다. 그날 아침, 한심스러운 국왕 샤를 9세와 고압적인 어머니 카트린 드 메디시스Catherine de Medici는 나바르 왕국의 왕이자 개신교도인 앙리 드 나바르Henri de Navarre와 샤를 9세의 동생이자 가톨릭교도인 마르그리트 드 발루아Marguerite de Valois의 결혼식에 참석하기 위해 파리에 모인 개신교 지도자들을 살해하라는 명을 내렸다. 그러나 소수의 지도자를 겨냥한 공격은 며칠 동안 계속된 대학살로 이어졌다.

가톨릭 설교자들은 위그노가 가톨릭의 근간을 위협한다며 하나님이 주신 임무를 행하라 촉구했고, 광란에 휩싸인 가톨릭교도들은 2,000명이 넘는 위그노를 학살했다. 그 결과 센강은 난도질당한 채 버려진 수백 구의 시체로 하류까지 붉게 물들었으며, 이외에도 많은 시신이 불에 타거나 들개에 뜯어 먹혔다. 당시 군중이 보인 잔혹함은 이루 말할 수 없는 정도였다. 일례로 가톨릭교도 몇몇은 한밤중에 필리프 르 두라는 위그노 직공과 스물한 번째로 임신한 아내가 사는 집에 쳐들어가 곧장 남편을 살해한 뒤, 아이를 낳을 수 있도록 살려달라 사정하다 도망치려는 아내의 배를 갈라 태아를 꺼내고 시신을 길에 내던졌다.[29]

보르도와 주변 지역은 개신교도와 가톨릭교도를 가리지 않는 종교적 증오라는 바이러스에 특히 취약했다. 1569년 위그노 지도자 콩데 친왕Duc de Condé이 암살당하자, 위그노들은 그에 대한 보복으로 지역의 가톨릭 농민 수백 명을 학살했다. 그로부터 3년 뒤인 1572년은 가톨릭의 차례였다. 성 바르톨로메오 축일에 파리에서 터져 나온 광기는 프랑스 전체로 퍼져 보르도까지 이르렀다. 보르도의 관리들은 지역의 가톨릭 사제들이 파리의 신도들을 본받자고 촉구할까 우려했고, 오히려 선수를 쳐서 대중의 광란을 막고자 했다. 그리하여 이들은 그해 10월 초, 고등법원 법관을 비롯한 개신교도 250명을 처형하도록 명령했다. 이런 일이 벌어지는 동안 세상과 거리를 둔 채 성에 머물던 몽테뉴는 공개적으로는 어떤 발언도 하지 않았다. 저명한 몽테뉴 연구자 필리프 드장Philippe Desan은 당시에는 신중함이 생사를 결정했다는 점을 지적한다. "몽테뉴의 친구 몇몇은 특정 진영에 지나치게 가담하는 실수를 저질렀다."[30] 영웅을 바라는 독자라면 영웅적 행위에 관한 생각을 바꾸지 않는 한, 역병이 들끓는 보르도에 들어가지 않았던 일을 볼 때와 마찬가지로 몽테뉴의 침묵에 실망할 것이다.

◊

《수상록》을 꼼꼼히 읽지 않은 독자라면 성 바르톨로메오 축일의 끔찍한 학살이 있기 전까지 몽테뉴가 가톨릭 편에 가까웠다는 사실을 모르고 지나칠 수 있다. 하지만 역설적이게도 몽테뉴는 진실한 믿음이 아니라 진실한 의심으로 종교를 대했다. 한마디로 그는 회의주의자였다. 다만 몽테뉴는 대의명분이나 교리를 따르기가 귀찮다거나 관심이 없어서 회의주의를 택한 것이 아니었다. 그의 회의주의는 진중하고 체계적인 추론을 거쳐 판단을 중지함으로써 나온 태도였다.

몽테뉴는 특히 피론주의에 매료되었다. 피론주의는 기원전 3세기 무렵 활동한 그리스 철학자 피론Pyrrhon의 이름을 딴 회의주의 학파로, 몇 세기 후 헬레니즘 시대의 철학자 섹스투스 엠피리쿠스Sextus Empiricus에 의해 체계화되었다. 피론주의자는 포스트모던 시대의 상대주의자와 마찬가지로 보편적이고 영원한 진리를 찾을 가능성을 부정했다. 섹스투스는 그의 저서에서 모든 명제는 그와 반대가 되는 명제를 가짐을 입증하고자 하는데, 이러한 주장은 특정 관점을 취하는 이성의 능력은 물론, 그런 관점을 가지려는 시도의 타당성까지 뒤흔든다. 종교전쟁의 사례가 똑똑히 보여주었듯, 특정 신념을 명확히 밝히는 일은 개인을 불안에 빠뜨릴 뿐 아니라 사회 전체에 심각한 불화를 가져왔다. 이러한 이유로 피론주의자는 진리를 놓고 두 주장이 대립하는 경우, 양쪽 모두를 비난하며 선택을 거부한다.[31] 2,000여 년 후, 장 폴 사르트르Jean-Paul Sartre는 선택하지 않는 것은 최악의 선택이라 주장했지만, 피론주의자에게는 선택하지 않는 것이야말로 인간이 할 수 있는 가장 좋은 선택이다.

몽테뉴는 자신이 회의주의자로서 충분한 자격이 있음을 드러내기 위해 목에 거는 메달과 서재 천장의 대들보에 판단중지를 뜻하는 그리스어 단어 '에포케Epokhe'를 새겼다. 몽테뉴가 가장 긴 에세이 〈레몽 스봉을 위한 변호〉에서 설명하듯, 에포케는 "나는 유보한다. 나는 조금도 움직이지 않는다"는 뜻이다.[32] 요컨대 실천적 회의주의자는 (신新아카데미 학파*의 회의주의자와 달리) 절대적인 것을 멀리하고 결단을 경계하며, "결론 짓고 선택하기 위해서가 아니라 탐구하고 토론하기 위해 이성을 사용한다. 언제라도 자신의 무지를 끊임없이 고백하며 균형을 잃고 치우치는 일 없이 판단하는 태도를 상상해보면, 누구나 피론주의를 이해할 수 있다".[33]

* 플라톤이 세운 아카데미에서 나온 학파로 피론주의와 유사하게 회의주의를 주창했다. 그러나 섹스투스 엠피리쿠스는 두 학파의 유사성을 인정하면서도 피론주의자는 진리에 관한 판단 자체를 유보하며 탐구를 지속하지만, 신아카데미 학파의 철학자들은 진리를 파악할 수 없다고 확언함으로써 또 다른 독단에 빠진다고 비판했다. 몽테뉴는 〈레몽 스봉을 위한 변호〉에서 특정 명제가 다른 명제보다 더 그럴듯하다 보는 신아카데미 학파의 경향은 더 명백한 진리가 있다는 생각과 다르지 않다고 비판하며, 자신이 보기에는 피론주의자의 관점이 더 과감하면서도 타당하다고 말한다.

두 진영의 광신자들이 피를 철철 흘리며 싸우던 당시만큼 피론주의를 실천하기 좋은 때가 또 언제겠는가? 몽테뉴는 가톨릭교도와 개신교도가 근본적으로 증명할 수 없는 진리를 두고 싸우는 모습을 보며 이성에 따라 판단을 중지하는 수밖에 없다고 생각했다. 그에게 회의주의는 가장 합리적인 태도였던 셈이다. 몽테뉴는 초기의 에세이 〈양심의 자유에 관하여〉에서 "선한 의도라도 무절제하게 추구하면 인간을 심각한 악행으로 몰고 간다"고 말한다. 어떤 주장이 근본적으로 타당한지 확인할 방법이 없다면, 시험을 거쳐 효과가 입증된 쪽을 택하는 것이 그나마 이치에 맞을 수 있다. 이러한 이유로 몽테뉴는 "프랑스를 내란으로 뒤흔든 이 논쟁에서 가장 바람직하고 타당한 입장은 두말할 것도 없이 이 나라의 오랜 종교와 정부를 유지하자는 쪽이다"라고 주장한다.[34]

실상 이 같은 발상은 긍정적 주장보다 계몽된 편익을 내세우는 보수주의의 한 유형에 해당한다. 몽테뉴는 라 보에티와 마찬가지로 공적 자아와 사적 자아를 엄격히 구별했다. 사적 자아는 생각의 자유를 마음껏 즐길 수 있지만, 공적 자아는 자유로운 생각을 멈출 필요가 있다. 몽테뉴는 그 차이를 이렇게 설명한다. "현자는 자신의 영혼을 군중으로부터 떼어내 자기 안으로 거둬들임으로써 영혼에 사물을 자유로이 판단할 힘과 자유를 주면서도, 밖으로는 널리 받아들여지는 방식과 관례를 전적으로 따라야 한다. 사회 일반은 우리의 생각과 관계하지 않고도 잘 돌아간다. 그러나 우리는 그 밖의 것, 즉 우리의 행위와 일, 재산, 삶 자체까지도 사회와 여론을 위해 제공하거나 포기해야 한다."[35]

그러나 성 바르톨로메오 축일의 학살은 기존의 종교와 정부에 호의적이던 몽테뉴의 생각을 흔들어놓았다. 갓 은퇴한 몽테뉴는 가톨릭 신앙뿐 아니라 학살 같은 행위를 부추길 가능성이 있는 모든 원리 원칙으로부터 거리를 두기 시작했다. 이를테면 화체설과 공재설* 중 무엇이 맞는지 같은 난해한 문제를 두고 목숨까지 내놓으며 싸운다는 것이 얼마나 이상한 일인가? 몽테뉴는 1550년부터 프랑스 루앙에 와 있던 브라질의 투피남바 원주민을 만난 뒤에 쓴 에세이 〈식인종에 관하여〉에서 야만은 보는 사람의 시각에 달

* '화체설transubstantiation'은 성찬식에서 먹는 빵과 포도주가 순간적으로 그리스도의 몸과 피로 변한다는 학설을 말한다. 가톨릭교회는 1551년 트리엔트 공의회에서 화체설을 교의로 선포했다. 그러나 마르틴 루터Martin Luther는 화체설에 반대하며 빵과 포도주가 실재적으로 변하는 것이 아니라 그리스도가 성찬 시에 그와 함께 깃드는 것이라 주장했고, 후대의 루터파 신학자들은 이를 '공재설consubstantiation'이라 명명했다.

린 것이라 말했다. “나는 우리가 이런 행위를 야만스럽고 끔찍하다 여기는 것을 안타깝게 생각하지 않는다. 진실로 안타까운 일은 우리가 그들의 잘못은 잘 따지면서 정작 자신의 잘못에는 눈을 감는다는 것이다. (…) 우리는 이성의 원칙에 비춰 그들을 야만인이라 부를 수 있겠지만, 우리 자신과 비교해서 그렇게 부를 수는 없다. 어느 모로 보나 우리의 야만성이 그들을 능가하기 때문이다.”[36]

이 에세이는 인상적인 결말로 유명하다. 몽테뉴는 투피남바 원주민이 질문을 받고 내놓은 두 개의 현명한 답변을 옮긴 다음(실제로는 세 가지 답변이 나왔으나, 몽테뉴는 특유의 솔직한 태도로 세 번째는 잊어버렸다고 밝힌다), 이렇게 덧붙인다. “이 모두가 나쁘지 않은 일이다. 하지만 그게 다 무슨 소용인가? 그들은 브리치스breeches*조차 입지 않았는데.” 잠시 고개를 들어 이 대목을 곱씹어보면, 우리는 (혹은 나는) 명백한 아이러니를 느끼면서도 자신은 그로부터 예외라는 생각에 으쓱해진다. 우리는 16세기 프랑스인은 이 아이러니를 깨닫지 못했으리라 생각한다. 그들은 전통적인 신념과 가치에 확신을 품고 문명의 대변자로 자처하면서 투피남바 원주민을 야만인으로 취급했다. 정작 그들이 차려입은 브리치스는 동포의 피로 얼

* 무릎 바로 아래서 여며 입는 남성용 반바지로, 유럽에서 19세기 중반까지 유행했다.

룩져 있었는데도 말이다. 또 우리는 각자 손에 든 《수상록》을 읽고 고개를 끄덕이며 오늘날에도 이런 아이러니를 깨닫지 못하는 사람이 수두룩하다고 생각한다. 그들은 자기가 속한 전통적 뉴스 사일로silo*나 가상의 공동체에 갇힌 채, 현실이든 가상이든 다른 사일로와 공동체에 속한 사람들의 인간성을 무시한다. 그러면서도 당연히 우리 자신은 이런 아이러니를 이해한다고 생각한다. 아니, 다른 사람은 몰라도 나만큼은 이해한다고 믿는다.

하지만 우리 역시 예외일 수 없다. 마침 몽테뉴도 떠받들었던 위대한 아이러니의 예술가 소크라테스Socrates를 생각해보자. 플라톤Platon의 《대화편》을 읽는 독자는 자신의 믿음을 의심할 줄 모르는 우둔한 대화자를 상대로 소크라테스가 아이러니를 활용하는 솜씨를 보며 즐거워한다. 소크라테스는 상대의 논리를 거듭 벼랑 끝으로 밀어붙이며, 상대방은 여태 진실이라 믿었던 명제나 원칙을 옹호할 방법이 없다는 사실을 깨닫고 망연자실하거나 화를 낸

* '사일로'는 본래 곡식 등을 저장하는 굴뚝 모양의 창고를 가리키는 말이지만, 외부와 담을 쌓은 채 소통하지 않는 조직이나 집단을 가리키는 말로도 쓰인다. 뉴스 사일로는 원하는 정보만을 취사선택하고 생각이 비슷한 사람끼리 뉴스를 공유하는 집단 혹은 그런 현상 자체를 가리킨다.

다. 독자는 처음에 불쾌해하는 대화자를 보며 고개를 끄덕이다가 그의 아둔함에 고개를 내젓고, 마지막에는 자기만족을 느끼며 웃음 짓는다. 대화자들은 소크라테스에게 논파 당한 뒤에도 소크라테스를 만나기 전으로 돌아가 이전의 삶과 사고방식을 고스란히 되풀이할 만큼 무지몽매하기 때문이다.

그러나 철학자 알렉산더 네하마스Alexander Nehamas가 지적하듯, 소크라테스의 아이러니가 겨냥하는 진짜 목표는 대화 속에 등장하는 대화자가 아니라 그 대화를 읽는 독자다. 소크라테스에게 논파 당한 대화자가 이전의 삶으로 돌아가듯, 독자 역시 대화를 읽기 전과 별반 다를 게 없다. 독자는 소크라테스가 맞고 대화자는 틀렸다고 판단하지만, 자기 자신까지 그런 판단의 대상으로 삼는 경우는 거의 없다. 소크라테스는 동시대인과 자기 자신에게 명철한 사고와 판단력을 일깨웠지만, 독자는 그의 가르침에 따라 자신의 신념과 확신을 검토하고 삶을 바로잡기를 거부한다. 네하마스는 그 결과를 이렇게 설명한다. "우리는 그저 자신의 무지에 대한 무지를 드러낼 뿐이다. (…) 플라톤의 대화는 소크라테스의 대화 상대를 깔보게 만듦으로써 독자를 그들과 다를 것 없는 인물로 바꿔 놓는다."[37]

수십 년의 세월을 자신의 삶을 탐구하는 데 바친 몽테뉴는 소크라테스의 아이러니를 확실히 이해하고 있었다. 그는 돌이켜 보면 어리석어 보이는 실수를 수없이 저질렀다고 생각했으므로 자신의 판단을 다시 신뢰하려 하지 않았다. 하지만 몽테뉴는 이러한 불신이 그저 시작일 뿐이라고 말한다. "자신이 어리석게 말하거나 행동했음을 아는 일은 아무것도 아니다. 사람은 자신이 한낱 바보에 지나지 않는다는 사실을 알아야 한다. 이것이 더 크고 중요한 깨달음이다." 물론 이런 깨달음을 실천으로 옮기는 일은 훨씬 더 어렵다. 소크라테스의 대화나 몽테뉴의 에세이는 우리에게 가장 부족한 것이 자기 통찰이라는 가르침을 주지만, 이런 통찰에 따라 행동하기란 쉬운 일이 아니다. 생각을 바꾸는 데는 엄청난 노력이 필요하다. 하지만 바뀐 생각에 맞춰 삶을 바꾸는 데는 초인적인 노력이 필요하다. 나는 몽테뉴가 말한 브리치스를 입고 있지 않지만(시대와 장소, 계절에도 맞지 않으므로), 이 글을 쓰는 지금도 그런 바지를 입는 편이 입지 않는 것보다는 더 낫다는 생각에서 벗어나지 못한다.

◊

"그는 영웅이 아니었고, 결코 영웅인 체하지도 않았다." 오스트리아의 소설가 슈테판 츠바이크Stefan Zweig는 (그는 실제로 아주 멋들어진 브리치스를 입는 사람이었다) 몽테뉴가 페스트에 보인 반응을 두고 이렇게 말했다.[38] 1941년 말, 고상하고 세련된 세계주의자였던 츠바이크가 아내 로테와 함께 브라질의 소도시 페트로폴리스에서 망명 생활을 했다는 사실은 선뜻 믿기지 않는 일이다. 하지만 그에 못지않게 거짓말 같은 이야기는 그가 세 들어 살던 집 천장에서 몽테뉴의 낡은 에세이집이 나왔다는 것이다. 츠바이크는 친구였던 프랑스 소설가 쥘 로맹에게 쓴 편지에서 "하나의 발견을 한 것처럼" 몽테뉴에게 빠졌다며 어떤 작가들은 "특정 시대, 특정 순간에만 모습을 드러낸다"고 말했다.[39] 츠바이크는 반듯하게 주름 잡힌 셔츠와 타이를 걸치고 열대 지방의 분위기가 물씬 풍기는 베란다에 앉아 몽테뉴의 에세이를 탐독하며 자신의 생각을 기록했다. 그는 이 에세이들에 자신을 괴롭히던 물음에 대한 답이 있다고 믿었다. "오늘날처럼 당시에도 세상은 갈가리 찢긴 전쟁터나 다름없었고, 전쟁의 야만성은 극에 달했다. 이런 시대를 사는 사람에게 삶의 문제는 한 가지 물음으로 합쳐진다. 어떻게 해야 계속 자유로울 수 있을까?"[40]

츠바이크 부부는 1934년 이래로 줄곧 고향을 잃고 떠돌아다녔다. 유대인이었던 츠바이크는 선견지명을 발휘해 독일이 오스트리아를 합병하기 4년 전 오스트리아를 떠나 영국으로 갔다. 그러나 부부는 1940년 나치 독일이 영국의 가장 가까운 동맹국 프랑스를 함락하고 영국해협을 건너려고 준비하자 또다시 짐을 싸야 했다. 두 사람은 미국에 잠깐 머문 뒤(무엇보다 믿기지 않는 것은 이들이 악명 높은 싱싱 교도소가 있던 뉴욕의 작은 마을 오시닝에 살았다는 사실이다), 다시 한번 대서양을 건너 브라질의 페트로폴리스에 정착했다. 19세기 후반 독일에서 몰려온 이민자의 물결은 페트로폴리스에도 언어적·문화적 흔적을 남겼다. 하지만 파릇파릇한 열대 식물과 이국적인 동물로 둘러싸인 방갈로에 살던 츠바이크 부부는 과거를 떠올리게 하는 흔적을 보며 그들이 처한 상황을 더욱 비관했다. 츠바이크는 한 편지에서 이렇게 말했다. "예순이 다 된 나이에 (…) 과거의 삶과 책, 연주회, 친구, 대화를 비롯한 모든 것에서 까마득히 멀리 떨어져 브라질의 작은 마을에 앉아 있을 것이라고는 꿈에도 생각지 못했다네."[41]

그러나 몽테뉴라는 뜻밖의 '발견'은 츠바이크에게 책과 친구, 대화를 가져다주었다(연주회는 아직 무리였다). 몽테뉴가 자신과 "한 몸"이라 선언한 책에서 츠바이크는 친구를 찾았다. 중요한 것은 진솔한 대화로 마음을 사로잡는 몽테뉴의 재능 덕분에 츠바이크가 1941년 마지막 몇 달간의 암울한 시간을 견딜 수 있었다는 점이다. 이 동안 츠바이크는 몽테뉴와의 대화를 그에 관한 짧은 책으로 옮기는 데 전념했다. 츠바이크는 이 책의 서두에서 《수상록》은 애초에 새로운 발견 같은 것이 아니었다고 고백한다. 그는 스무 살 때 처음 몽테뉴의 에세이를 읽었지만, 그 글을 "어떻게 대해야 할지" 몰랐다. 그로부터 40년이 지나 세상이 발칵 뒤집힌 뒤에야 츠바이크는 16세기 프랑스 작가 몽테뉴를 그의 삶에서 가장 중요한 대화자로 재발견했다. "운명에 의해 와르르 무너지는 세계에 던져진 우리 같은 세대에게 몽테뉴의 자유롭고 진실한 사유는 귀중한 버팀목이 되어준다."[42]

그렇다면 츠바이크는 페스트가 보르도를 덮친 당시 몽테뉴의 행동을 어떻게 생각했을까? 츠바이크는 가차 없이 말한다. "몽테뉴는 겁에 질려 자신이 살던 도시를 버렸다." 하지만 츠바이크가 몽테뉴의 도피는 무책임하거나 부도덕한 행동이 아니었다고 말할 때, 그는 분명 몇 해 전 오스트리아를 떠나기로 한 자신의 결정을 떠올렸을 것이다. "우리는 당시 페스트가 어떤 의미였는지 이해하지 못한다. 우리가 아는 것은 페스트가 그것이 지나가는 길에 있는 사람들에게 어떤 의미로 다가왔는가 뿐이다. 즉, '죽기 살기로 달아나라'는 것이다." 게다가 몽테뉴는 츠바이크와 같은 가장으로서 노모와 아내, 하나 남은 딸을 책임져야 했다. 시장 임기도 끝난 마당에 그가 가족과 자신을 위해 할 수 있는 최선은 목숨을 부지하는 것이었다. 그리하여 몽테뉴는 가족과 하인, 원고를 마차에 싣고 달아났다. 츠바이크는 그의 행동이 "약간의 영광과 명예, 위엄을 실추시켰지만, '가장 중요한 것'을 구했다"고 말한다.[43]

1942년 2월 23일 카니발 기간이 시작될 무렵, 이제 막 원고를 끝낸 츠바이크는 아내 로테와 침실에 틀어박혔다. 두 사람은 나치라는 역병이 곧 브라질까지 퍼질 것이라 확신했던 것 같다. 그리하여 이들은 최후의 도피처로 떠났다. 다음 날 경찰은 옷을 갖춰 입은 채 침대에 나란히 누운 츠바이크 부부의 시신을 발견했다. 검시관에 따르면, 사인은 수면제 과다복용이었다. 검시 결과에는 츠바이크도 '가장 중요한 것'을 구했는지 어떤지는 나와 있지 않았다. 몽테뉴는 자살을 옹호하지 않았지만, 츠바이크 역시 가장 중요한 것을 꼭 붙들고 있었다는 데는 동의했을 것이다. 결국 츠바이크는 그가 이해한 몽테뉴의 처신과 같은 방식으로 행동한 것 아니겠는가? "광기가 대중을 압도하고, 전쟁과 폭력, 이념의 독재가 개인의 삶과 자유를 위협하는 시대를 살아야 하는 자만이 진정한 자신에게 계속 충실해지려면 얼마나 많은 힘과 용기, 정직이 필요한지 이해할 수 있다."

◊

1585년 이후 몽테뉴는 프랑스인의 타고난 야만성을 점점 거세게 비판했다. 이제 그의 비판은 피론주의와 어울리지 않을 만큼 과격했다. "괴상망측한 전쟁 같으니! 다른 전쟁은 밖을 향하는데, 이 전쟁은 안과 밖을 동시에 향하며 자신의 독으로 스스로를 먹어 치운다. 이 전쟁은 본질이 너무나 흉악하고 파괴적이어서 다른 모든 것과 자신을 함께 망가뜨리며, 분노에 차서 자신을 찢어발긴다." 그러면서 몽테뉴는 프랑스인은 대체 어떤 처지에 놓인 것인지 묻는다. 그는 〈외모에 관하여〉에서 전쟁을 전염병에 빗대 이 물음에 답한다. "우리가 쓰는 의술은 병을 옮긴다. (…) 이 같은 전염병이 발생하면 처음에는 병든 자와 건강한 자를 구별할 수 있다. 하지만 우리처럼 병을 오래 끌면 머리부터 발끝까지 온몸이 감염되며, 어떤 부위도 부패를 면치 못한다."[44]

몽테뉴가 이처럼 동시대 사람들에게 격한 감정을 드러내는 것은 처음 있는 일이 아니다. 그는 이전의 에세이에서도 비슷하게 좌절감을 토로하곤 했다. 하지만 그가 페스트를 겪은 이후에 쓴 《수상록》의 마지막 3권은 앞의 두 권과 구별되는 점이 있다. 초기 에세이에는 죽음의 그림자가 감도는 반면, 후기 에세이에서는 삶에 대한 희망이 샘솟는다. 마치 역병의 힘이 에세이의 방향을 죽음을 준비하는 태도에서 죽음 이전의 삶을 찬미하는 태도로 바꿔놓은 듯하다. 몽테뉴는 살아갈 날이 점점 짧아지자 일상의 기쁨과 고통을 곰곰이 곱씹음으로써 삶에 깊이를 더하려 했다. 하지만 몽테뉴가 자신에게 남은 일상의 경험 하나하나를 "손에 쥐려" 열을 올리는 것이 그의 하인에게는 불운한 일이었다. 하인은 그의 침상 곁에 자지 않고 머물면서 몽테뉴가 설핏 잠들려 할 때마다 "삶의 순간순간을 놓치지 않도록" 그를 깨워야 했기 때문이다.[45]

〈외모에 관하여〉에서 몽테뉴는 개신교와 가톨릭 근본주의자들이 "공동의 죽음"을 향해 나아간다고 맹렬히 비난하는 한편, 한때 관심을 가졌던 고대의 철학 학파들로부터 발을 빼려 한다. 우리가 어떻게 죽을지 연구하는 데 일생을 바칠 생각이라면(몽테뉴의 영지에 사는 농민은 학교라고는 다녀본 적이 없어도 죽는 법을 잘 안다), 차라리 "아둔함을 가르치는 학파"를 세우는 편이 낫다. 이 학파의 교육과정은 현학적인 설명이 아니라 일상의 경험에 바탕을 둘 것이다. 반면 죽음을 현학적으로 설명하는 강의를 듣는 일은 우리를 삶에서 떼어놓으며, 어떻게 죽어야 하는지를 가르치려 드는 철학자들은 우리가 삶에 집중하지 못하게 만든다. 몽테뉴는 죽음이 삶의 끝이라 인정하면서도, 죽음이 "삶의 목표는 아니며 (…) 삶은 그 자체로 목표이자 목적이어야 한다"고 말한다.[46]

《수상록》 3권을 결론 짓는 에세이(결론을 거부하는 몽테뉴 같은 작가에게는 결정적인 에세이라는 말이 더 어울릴지도 모르겠다)인 〈경험에 관하여〉에서 몽테뉴는 질병을 고찰한다. 하지만 여기서 말하는 질병은 종교전쟁이나 가래톳 페스트가 아니다. 몽테뉴는 "오늘날의 병폐 중에서도 가장 야만스러운 것은 우리 자신의 존재를 경멸하는 일"이라 선언한다.[47] 중요한 것은 우리가 무엇이 될지, 지금껏 무엇이었는지가 아니며, 우리는 이 순간 자신의 존재를 끌어안아야 한다. 인간의 정신은 반사적으로 이 순간보다 앞서 달아나거나 뒤로 물러나기도 하기에 이것은 말처럼 쉬운 일이 아니다. 노년의 몽테뉴 역시 "이 생애를 자연스럽게 잘 사는 법"을 배우는 것만큼 어려운 일은 없다고 인정한다. 교육을 통해 배운 것을 잊고 당연하게 여기던 것(더 높이 오르고 더 빨리 앞으로 나아가려 애쓰는 것)을 돌이켜보는 일은 우리의 습관을 정면으로 거스른다. 하지만 몽테뉴는 바로 그렇기에 우리가 다른 모범을 따라 새로운 습관을 들여야 한다고 믿는다. 그가 말하는 모범이란 "적당한 것은 무엇이든 훌륭하다 여기며, 탁월한 것보다는 평범한 것을 아낌으로써 고귀함을 드러내는" 태도다.[48] 이러한 태도는 기업 이사회실이나 경영대학원에서 거의 찾아보기 어렵지만, 오히려 그렇기에 반드시 시도해야 하는 것인지 모른다.

에세이의 마지막 장에는 몽테뉴가 남긴 가장 유명한 구절이 나온다. "자기 존재를 충실히 누릴 줄 아는 것은 절대적으로 완벽하며 신성하기까지 한 일이다. 우리는 자신을 쓰는 법을 모르기에 다른 조건을 찾아 헤매며, 내면이 어떤지를 모르기에 자기 밖으로 나선다. 그러나 죽마를 타고 높이 올라선다 한들 제 발로 걸어야 하는 한 아무런 소용이 없다. 세상에서 가장 높은 왕좌에 오르더라도 엉덩이를 깔고 앉아야 하는 것은 매한가지다." 하지만 이 에세이는 여기서 끝나지 않는다. 몽테뉴는 "노년이 좀 더 부드럽게 대접받기를" 바란다고 말한 다음, 고대 로마의 시인 호라티우스Horatius가 아폴론에게 바치는 송시의 한 구절로 글을 마친다. 이 구절에서 시인은 아폴론 신에게 건강과 더불어 "정신을 온전히 유지하고 / 리라를 벗 삼아 살게 해주소서"라고 간청한다.[49] 솔직히 말하면 나는 늘 이 대목을 사족이라 생각했다. 호라티우스가 그리스 신에게 바치는 송시보다 왕좌에서도 엉덩이를 깔고 앉아야 한다는 이야기로 글을 마치는 편이 훨씬 효과적이지 않았을까? 하지만 이제 와 나이를 먹고 보니 잘못 생각했다는 것을 알겠다. 온전한 정신과 음악보다 더 중요한 것이 또 어디 있겠는가?

◊

"사랑해요, 당신." R 씨의 병실에 들어설 때면 그녀는 늘 이렇게 따뜻한 인사로 맞아주었다. 그리고 R 씨의 인사에 나도 사랑한다고 답하면 매번 이런 물음이 돌아왔다. "저를 아시나요?" 그때마다 나는 식판을 내려놓고 웃으며 말했다. "아, 전에 뵌 적이 있는 것 같아서요." R 씨를 만나는 날은 나 혼자 〈사랑의 블랙홀〉*을 찍는 날이었다.

R 씨가 딱 식사를 돕는 동안만 나를 알아본다는 사실을 깨닫는 데는 이틀이면 충분했다. 이런 일은 이전까지의 일상에서 겪어보지 못한 새로운 경험이었다. 치매와 알츠하이머병이 어떤 질환인

지는 영화와 다큐멘터리, 친구들의 이야기, 신문이나 소설 속 묘사를 통해 접한 것이 전부였다. 가족력이 있는 질환은 대부분 뇌가 아니라 호흡기와 관련되었다.

그러다 보니 나는 폐공기증을 두고서는 엄두도 못 낼 투의 농담을 치매를 두고 하곤 했다. 한 학생이 몇 주 전 써주기로 약속한 추천서에 관해 물으려 연구실을 찾아온 날까지는 그랬다. 나는 이마를 치며 사과하고는 알츠하이머병의 좋은 점 하나는 늘 새 친구를 사귈 수 있는 것이라 웃으며 말했다. 하지만 학생은 전혀 따라 웃지 않았다. "교수님, 그 농담 지난주에도 하셨어요."

그러나 R 씨와 있으면 그 전날 했던 농담도 얼마든지 다시 꺼낼 수 있었고, 그녀를 대하는 일을 너무 어렵게 생각하지 않아도 되었다. R 씨는 몸집이 크고 머리는 듬성듬성한 백발로 덮였으며, 오래전부터 쭈글쭈글 주름이 가득했을 얼굴에는 사마귀 하나가 외딴 섬처럼 툭 튀어나와 있었다. 스스로 가누지 못하는 몸은 회백색 담

* 2월 2일 하루를 끊임없이 반복하는 남자의 이야기를 다룬 1993년 작 영화. 미국과 캐나다의 2월 2일은 우리나라의 경칩에 해당하는 날로, 봄의 시작을 알린다. 《사랑의 블랙홀》은 시간의 반복을 다루는 작품의 전형이 되어, 지금도 이 영화의 콘셉트를 변주한 창작물이 꾸준히 만들어지고 있다.

요 두 장으로 덮여 있었는데, 담요는 때로 앞 끼니에 먹은 음식으로 얼룩져 있었다. R 씨의 식사 수발을 들 때는 늘 최대한 빨리 준비를 마치려 했지만, 매번 역부족이었다. 내가 식기의 셀로판 포장지를 뜯느라 더듬대는 동안, R 씨는 어느새 왼손으로 (오른팔은 마비가 와서 쓰지 못했다) 저녁 식사에 딸려 나오는 타피오카 푸딩 그릇을 헤집고 있었다. R 씨는 몽테뉴처럼 "숟가락이나 포크를 거의 쓰지 않았다". 하지만 그녀가 몽테뉴와 다른 점은 냅킨 없이도 문제없이 밥을 먹을 수 있었다는 것이다.[50]

나는 냅킨으로 R 씨의 손을 닦으면서 침대 옆 탁자 위에 걸린 그녀의 가족사진이나 텔레비전에 나와 떠드는 사람들을 힐끗 쳐다보곤 했다. 그러다 R 씨를 볼 때면 과연 그녀 안에도 **누군가**가 있을까 하는 의문이 들었다. 몽테뉴가 자기 안에서 찾았고 내 안에도 넘칠 만큼 있으리라 간절히 믿었던 "무한한 깊이와 다양성"이 R 씨에게도 있을까? 몇 주 동안 R 씨가 판에 박힌 듯한 일상을 보내는 모습을 보며 그런 것은 없다는 쪽으로 생각이 기울었다. R 씨와 함께하는 저녁 식사 시간은 텔레비전에서 들려오는 웅성거림과 다르지 않았다. 언제나 똑같은 인사와 똑같은 대화, 똑같은 작별뿐이었다.

그러던 어느 날, 식사를 마친 R 씨의 얼굴과 손을 닦으며 병실을 나설 채비를 하는데 R 씨가 느닷없이 음악을 좋아하냐고 물었다. 화들짝 놀란 나는 그녀를 보며 정말 좋아한다고 말했다. 그러자 R 씨는 여전히 담요로 몸을 싸매고 손가락은 타피오카가 묻어 끈끈한 채였지만, 룸메이트인 F 씨의 산소농축기가 달달거리는 소리를 배경음 삼아 조금 떨리면서도 경쾌한 목소리로 노래를 부르기 시작했다. "불침번을 서며 천 마리 잠든 소떼 주위를 도는 이 밤. 나는 지나간 세월의 흔적을 따라 생각에 잠기네." 나는 냅킨을 내려놓고 멍하니 그녀를 쳐다보았다. "어둠 속에서 들리는 코요테의 울음이 지친 몸을 달래네. 모닥불 근처를 서성이는 산짐승 무리는 카우보이에게 안식을 주네."

그러고 나서 R 씨는 요들을 부르기 시작했다. 알츠하이머병 환자를 곁에서 보는 것이 처음이었듯, 요들을 직접 듣는 것도 난생처음 있는 일이었다. 그녀의 요들은 오페라처럼 웅장하지 않았고 알프스를 떠올리게 하지도 않았지만, 부드러우면서도 그리움으로 가득 차 있었다. R 씨의 노랫소리가 산소농축기와 텔레비전의 웅성거림을 덮고 방 안을 가득 메우는 동안 다른 쪽 병상으로 눈을 돌리자, 물끄러미 천장을 보며 미소 짓는 F 씨가 보였다. 그러다 노래를 마친 R 씨 쪽을 돌아보니 그녀 역시 미소 짓고 있었다. "여기가 우리 집인가요?" R 씨의 물음에 나는 얼이 빠진 채 그렇다고 답했다. R 씨가 더 환하게 웃으며 말했다. "사랑해요, 당신." 식판을 들고 병실을 나서는 동안에도 R 씨의 노랫소리는 귓가를 맴돌았다. 나는 지나간 세월의 흔적을 생각하며 나지막이 답했다. "사랑해요, 당신."

대니얼 디포와 런던 대역병

4

통계의 빈틈에 놓인 인간을 세심하게 포착하는 이야기

인간은 숨 가쁘게 돌아가는 세상과

군중의 틈바구니에서도

혼자라 보아야 마땅하리라.

-《로빈슨 크루소》

거리를 다닐 때면 곳곳에 펼쳐진 처참한 광경에

가슴을 옥죄는 듯한 공포가 밀려왔다.

-《전염병 연대기》

마르세유 역사박물관에서 흥미를 돋우는 광경 중 하나는 군데군데 부식된 거대한 닻이 흰색 벽 앞에 비스듬히 세워진 모습이다. 1978년 잠수부들이 발견한 이 닻은 과거 마르세유항 밖에서 침몰한 돛대 세 개짜리 상선 '르 그랑 생 앙투안'의 잔해로, 인양이 가능했던 몇 안 되는 부속품 중 하나였다. 1720년 5월 25일, 튀르키예의 항구 도시 스미르나에서 마르세유로 돌아온 이 배는 항구에 정박해 싣고 온 귀한 직물을 하역했다.

그 후 배가 침몰한 것은 태풍이나 전투 때문이 아니었다. 침몰은 1715년 루이 14세Louis XIV가 서거한 뒤로 루이 15세Louis XV의 섭정을 맡고 있던 오를레앙 공작 필리프 2세Louis Philippe의 명령에 따른 일이었다. 마르세유에서 전해진 소식에 경악한 필리프 2세는 배에 불을 질러 가라앉히도록 명했다. 이유는 소름 끼칠 만치 단순했다. 배에 실려 있던 이국의 직물 더미 틈에 가래톳 페스트를 일으키는 병원균 예르시니아 페스티스Yersinia pestis가 섞여 있었던 것이다. 페스트는 배가 정박한 지 며칠 만에 빈민가로 퍼져 주민의 목숨을 빼앗기 시작했다. 의사들이 처음에 '악성 고열'로 진단했던 역병은 중산층과 귀족계급 사이에서 퍼지기 시작한 뒤에야 시 관리들échevins의 이목을 끌었다.

7월 초가 되자 피난할 방도가 있는 사람들은 도시를 떠나기 시작했다. 관리들은 환자와 환자의 가족을 집에 격리하는 기존의 규제를 시행하는 한편, 밤에는 시신을 모아 매장하는 데 진력했다. 하지만 사망자 수가 기하급수적으로 늘면서 이들의 업무는 점차 힘에 부쳤다. 놀랍게도 마르세유시 당국은 필리프 2세의 명령이 내려온 지 두 달이 지나서야 르 그랑 생 앙투안호를 불태웠다. 그로부터 얼마 뒤인 7월 30일, 프로방스 고등법원은 마르세유에 가래톳 페스트가 퍼졌다고 선언함으로써 누구나 알고 있던 사실을 공식화했다. 고등법원의 법관들은 마르세유 봉쇄령을 내리고, 도시를 드나들다 붙잡히는 사람은 구속이나 사형에 처할 수 있다고 경고했다. 또한 마르세유와의 무역이나 교류를 일절 금지하고, 성문을 폐쇄한 뒤 주변에 경비병을 배치했으며, 추가로 도시에 살던 유대인을 유대인 거주 지역에 격리했다.[1]

한편 지역 교회 관계자들은 페스트라는 무시무시한 재난을 두고 자신들만의 처방을 내렸다. 마르세유의 주교였던 앙리 드 벨죙스Henri de Belsunce는 하나님이 상업으로 부를 쌓으며 날로 오만해진 마르세유에 천벌을 내렸다고 확신했다. 그는 주교로서 신앙에 책임을 다하려 했으며, 자신을 희생해 하나님의 지당하신 분노를 누그러뜨리고자 했다. 벨죙스 주교는 마르세유항 인근의 광장에서 열띤 설교를 마친 다음, 목에 밧줄을 매고 십자가를 끌어안은 채 맨발로 광장을 걸어갔다. 목격자에 따르면, "모든 사람이 충격과 비통에 잠겨 주님께 자비를 구했다".[2]

그러나 정작 하나님은 그 광경에 놀라지 않은 듯했다. 벨죙스 주교는 페스트에서 살아남았지만, 수많은 교구 주민은 그러지 못했다. 7월까지만 해도 50명 수준이던 일일 사망자 수는 8월 말에 이르러 700명 이상으로 급증했다. 9월이 되자 페스트는 더욱 맹렬히 기승을 부렸고, 매일 밤 1,000구가 넘는 시신이 공동묘지로 실려 왔다. 물론 이마저도 시신을 수거하는 수레가 충분할 때 이야기였다. 벨죙스 주교는 한 설교에서 이렇게 한탄했다. "우리는 도시의 거리마다 양옆에는 반쯤 부패한 시신이 나뒹굴고, 창밖으로 버려진 오염된 누더기와 세간으로 가득해 발 디딜 틈조차 없는 것을 보았습니다."[3] 1722년 페스트의 기세가 사그라지고 마르세유와 프로방스 일부 지역이 마침내 역병에서 해방되던 해, 40만 명에 이르던 마르세유의 인구는 28만 명으로 줄어 있었다.[4] 12만 명이라는 사망자 수 자체도 믿기지 않는 수준이었지만, 당시 유럽에서는 페스트를 지나간 일로 치부하고 있었기에 충격은 더욱 컸다. 이러니저러니 해도 유럽에서 페스트는 1665년 런던 대역병 이후 자취를 감췄기 때문이다.

◊

마르세유에서 시작된 페스트는 프로방스 지역 너머로 전파되지 않았지만, 페스트가 발생했다는 소식은 유럽 전역과 영국해협 너머로 순식간에 퍼졌고 유럽인들은 믿고 싶지 않은 현실과 마주해야 했다. 그중에서도 영국인들은 이 소식을 특히 염려했다. 영국은 페스트가 퍼지지 않게 바닷길을 통제할 수 있었을 테지만, 바닷길은 (정확히는 바다를 건너는 배들은) 영국 경제를 좌우했다. 영국의 부는 해상 무역의 상황과 직결되어 있었기에, 페스트가 다시 유행해 해상 무역이 어려워지면 영국 경제가 쇠퇴하는 것은 당연한 순서였다. 하지만 그렇다 해서 영국이 페스트라는 치명적인 대가를 치를 위험을 감수하면서까지 해상 무역을 지속할 수 있었을까? 1720년, 영국 국교회의 한 목사가 설교에서 말했듯, "영국의 부를 나르는 통로는 역병을 우리 집으로 나르는 통로"였다.[5]

18세기 초 영국에서 '페스트'라는 단어를 입에 올리는 것은 교회의 설교에서조차 큰 파장을 몰고 올 법한 일이었다. 그보다는 차라리 드루리 레인 왕립극장에서 셰익스피어 연극을 보다가 "불이야!" 하고 외치는 편이 나을 지경이었다. 어쨌든 두 경우 모두 자연스러운 반응은 죽자사자 도망치는 것이었다. 여기에는 그럴만한 이유가 있었다. 1665년 런던에서 발생한 페스트가 그만큼 엄청난 재난이었던 탓이다. 1665년 6월, 처음으로 나타난 역병의 징후는 런던 시민을 불안에 빠뜨렸고, 시에서는 카니발 같은 분위기로 유명한 (혹은 악명 높은) 연례행사인 바솔로뮤 박람회를 취소했다. 하지만 이 정도 조치로는 충분하지 않았다. 그해 9월, 런던에서는 매일 7,000명이 넘는 주민이 림프샘에 생긴 가래톳으로 고통받다 목숨을 잃었다. 연말에 이르러 페스트가 잠잠해질 때까지 런던 인구 45만 명 가운데 10만 명 이상이 사망했다.

대역병 당시의 기억이 아직도 생생한 가운데 프로방스 지방에 페스트가 퍼졌다는 소식이 전해지자 기겁한 영국 의회는 곧장 행동에 나섰다. 1721년, 영국 의회는 1710년에 제정한 방역법을 폐지하고 이를 더 강력한 새 방역법으로 대체했다. 하지만 일부 의원이 보기에 이 법은 지나칠 정도로 강력했다. 몇몇 상원의원은 신규 조항의 가혹한 성격을 비판하면서 새 방역법은 순종적인 프랑스인에게나 어울리지 "자유롭게 태어난 영국인"에게는 맞지 않는다고 주장했다. 이들이 말한 영국적 자유는 포괄적이면서도 모호한 관념이었지만, 1721년 방역법에서 규정한 몇몇 조치가 자유를 위협한다는 것은 확실했다. 우선 새 방역법은 감염 가능성이 있는 사람을 40일 동안 격리하도록 규정하는 동시에, 지역 관리들에게 이들을 억류할 때 필요한 모든 조치를 할 권한을 부여하고 격리에서 도망치려는 사람을 사형에 처하는 일까지 허용했다. 또, 감염자와 접촉한 사람은 "필요하다면 어떤 폭력적인 수단을 동원해서라도" 격리할 수 있었다. 그중에서도 가장 놀라운 것은 격리된 도시나 마을의 주위에 해자를 파서 완전히 고립시키고 해자를 건너려는 "중죄"를 저지르는 사람은 누구든 즉각 처형할 권한을 국왕에게 부여하는 조항이었다.[6] '자유롭게 태어난 영국인'으로 자부하던 많은 사람이 얼마 전 하노버 공국의 선제후에서 영국 국왕으로 추대된 조지 1세George I가 지금 자신이 다스리는 국민이 누구인지 착각한 것 아닌가 하는 의문을 품었다.

◊

새 방역법을 놓고 의회의 토론과 공적 논의가 잇따르는 가운데, 이를 예의 주시하던 예순 살의 런던 시민이 있었다. 그는 긴 생애 동안 불온한 글을 썼다는 이유로 옥살이를 치르고 여러 정권 밑에서 스파이 노릇을 했으며, 사업으로 큰 성공을 거뒀다가 투자 실패로 거액을 날리기도 했고, 많은 비국교도와 소원하게 지내면서도 그들의 종교적 이념을 옹호했다. 또, 그는 생애 동안 목에 칼을 쓴 채 광장에 묶여 대중의 모욕을 받는 형벌을 세 차례나 당했고, 두 명의 군주로부터 사면받았다. 동시대인 중 이처럼 성공에서 처참한 실패로 곧장 굴러떨어지며 한평생을 파란만장하게 보낸 사람은 많지 않았다. 따라서 그가 한 번쯤 이렇게 넋두리를 늘어놓는 것도 당연한 일이었다. "이 모든 행복을 누리는 와중에도 운명은 불의의 일격을 날려 내 삶을 단번에 뒤엎어놓았다."

그는 바로 소설 《로빈슨 크루소Robinson Crusoe》를 쓴 대니얼 디포로, 이 말은 사실 그가 작중 인물인 로빈슨 크루소의 입을 빌려 한 말이다. 놀랍게도 디포는 평균 기대 수명이 쉰 살도 채 안 되던 18세기 영국에서 예순이 가까운 나이에 첫 소설 《로빈슨 크루소》를 써 대단한 성공을 거뒀다. 오늘날에도 대다수가 은퇴를 준비할 나이에 그는 오히려 다시 한번 기운을 내어 세상에 뛰어들 준비를 한 것이다. 로빈슨 크루소가 그의 삶을 두고 한 말은 디포 자신의 삶과 모험을 기리는 비문이라 할 수 있다. "내 삶이 이토록 경이로 가득할진대 그에 관해 말을 아끼고 아무런 기록도 남기지 않는다면, 홀로 이리저리 방랑한 세월을 헛되이 보냈다고밖에 볼 수 없으리라."[7]

1660년 런던에서 태어난 디포는 대역병 당시 어린아이였으며, 그가 역병이 퍼지는 동안 런던에 남아 있었는지는 정확히 알 수 없다. 디포는 수백만 단어 분량의 글을 쓴 사람치고는(한 연구에 따르면, 그는 1722년부터 1731년까지 약 300만 단어 분량의 글을 썼다) 이상할 정도로 자신에 대해 말을 아꼈다.[8] 남은 기록과 편지도 드물어서 그의 어린 시절에 관해서는 알려진 것이 거의 없으며, 생년월일이나 출생지조차도 정황상 추측할 수밖에 없다. 하지만 훗날 디포가 "거대한 괴물 같은 곳"[9]이라 묘사한 런던에 페스트가 들이닥쳤을 때, 그는 시골로 보내졌을 가능성이 있다.

만약 디포가 어릴 적 언뜻 목격한 대역병 당시의 광경을 기억하고 있었다면, 그 기억은 프랑스에서 전해진 소식과 함께 되살아났을 것이다. 비국교도로 자란 디포로서는(영국 국교회의 의례를 거부한 비국교도는 시민으로서 누릴 권리에 많은 제약을 받았다) 1721년 방역법의 신규 조항을 전제적 횡포로 보는 것이 당연했다. 개인의 권리와 집단의 의무가 부딪치는 상황은 오늘날과 마찬가지로 당시에도 한 가지 의문을 불러일으켰다. 민주주의 원칙을 따르는 정부는 시민의 삶에 얼마만큼의 권한을 행사해야 하는가? 디포는 당시의 인기 주간지 《애플비즈 오리지널 위클리 저널Applebee's Original Weekly Journal》에서 이러한 물음에 답을 제시했다. 그가 사용한 수많은 필명 중 하나로 기고한 글에서 디포는 프랑스 정부가 마르세유 인근의 항구 도시 툴롱에 내린 엄격한 격리 조치의 본질을 낱낱이 파헤침으로써 극단적인 법이 가져오는 끔찍한 결과를 강조했다. 프랑스 정부는 역병이 창궐한 툴롱에서 달아나려는 주민을 막기 위해 도시를 군대로 포위하도록 명했다. 하지만 이 와중에도 굶주림에 시달리던 수백 명이 도시를 빠져나가려 했고, 이를 막으려던 군대의 발포로 200여 명이 사망하고 100명 이상이 다쳤다. 디포에 따르면, “사망자 33명과 부상자 54명은 여자와 아이 들이었고, 탈출하려던 주민 대다수는 죽음만이 기다리는 도시로 돌려보내졌다.”[10]

프랑스 정부는 무고한 사람들을 구하기 위해 다른 무고한 이들의 목숨을 빼앗았지만, 이 사건의 슬픈 아이러니는 그러한 결정이 아무런 효과를 거두지 못했다는 데 있다. 디포는 봉쇄가 계속되는데도 민간인 수백 명이 “포위망을 뚫고 들판 곳곳으로 흩어져 달아났다”고 말한다. 대부분은 쫓아온 군인들에게 죽임을 당했을 테지만, 도망자 중 페스트 환자가 단 몇 사람이라도 있었다면 그것만으로 봉쇄의 목적을 훼손하기에 충분했다. 당시 독자들은 프랑스에서 일어난 일에 관한 디포의 설명을 읽자마자 같은 일이 영국에서도 일어날 수 있다는 생각에 간담이 서늘했을 것이다. 특히 디포는 툴롱에서 벌어진 일을 100퍼센트 정확히 파악하기란 불가능하다고 인정하면서도 구체적인 숫자를 제시하려 애썼기에 그의 글이 끼친 충격은 더욱 컸다. 가령 디포는 자포자기한 도망자들이 “열여섯 **혹은**(나는 이 점을 강조하고 싶다—저자) 열일곱 군데에서 포위망을 뚫으려 했다”고 말한다. 또, 여자와 아이를 포함한 137명이 다쳤다는 진술 앞에는 “사람들이 말하기를”이라 덧붙이는 등 일부 통계에 근거를 드는 일도 소홀히 하지 않는다. 하지만 그는 어떤 ‘사람들’이 그런 말을 했는지, 인용한 숫자를 어디에서 찾았는지 분명히 밝히지 않는다. 그가 분명히 보여주는 것은 통계에 관한 한 우리는 그것을 전적으로 믿거나 부정하며 살 수 없다는 사실이다.

◊

요양원의 입소자들과 나는 식사 시간 동안 지역 공무원들의 일일 브리핑에서 게임 쇼 화면처럼 펼쳐지는 대시보드를 멍하니 바라보곤 했다(대시보드는 코로나19 확진자 증가세와 사망자 수 총계, 검사자와 위중증 환자 수 등의 자료를 알기 쉽게 보여주는 표를 말한다). 하지만 나는 지금 나오는 통계 따위는 입소자들에게 별 의미가 없다고 생각하면서 통계에 관해 아무 말도 하지 않으려 했다. 그러는 편이 더 낫지 않았을까? 4월 초의 어느 날, 차를 타고 출근하던 중 라디오 뉴스에서 텍사스의 검사자와 관리 중인 밀접 접촉자 수가 미국에서 두 번째로 적다고 들었다는 이야기를 입소자들에게 전할 필요가 있었을까? 당시 텍사스에서는 10만 명 당 검사자 수가 300명을 간신히 넘었는데, 이는 팬데믹 이전에 강당에서 강연할 때 앉아 있던 학생 수와 비슷한 수준이었다.[11] 그렇다면 코로나19 검사용 면봉이나 전화를 통한 확진자 추적보다 호메로스의 《오디세이아Odysseia》 강연이 더 많은 텍사스 사람의 관심을 불러 모을 수도 있지 않았을까?

요양원에서 의미 있는 숫자는 저녁 식사에 나오는 쿠키 수나 간호사가 주는 알약 수, 배변 활동 없이 보낸 날짜, 더러운 가운과 셔츠를 입고 잔 날짜처럼 대부분 한 자릿수였다. 문제가 되는 숫자가 두 자릿수, 혹은 세 자릿수까지 올라가는 일은 드물었는데, 그중 한 예가 퍼즐 조각의 수였다. 요양원 관리자들이 화장지와 살균제가 부족해지는 것을 걱정했다면, 일부 입소자는 꽃병에 꽂힌 활짝 핀 꽃이나 바닥에서 종종거리는 강아지, 하나님에게 손을 뻗는 아담 등이 그려진 퍼즐을 맞추면서 시간을 보냈기에 퍼즐이 날로 귀해지는 것을 걱정했다. 봉쇄 이후 며칠 사이에 온라인에서는 퍼즐 수요가 급증했고, 이베이에 올라온 퍼즐 가격은 17세기 네덜란드의 튤립 가격처럼 미친 듯이 치솟았다.

그래도 퍼즐 마니아들의 행동은 튤립 마니아에 비하면 합리적이었다. 입소자들은 빵을 굽거나 정원을 가꿀 수 없었기에 단체 활동으로 보내던 시간을 퍼즐 맞추기로 때워야 했다. 가끔 입소자 가족들이 어렵사리 퍼즐을 구해 보내주는 일도 있기는 했지만, 밀가루와 이스트가 그랬듯, 퍼즐 역시 갑자기 늘어난 예상 밖의 수요는 공급을 훌쩍 뛰어넘었다. 그러다 보니 입소자들은 퍼즐 몇 개를 돌아가면서 맞추는 수밖에 없었고, 한 주 전에 맞췄던 퍼즐을 그다음 주에 다시 해체했다 맞추곤 했다. 솔직히 말해서 나는 그들이 지난번에 상자에 담은 것과 똑같은 퍼즐 조각을 상자에서 다시 꺼내고 있다는 사실을 아는지조차 의문스러웠다.

하지만 입소자들은 대시보드의 숫자만큼은 허투루 지나치지 않았다. 그들은 그 숫자를 요양원 밖에서 일어나는 일을 알려주는 징표로 여겼다. 팬데믹은 입소자들을 가족에게서, 서로에게서 떼어놓고, 집으로 돌아갈 날을 기다리던 이들의 희망을 빼앗아간 사건이었다. (어찌 보면 대시보드의 숫자는 내가 그들의 병상 곁에 앉아 푹 익은 완두콩 한 숟가락을 먹이려 설득하고 있는 이유도 설명해주었다고 할 수 있다. 입소자들이 보기에 나는 텔레비전 화면에 사망자 수를 알려주는 표가 나오기 시작한 것과 거의 같은 시기에 요양원에 모습을 드러냈기 때문이다.) 그러나 짐작건대 입소자들의 이목을 끈 것은 대시보드의 숫자만이 아니었으며, 시 공무원이나 방송인 들이 숫자를 표현하는 방식 역시 큰 영향을 끼쳤다. 예를 들어 '기하급수적'이라는 말은 유달리 강한 인상을 주는 듯했는데, 방역 관계자가 이 말을 쓸 때면 입소자들의 눈이 평소보다 커지는 것이 보일 정도였다.

한편 많은 요양원 직원은 대시보드의 숫자가 기하급수적으로 늘어나는 무시무시한 상황을 걱정했을 뿐 아니라 그 숫자의 신뢰성에 의문을 품기도 했다. 텍사스의 일부 공화당 의원은 보건 당국이 코로나19로 인한 사망자 수를 부풀린다고 주장했지만, 여러 전염병 연구자는 당국이 사망자 수를 축소한다고 우려했다. 이러한 혼란이 벌어진 데는 제도의 탓도 있었다. 텍사스의 사인확인제도는 지역의 여느 제도와 마찬가지로 권한이 분산되어 있다. 텍사스에는 250개가 넘는 카운티county* 중 일부에만 검시관이 있는데, 이는 곧 검시관이 없는 지역에서는 치안판사justices of the peace** 가 사망 원인을 밝혀야 한다는 뜻이다. 따라서 치안판사가 사인을 추정하는 과정에는 이념이나 무지가 슬쩍 끼어들 여지가 크며, 정확하게 판단하기 위해 애쓰는 판사들조차 별것 아닌 이유로 엉뚱한 결론을 내리는 일이 종종 있었다. 내가 알기로 몇몇 카운티에서는 사무실 재정이 하도 쪼들려서 사망자를 대상으로 코로나19 검사를 시행하지 않는 사례도 있었다. 텍사스에 한 번도 와본 적 없는 사람에게 설명하기 어렵긴 하지만, 가까이 지내던 입소자이자 석유 시추 현장에서 안전 관리자로 일한 T 씨의 표현을 빌리자면, 텍사스의 사인확인제도는 아무짝에도 쓸모가 없다.

◊

디포가 보기에는 런던의 사인확인제도 역시 아무짝에도 쓸모가

* 미국의 주 아래의 행정 구역 단위.

** 가벼운 소송이나 범죄를 처리하는 재판관으로, 지방 법원 판사가 임명하며 임기가 정해져 있다.

없었다. 《전염병 연대기》에서 그는 당시의 사망통계표에 거듭 의문을 제기한다. 런던의 교구직원조합에서는 16세기 말부터 매주 런던 내 100여 개 교구의 사망자 수와 사인을 조사해 사망통계표를 발표했다. 사망자를 분류하고 계산하는 '조사원'은 대부분 의사나 약제사가 아니라 나이 든 여성이었는데, 이들은 보통 여럿이 함께 일했으며 성가신 업무를 맡는 대가로 교구 직원으로부터 급료를 받았다. 조사원들은 공식적으로 훈련을 받지는 않았지만, 대개 병간호나 산파로 일하던 경험을 살려 업무를 처리했다. 또, 이들은 1625년에 발간되어 인기를 얻은 지침서 《페스트 감시자A Watch-Man for the Pest》를 업무에 참고하기도 했는데, 이 책은 독자들에게 전염병 희생자가 보이는 징후 중 하나는 "가슴에 심한 통증과 답답함을 느껴 휴식을 찾아 여기저기를 안절부절 돌아다니는 것"이라 가르쳤다.[12]

17세기 영국에서 통계는 적어도 한 가지 확실한 이점이 있었다. 통계의 구체성은 다른 방법으로는 예측할 수 없는 사건으로 인해 '가슴에 심한 통증과 답답함'을 느끼는 이들을 달래주었다. 통계는 불확실한 세계에 확실성을 제공했고, 사람들은 급류처럼 몰아치는 경험 속에서 통계를 인식론적 닻으로 삼아 중심을 잡고자 했다. 요컨대 통계는 겉으로 보기에 반박할 여지가 없다는 점에서 위안을 줬으며, 미래를 수량화함으로써 두려움을 억눌렀고, 과거에서 일정한 형태를 찾아냄으로써 앞으로의 계획을 세울 수 있게 했다. 대역병이 발생하기 몇 해 전, 영국 왕립학회 회원이자 통계학자였던 존 그런트John Graunt는 최근 바다 건너 프랑스에서 블레즈 파스칼Blaise Pascal과 피에르 드 페르마Pierre de Fermat가 정립한 확률론을 활용해 런던의 사망통계표를 통계학적으로 분석했다. 이후 통계학자들은 눈 깜짝할 사이에 종신연금의 수익성부터 신의 섭리를 추론할 가능성에 이르기까지 온갖 것에 대한 예측을 쏟아내기 시작했다.[13]

그러나 디포는 영국 국교회에만 반대한 것이 아니라 통계학을 신봉하는 이들에게도 반대했다. 그는 수학적 모형의 쓸모를 무시하지 않았지만, 통계학자들이 활용하는 원자료가 믿을 만하지 않다고 생각했다. 1721년 한 해 동안 사망통계표를 자세히 조사하면서 통계에 대한 디포의 의심은 더욱 커졌다. 1722년 2월 《몸과 마음을 위한 적절한 페스트 대비Due Preparations for the Plague, as well for Soul as Body》라는 지침서를 출간할 무렵, 디포는 사망통계표만큼 미덥지 못한 것은 없다고 확신했다. "그 문제를 진지하게 다룬 모든 사람의 판단에 따르면, 사망통계표는 그 끔찍한 재앙으로 인한 사망자 수를 정확히 계산하지 못했으며, 당시 알려진 정황상 그렇게 할 수도 없었다."[14] 사망통계표에서 공식 발표한 대역병의 사망자는 68,590명이었지만, 디포는 실제 사망자 수가 10만 명에 이를 것이라 확신했다.

디포는 특히 우리가 알아야 하는 것이 아니라 자기가 믿고 싶은 것을 뒷받침하는 데 통계를 활용하는 경향을 경계했다. 《몸과 마음을 위한 적절한 페스트 대비》에 나오는 여러 대화 중 하나에서 한 남자는 동생에게 대역병 당시 집에 격리당하는 일을 어떻게든 피하려던 사람들이 조사원에게 유족의 사망 원인을 거짓 보고하도록 뇌물을 줬다고 말한다. 하지만 동생은 형의 말을 믿으려 하지 않는다. "그게 무슨 말씀이세요, 형님. 숫자가 뻔히 다 나오는데 속일 틈이 어디 있겠어요." 동생은 여기에 한술 더 떠 이렇게 말한다. "나는 권위 있는 곳에서 공표한 내용은 항상 진짜라고 믿어요."[15] 비국교도 디포처럼 기존 제도에 반대하는 사람이라야만 이런 상투적인 말에 거북함을 느끼는 것은 아니다. 디포는 바로 이 같은 사고방식에 반대하는 이유를 밝히기 위해 숫자와 더불어 이야기라는 형식을 활용한다.

◊

1664년 9월 초, 네덜란드에 페스트가 발생했다는 이야기가 런던에 전해졌다. 상인과 뱃사람 들의 편지로 전해진 소식은 순식간에 도시 전체로 퍼져 나갔다. 소문이 몰고 온 불안은 정부가 역병이 영국으로 건너오는 것을 막기 위해 대책을 세웠다는 또 다른 소문이 돌면서 점차 누그러졌다. 하지만 11월 말, 드루리 레인 거리 인근에 살던 두 남성이 페스트로 사망했다는 사실이 밝혀지면서 소문은 현실이 되었다. 유족들은 그 사실을 숨기려 했지만, 시 당국에서 사인을 조사하도록 보낸 의사들은 "두 사람의 시신에서 뚜렷한 페스트의 흔적을 찾아냈고, 곧 그들이 페스트로 사망했다는 의견을 공표했다".[16]

디포가 대역병에 관한 이야기의 서술자로 내세운 마구상 H. F.의 기록은 이렇게 시작한다. 능력 있는 사업가가 으레 그렇듯, H. F.는 숫자에 익숙한 인물이다. 그는 이야기를 시작한 지 몇 쪽이 채 지나기도 전에 사망통계표를 열 번 넘게 언급한다. 그가 이렇게 사망통계표를 자주 들여다보는 것은 어느 정도는 역병의 추이를 확인하기 위해서다. 1664년에서 1665년으로 넘어가는 겨울에 역병의 기세가 거세졌다 수그러들기를 반복하는 동안, 런던 시민들은 희망과 공포를 번갈아 느꼈다. 그러나 5월 이후로는 사망자 수가 점점 빠르게 늘기 시작했고, 결국 공포가 희망을 압도했다. 이제 구태여 사망통계표를 읽지 않아도 상황이 절망적으로 보임을 알 수 있었다. 사망자를 찾기 위해 이 집 저 집 샅샅이 뒤지던 조사원들은 "페스트가 말 그대로 사방에 퍼졌고, 매일 많은 사람이 페스트로 죽어간다"는 것을 확인했다. "이제 상황이 그리 심각하지 않다고 위안 삼을 근거가 모조리 사라졌고, 더는 병의 존재를 감출 수 없었다. 괜찮아질 것이라는 희망과 달리 페스트가 이미 곳곳에 퍼져 있었다는 사실이 곧 드러났다."[17]

H. F.는 봄에서 여름으로 계절이 바뀌며 역병이 점점 더 기승을 부리던 때를 이야기하는 와중에도 장송곡에 통주저음*을 곁들이듯 계속해서 사망통계표의 숫자를 언급한다. 그러나 통계의 숫자는 사건에 휩쓸려 스러져가는 이들의 삶을 반영하지 못한다. 역병으로 인한 공황이 6월 중순까지 이어지면서 피난할 재간이 있는 사람들은 세간을 꾸려 달아났지만, 그럴 만한 수단이나 돈이 없는 이들은 체념에 빠졌다. "도시를 떠나는 인파"를 실은 마차와 수레의 행렬이 길어질수록 H. F.의 우울은 깊어갔다. 그 광경을 보는 H. F.의 마음은 "도시에 닥친 재앙과 그 재앙 속에 남겨질 사람들의 불행한 처지에 대한 암담한 생각으로 가득했다".[18] 그가 이후 몇 달간 목격할 사건은 런던의 다른 지역보다도 빈민가에 더 큰 영향을 끼쳤다. 목격자로서 그의 임무는 단순히 빈곤층의 사망자 수를

* 연주자가 즉흥적으로 화음을 곁들여 쉬지 않고 연주하는 저음 부분으로, 17~18세기 유럽 음악에서 널리 사용되었다. 연주할 화음을 악보에 숫자로 표시하는 경우가 많아 '숫자표저음'이라고도 한다.

계산하는 것이 아니라 그들의 죽음이 갖는 의미를 보여주는 것이었다.

8월에 이르러 빈민가의 사망자 수가 급증할 무렵에는 도시 자체의 성격이 바뀌어 있었다. H. F.에 따르면, "런던의 모습은 이제 몰라보게 달라졌다". 생기를 잃은 도시는 핏기가 싹 가신 사람처럼 창백해 보였다. 도시 자체는 그대로였어도 그 안의 "모든 것은 눈물에 잠겨 있었다". 페스트가 아직 모든 교구로 퍼지지는 않았지만, 대부분의 교구는 이미 버려져 있었다. 종말 이후의 세계를 다룬 영화 속 장면처럼 사람들은 사라지고 텅 빈 건물만 남은 도시는 보는 이의 마음을 뒤숭숭하게 했다. H. F.는 거리를 보며 느낀 놀라움을 이렇게 묘사한다. "평소 같으면 인산인해였을 거리에는 이제 적막이 가득했고, 눈에 보이는 사람이라곤 손에 꼽을 정도여서 내가 만약 런던에 처음 와서 길을 잃은 사람이었다면 길을 알려줄 사람을 찾지 못해 거리를 온통 헤매고 다녔겠다는 생각마저 들었다."[19]

더 가슴 아픈 사실은 그 '눈에 보이는 사람'조차 대부분 감염자의 집을 감시하는 비참한 일을 맡은 감시원이었다는 것이다. 감시원의 역할은 감염자의 집에 들어가려는 사람이 아니라 그 집에서 나오는 사람을(자신이 집 안에 꼼짝없이 갇혔다는 사실을 깨달은 사람을) 막는 것이었다. 감시원이 하는 일은 6월 말 시 당국에서 시행한 새 방역정책에서 가장 우려스러운 부분임이 틀림없었다. 새 방역정책은 "곰 사냥과 발라드* 노래" 금지와 "공개 연회" 금지 등 많은 예방조치를 포함했지만, 가장 눈에 띄는 것은 감염자의 집을 봉쇄하는 규정이었다. 런던 시민들은 특히 감염자뿐만 아니라 그와 접촉한 사람까지도 한 달간 격리한다는 조항에 경악했다. 여기에 더해 시 당국은 봉쇄한 집 대문에 큼지막한 붉은 십자가와 "주여, 자비를 베푸소서"라는 글귀로 표시하도록 했다.[20] 이 글귀는 다른 사람이 그 집에 가까이 가지 않도록 하는 경고라기보다 집 안에 갇힌 사람을 위한 조의문에 가까웠다.

◊

디포는 전문적인 과학교육을 받지는 않았지만, 늘 과학을 따르려 주의를 기울였다. H. F.가 감염자를 격리하는 원칙 자체는 타당하다고 인정하는 대목을 보면, 디포가 H. F. 역시 과학을 따르는 인물로 설정했음을 알 수 있다. 당시 유럽인들은 가래톳 페스트의 원인은 알지 못했지만(과학자들은 1894년 홍콩에서 페스트가 발생했을 때야 비로소 곰쥐에 붙은 벼룩이 페스트균을 옮긴다는 사실을 밝혀냈다), 페스

* 유럽에서 중세 이후 유행한 시와 노래의 한 형식.

트 감염이 교역과 연관이 있다는 점은 짐작하고 있었다. 그렇기에 유럽인들은 14세기 중반 페스트가 처음 유럽을 휩쓸었을 때부터 병을 옮길 것으로 의심되는 배를 40일 동안 격리했다.[21] 격리, 방역을 뜻하는 영어 단어 '쿼런틴quarantine'의 유래 역시 이와 관련이 있다. 페스트가 유행할 당시 베네치아는 다른 지역보다 앞서 항구에 정박하는 모든 배를 40일간 격리하도록 조치했고, 이후 이탈리아어로 40을 뜻하는 '콰란타quaranta'에서 '쿼런틴'이라는 단어가 나왔다.

하지만 오늘날에도 그렇듯, '과학을 따른다'는 말을 이해하는 방식에는 저마다 차이가 있었다. 런던 대역병 당시의 방역정책 중에서도 가족 전체를 격리하는 조치는 영국인이 자유로운 존재로 태어났다는 신화를 신봉한 이들뿐 아니라 방역정책의 가혹한 면모에 경악한 이들까지 분노케 했다. 디포를 비롯한 비판자들은 이 조치를 부도덕한 악행이자 실패한 정책으로 여겼다. 디포는 H. F.의 입을 빌려 격리자에 대한 "통제"가 이뤄지는 와중에도 사망자 수는 걷잡을 수 없이 늘어났다고 지적한다. 이어 H. F.는 시 당국이 "이상이 없는 자"와 "병자"를 구별하지 않았다는 점을 강하게 비판한다. "참으로 매정하고 잔혹한 조치였다. 비참하게 감금당한 채 사망한 사람 중 상당수는 집 안에 페스트가 퍼졌더라도 자유롭게 나올 수 있었다면 병에 걸리지 않았으리라 보는 편이 타당했다."[22]

결국 H. F.의 비판은 당국의 정책이 비인간적일 뿐 아니라 페스트를 막는 데도 전혀 효과적이지 않았다는 결론으로 이어진다. "격리조치가 전반적으로 감염을 막는 데 이바지했는지는 지금도 의문이지만, 나는 그렇게 보기 어렵다고 생각한다. 페스트의 위세가 극에 달했을 때는 제아무리 감염자의 집을 철저히, 효과적으로 봉쇄하더라도 미친 듯이 날뛰는 병을 억누를 방도가 없었기 때문이다."[23] H. F.는 "페스트의 전파를 막는 것"은 당국의 능력 밖의 일이었음을 지적하면서 격리조치의 무익함과 잔인성을 거듭 강조한다. "감염자의 집을 봉쇄하는 것은 목적을 달성하기에 불충분한 조치였다고밖에 볼 수 없다. 이 조치는 격리당한 가정이 겪었을 극심한 고통을 상쇄할 만큼 공익에 기여하지도 못했다."[24]

H. F.는 격리조치뿐 아니라 그 조치를 정당화하는 데 쓰인 통계 역시 미흡하기 짝이 없는 수준이었다고 주장하며, 그 근거로 조사원들이 모은 자료의 신뢰성을 의심케 하는 사례를 제시한다. 그가 지적하는 문제는 단순히 조사원들이 뇌물을 받고 당국을 속이기 쉬웠다는 점이 아니라 그들이 할 수 있는 일 자체가 별로 없었다는 점이다. 페스트의 기세가 절정에 달한 시기에 조사원과 교구 직원들이 사망자 수를 정확히 계산하기란 눈보라가 치는 날 휘날리는 눈송이 수를 세려는 것이나 다름없는 일이었다. 하물며 조사원 본인의 이름이 언제 사망자 명단에 올라가도 이상하지 않은 마당에

조사에 집중하기란 더욱 어려웠다. 역병으로 모든 인간 활동이 마비되다시피 한 비인간적 환경에서 사망자 수를 정확히 센다는 것은 당치도 않은 일이었다.

◊

요양원에서의 첫 근무를 마치고 집으로 향하기 전, 나는 요양원에서 받은 임명장을 차의 계기판과 앞 유리 사이에 조심스레 끼워 넣었다. 차를 몰고 텅 빈 거리를 지나는 동안 나는 백미러와 임명장을 번갈아 보았다. 바보 같은 생각이지만, 내심 경찰이 차를 멈춰 세우고 어디로 가는 중인지 물어봐 주었으면 했다. 2020년 3월 19일, 텍사스 주지사 애벗은 식당과 학교, 요양원을 폐쇄하는 행정명령을 내렸다. 이어 3월 24일에는 전국 각지에서 외출제한명령이 내려졌다. 그 무렵, 내가 강의하던 대학은 황급히 대면수업을 비대면으로 전환했고(정말 눈 깜짝할 사이에 일어난 일이었다), 어느 순간 나는 가족과 함께 집 안에 갇히다시피 한 처지가 되어 있었다.

요양원에 도착해서 열 개가 넘는 법적 서류에 서명을 마치자 간호부장이 간호보조사 T를 소개해주었다. T의 임무는 이른바 '수발 대상'(신체적·인지적 이유로 혼자 밥을 먹지 못하는 입소자)의 식사를 돕는 법을 가르치는 것이었다. T는 우선 내가 업무에 익숙해지도록

L 씨의 식사를 시험 삼아 거들게 했다. L 씨는 정신이 또렷해 보이는 데다 기품까지 느껴지는 사람이었다. T와 내가 병실로 들어섰을 때, L 씨는 침대에 꼿꼿이 허리를 펴고 앉아 있었다. L 씨는 80대 후반의 나이에도 길고 풍성한 백발을 자랑했고, 단정하게 쓸어 넘긴 머리는 이목구비가 선명하고 반듯한 얼굴을 따라 치렁치렁 늘어져 있었다. 푸른 눈과 미소를 머금은 연분홍색 입술은 매끈한 피부로 인해 더욱 도드라져 보였다. 마치 미국의 초상화가 토머스 게인즈버러Thomas Gainsborough가 그려 넣은 듯한 인상이었다.

T는 치킨텐더와 매시드포테이토, 완두콩이 담긴 식판을 내려놓으며, L 씨가 뉴욕의 컬럼비아 레코드사에서 일한 적 있다는 이야기를 L 씨에게 들리도록 속삭이는 척 말했다. 그러자 L 씨가 환하게 웃으며 고개를 끄덕였다. "오, 맞아요. 그랬어요. 거기서 프랭크 시나트라도 만났죠." 나는 T가 지켜보는 가운데 허리를 숙이고 조심조심 L 씨에게 턱받이를 해주다 L 씨의 말에 몸을 일으키며 불쑥 소리쳤다. "시나트라를요? 진짜요?" L 씨가 다시 고개를 끄덕였다. "그럼요, 진짜 프랭크 시나트라였어요." T가 아이스티 잔과 타피오카 푸딩이 든 컵의 포장지를 벗긴 다음 치킨텐더를 먹기 좋게 잘라야 한다고 거듭 설명하는 동안, 나는 다시 한번 감탄을 표했다. "와, 정말 멋진데요!" L 씨는 조용히 창밖을 내다보며 대답했다. "정말 멋진 사람이었어요." 그런 다음 나는 L 씨 옆에 앉아 식사를

거들기 시작했는데, 포크로 완두콩을 찍으려다 식판 여기저기로 튀겼고 몇 개는 L 씨의 턱받이까지 날려 보냈다. "이런 게 내 방식 my way*대로 한다는 거겠죠." 내가 중얼거리자 T는 웃음을 터뜨렸고, L 씨는 나를 쳐다보았다. "맞아요, 참 멋있었어요." L 씨가 미소 지으며 나직이 말했다.

이후 몇 달간 L 씨는 늘 미소를 잃지 않았다. 마스크를 쓴 채 휠체어를 타고 300홀을 지날 때도 눈가에 생기는 주름을 보면 그녀가 미소 짓는다는 것을 알 수 있었다. 그러나 L 씨의 미소는 서서히 원래의 의미를 잃고 다른 의미를 띠기 시작했다. 요양원 봉쇄 이후 두 달이 넘게 지났을 무렵인 5월 말의 어느 날 오후, 나는 설탕대체감미료인 스플렌다 몇 상자를 가지러 주방에 가느라 잰걸음으로 300홀을 지나고 있었다. 도중에 L 씨의 병실을 지나려는데 침대에 가만히 누워 있는 L 씨가 보였다. 식판은 전혀 손대지 않은 채였고, 마스크는 살짝 비뚤어져 있었다. 나는 병실 문 앞에 멈춰 서서 L 씨에게 인사를 건넸다. 그녀는 내 쪽을 쳐다보았지만 나를 알아보지 못하는 듯했다. 나는 마스크를 고쳐 쓴 다음, L 씨의 병상 곁으로 가서 그녀를 가까이서 살펴보았다. "프랭크 시나트라 얘

* 〈마이 웨이〉는 프랭크 시나트라의 대표곡이다.

기 좀 해주세요." L 씨의 마스크를 똑바로 씌워주며 말을 걸었다. L 씨는 나를 보고 고개를 끄덕이면서도 아무 대답이 없었다. 그 순간에도 미소를 짓는 듯했지만, 이제 그 미소에서는 멋진 추억이 아니라 혼란이 느껴졌다. 작별 인사를 하고 다시 주방으로 향하는 내내 L 씨가 시나트라의 노래와 달리 자기 방식대로 사는 삶에서 벗어나고 있다는 생각이 머릿속을 떠나지 않았다.

◊

H. F.는 자기 삶의 방식을 하나님의 방식에 맞추려 했다. 부유한 교구의 주민들이 도시를 떠나자 그의 머릿속은 쳇바퀴 돌듯 한 가지 생각에 사로잡혔다. 떠나느냐 남느냐, 이것이 그를 줄곧 어지럽히는 문제였다. H. F.는 이 문제로 씨름하면서 "내가 어떤 처지에 놓였는지, 앞으로 나 자신을 어떻게 다뤄야 할지를 진지하게 고민하기 시작했다"고 회상한다. 성향상 그는 현실적인 문제만큼이나 종교적인 문제도 함께 고려하지 않을 수 없었다. 그는 아직 독신이었지만, "종업원 가족"의 생계가 자신의 결정에 달려 있다는 것을 알았다. 그런데도 종업원들을 아무 대책 없이 내버려 두고 (가게와 물건으로 가득한 창고까지 내팽개치고) 떠날 수 있을까? 그런가 하면 다른 한쪽에서는 진작 가족을 런던에서 내보낸 그의 형이 페스

트의 유일한 예방책은 최대한 빨리 달아나는 것뿐이라며 그를 설득했다.

여전히 결단은 못 내린 채였지만, H. F.는 형의 다급한 권고를 받아들여 도시를 빠져나가는 데 필요한 말을 구해보기로 했다. 하지만 이미 약삭빠른 사람들이 말을 몽땅 사들인 탓에 런던에 남아 있는 말이 없어 허탕만 쳤다. 게다가 그가 데리고 가려던 하인은 미적거리는 주인을 보며 다급해진 나머지 홀로 살길을 찾아 떠났다. 이 밖에도 여러 걸림돌이, 혹은 그가 걸림돌이라 생각한 것이 런던을 떠나려는 계획을 방해했다. 그러자 H. F.는 이런 장애물이 실은 일종의 신탁일지 모른다고 생각하기 시작했다. 이것은 죽음이 아니라 하나님의 계시를 알리는 징표 같은 것이 아닐까? 사실은 런던이 나를 부르고 있는 것 아닐까?

반면 H. F.보다 회의적이고 참을성 없는 형은 이런 생각을 대번에 일축했다. 형이 보기에 H. F.가 생각해야 할 징표는 사망통계표의 늘어나는 숫자뿐이었다. H. F.는 형의 설득을 들은 날 밤, "어떻게 해야 할지 결정하지 못한 채 한없이 무거운 마음으로" 집에 돌아온다. H. F.는 이렇듯 확률의 문제를 기독교적 결의론casuistry*으로 해석하는 흥미로운 과정을 통해 독자에게 자신이 하려는 일을 본받기를 촉구한다. 그가 하려는 일이란 바로 "양심에 따른 의무"를 행하는 것이다. H. F.는 양심에 비춰 의무를 깨닫는 일을 이렇게 설명한다. "(특정 순간에 나타나는—옮긴이) 구체적인 섭리에서 눈을 떼지 않고 서로 얽히고설킨 모든 섭리를 자기 앞에 놓인 문제와 연결하는 사람은 그 섭리를 주어진 상황에서 반드시 따라야 할 의무를 알리는 하늘의 계시로 편안히 받아들일 수 있다."[25]

결의론은 과거의 지위를 잃은 지 오래이며, 오늘날에는 윤리적 궤변을 동원해 용납할 수 없는 행위를 변명하려는 시도로 여겨지기 일쑤다. 결의론은 18세기 초에도 이러한 혐의를 받기는 했지만, 종교와 윤리의 일반 원칙을 복잡한 개별 사례에 적용한다는 본래 의미를 잃지 않고 있었다. 디포는 로빈슨 크루소와 몰 플랜더스를 비롯한 소설 속 인물을 해결할 수 없는 상황에 밀어 넣은 다음, 그들이 (그리고 물론 독자가) 결의론적 추론을 거쳐 저마다의 해결책을

* 윤리나 종교 원칙을 문자 그대로 엄격히 적용하기보다 개별 사례의 구체적인 상황과 조건을 따져 적용하는 태도. 결의론은 기독교의 원칙을 변화한 사회 상황에 적용해야 하는 일이 늘어난 16~17세기 유럽에서 예수회의 주도로 정교하게 발전했다. 하지만 결의론은 윤리와 도덕규범에 어긋나는 일을 정당화하는 논리로 남용될 위험이 있다는 점에서 비판받았고, 점차 궤변이나 지적 기만을 가리키는 말로 쓰였다.

찾게 만드는 구조를 즐겨 사용했다. 영문학자 조지 알렉산더 스타George Alexander Starr에 따르면, 이러한 이야기 구조는 인간의 도덕적 행위능력에 대한 디포의 굳건한 믿음을 반영한다. 디포가 보기에 인간은 자유로운 존재인 동시에 도덕적 고려가 "일상생활의 뼈대"를 이룬다는 점에서 의무에 묶인 존재이며, "행동에는 선택이 따르고 선택에는 책임이 따르기에 인간의 경험은 끊임없는 도전"이다.[26]

H. F.는 극단적인 상황에서도 선택과 책임을 포기하지 않으며, 오히려 이를 무엇보다 중요하게 여긴다. 그는 이성과 신앙을 가진 인간으로서 자신이 내릴 수 있는 여러 선택을 저울질해야 하는 상황을 거듭 마주한다. 고민 끝에 최후의 결정을 내리는 장면에서 그가 우선시하는 것은 신앙이다. 아우구스티누스Augustinus의 회심*을 떠올리게 하는 이 장면에서 H. F.는 떠나야 하는 이유와 남아야 하는 이유를 따지느라 정신이 팔린 와중에 손으로는 《성경》을 뒤적거리고 있었다는 사실을 깨닫고 놀란다. 그는 《성경》을 아무 쪽이나 펼쳐서 나온 구절이 자신의 고민에 답을 주리라 믿고 책장을

* 아우구스티누스는 쾌락에 젖은 방탕한 생활을 하던 중, 우연히 펼쳐 든 《성경》을 읽고 충격을 받아 개종을 결심했다.

넘긴다. 이윽고 그의 눈에 들어온 것은 다가오는 역병을 경고하고 하나님을 피난처로 삼는 이들을 위로하는 구절인 〈시편〉 91편이었다. 그 순간 H. F.는 하나님이 "건강할 때와 마찬가지로 역병이 들 때도 나를 지켜주시리라" 확신하고, 런던에 남기로 결심한다.

하지만 H. F.는 다음 날 아침 몸에 이상을 느낀다. 몸져누울 만큼 상태가 나빠지자 그는 결의론적 추론에 매달리다 호된 대가를 치른다는 두려움에 사로잡히지만, 사흘 뒤부터 조금씩 건강을 회복하면서 금세 걱정을 잊는다. 몸이 아픈 이유가 무엇이었든 간에 페스트는 아니었다. 그러나 이것은 어디까지나 시작일 뿐이었다. 그의 안식처였던 신앙을 뿌리째 흔들 섬뜩한 사건이 그를 기다리고 있었다. 그의 눈앞에는 때로 런던을 떠나지 않기로 한 결정이 견딜 수 없이 후회스러울 만큼 무시무시한 광경이 펼쳐질 것이었다.

◊

H. F.는 7월 중순에 이르렀을 무렵의 심정을 이렇게 고백한다. "거리를 다닐 때면 곳곳에 펼쳐진 처참한 광경에 가슴을 옥죄는 듯한 공포가 밀려왔다. 페스트는 존재 자체만으로 소름 끼치도록 무서웠다." 거리에는 H. F.와 달리 가난 때문에 도시를 떠나지 못한 이들이 페스트로 고통받고 있었다. 사타구니나 목에 생긴 가래

톳은 미칠 듯한 고통을 주었고, 이를 견디지 못한 사람들은 창밖으로 몸을 던지거나 템스강에 뛰어들었다. 온몸을 짓이기는 듯한 고통에 시달리던 또 다른 이들은 "쉴 새 없이 울부짖으면서 고통을 토해냈는데, 이들의 비통한 절규를 듣고 있자면 가슴이 미어질 것 같았다".[27] 그리고 이제 그런 광경을 보는 H. F.의 마음도 "런던에 남은 것이 얼마나 경솔한 짓이었나 싶어 후회막심이었다"고 털어놓을 만큼 약해지고 있었다.

그러나 공포를 몸소 체험하길 바라는 사람이 있다면, 디포가 "거대한 괴물 같은 곳"이라 부른 런던은 더할 나위 없는 장소였다. H. F.는 고딕 공포소설의 주인공처럼 음산하고 이상야릇한 공기가 짙게 드리운 런던을 배회한다. H. F.는 누군가와 마주칠 때마다 그 사람이 그가 "더 웰THE WELL"이라 일컫는 부류에 속할지 모른다는 생각에 가까이 다가가기를 꺼린다. 이 말은 영어 단어 '웰'의 두 가지 의미(땅속 깊은 곳에서 물을 긷는 '우물'과 '건강한' 상태라는 의미)를 살린 명칭으로, "전염병이 옮았고, 핏속에 균을 갖고 있으면서도 겉보기에는 증상이 나타나지 않은 사람", 즉 무증상 보균자를 가리킨다. H. F.에 따르면, "이들은 진짜 건강한 사람들이 두려워해야 할 위험한 존재였지만, 정작 이들을 식별할 수 없었다".[28]

눈으로 확인할 수 없는 미지의 공포는 점점 H. F.의 일상으로 스며들었다. 그는 피해야 할 광경에 관심을 품고 모른 척 지나쳐야 할 장소를 들여다보면서도, 잔뜩 겁에 질린 채 집에 돌아와 다시는 밖으로 나가지 않겠다고 다짐한다. 문제는 H. F.가 역병이 기승을 부리는 내내 이런 다짐을 몇 번이고 반복한다는 것이다. 그는 "억누를 수 없는 호기심 탓에 가만히 집에 있지" 못했고, 나가지 않겠다는 결심을 까맣게 잊은 채 또다시 거리로 나섰다. 사람들이 차마 말로 표현하기 힘든 "온갖 자세"로 비참하게 죽어 있는 광경이 이야기 곳곳에 펼쳐지는 데서 알 수 있듯, 런던의 거리는 언제나 그의 호기심을 채워준다. 하지만 눈앞에서 벌어지는 일보다 더 무서운 것은 보이지 않는 곳에서 희생자의 목소리만 생생히 들려오는 경우다. H. F.는 이름 그대로 소액의 토큰을 만들던 곳인 토큰하우스 야드를 지나면서 겪은 일을 이렇게 회상한다. "머리 위로 여닫이창이 덜컥 열리면서 웬 여자가 악 하고 섬뜩한 비명을 세 번 지르더니 '**아이고, 죽는다, 죽는다, 죽어!**'라며 울부짖었다. 살면서 한 번도 들어보지 못한 소리에 나는 뼛속까지 얼어붙을 듯한 공포를 느꼈다. 거리에는 인적이라곤 없었고 창문도 죄다 닫혀 있었다. 이제 사람들은 어떤 일에도 호기심을 품지 않았으며, 서로를 도울 여력도 없었다. 그리하여 나는 발길을 옮겨 벨 앨리로 향했다."[29]

작중에서 가장 무시무시한 장면은 매장용 구덩이에서 벌어지는 일이다. 이 대목을 읽고 있자면, 싸늘히 굳은 시신들이 거대한 구덩이 속으로 털썩털썩 떨어지는 소리가 울려 퍼지는 듯하다. 디포는 한밤중의 어둠 속에서 일어나는 일을 눈앞에 보일 뿐만 아니라 귓가에 들릴 듯 생생히 묘사한다. 어느 날 밤 크리플게이트 교구에 있는 매장용 구덩이 앞을 지나던 H. F.는 호기심을 이기지 못하고 천천히 그리로 다가간다. 구덩이에 도착한 그는 눈앞에 펼쳐진 광경에 할 말을 잃는다. "직접 보지 않은 사람에게 당시의 일을 고스란히 전하기란 불가능하다. 그저 필설로는 다 이를 수 없을 만큼 참혹한 광경이었다고밖에는 표현할 길이 없다." H. F.는 매장인 몇 명이 구덩이 근처에 무너질 듯 위태로운 모습으로 서 있던 남자에게 모여드는 것을 본다. 매장인들은 그 남자에게 아직 걸을 수 있을 때 돌아가라고 권하지만, 그는 아내와 자식들의 시신이 매장되는 것만 보고 가겠다고 말한다. 그의 가족은 장작처럼 시체 수레에 던져진 채 이제 막 구덩이로 실려 온 참이었다. 그 말을 들은 매장인들은 수레로 돌아가 "시신을 닥치는 대로 구덩이에 쏟아부었다". 그 광경에 아연실색한 남자는 바닥에 주저앉아 통곡하기 시작한다. 시체를 매장하는 일에 익숙해졌어도 괴롭기는 매한가지였던 매장인들은 통곡하는 남자를 근처의 선술집으로 데려간다.

하지만 참혹한 광경은 여기서 끝나지 않는다. 남자가 떠난 뒤, H. F.는 수레 안에 남겨진 시신들의 모습을 본다. "일부는 리넨 천으로, 일부는 두꺼운 담요로 싸여 있었고, 또 몇몇은 헐벗었거나 수레에 던져질 때 겉에 걸친 것이 벗겨져 알몸이 될 만큼 헐렁하게 입은 채였다. 하지만 그런 문제는 그들에게 중요하지 않았고, 누구도 시신의 망측한 꼴을 신경 쓰지 않았다. 그들은 모두 망자였고, 인류의 공동묘지라 부를 법한 구덩이에 한 덩어리로 묻힐 참이었다. 그들 사이에는 어떤 차이도 없었으며, 가난한 사람, 부유한 사람 할 것 없이 모두가 한데 뒤섞여 있었다."[30]

역사학자 잉가 클렌디넌Inga Clendinnen은 모든 죽음이 "각각 별개의 재난"이며, "우리는 겉으로 보기에만 익명인 집단에서 개개인의 행동과 상황을 찾아 꼭 붙들어야 한다"고 주장한다.[31] 여기서 클렌디넌은 홀로코스트에 초점을 맞추고 있지만, 그녀의 통찰은 수많은 사람이 목숨을 잃는 다른 사건에도 들어맞는다. H. F.가 구덩이에서 목격한 광경을 온전히 전달하지 못하는 이유는 그것이 인간으로서 불가능한 일이기 때문이다. 하지만 그는 도저히 구별할 수 없어 보이는 시체 더미에서 필사적으로 가족의 모습을 찾는 남자를 묘사함으로써 클렌디넌이 말한 과제에 바짝 다가선다. 남자가 흐느껴 우는 소리를 들으며 독자는 아내와 아이들의 흔적을 찾으려 안간힘을 쓰는 남편이자 아버지가 된다. 남자와 그의 가족에게 닥친 재난은 다른 재난과 구별되기에 비로소 인식할 수 있으며, 또 그렇기에 온전히 인간적인 사건이 된다. 따라서 우리는 H. F.를 견디기 힘든 광경으로 내모는 것은 단순한 호기심이 아니라 목격자로서의 의무임을 알 수 있다.

H. F.는 하나님뿐만 아니라 동료 시민 곁을 지킨다는 의무를 한시도 잊지 않는다. 그가 지켜보는 시민은 대부분 어쩔 수 없이 런던에 남아 먹고살기 위해 가장 위험한 일을 해야 하는 도시의 빈민이다. 이들은 일하지 않으면 생계를 유지할 수 없기에 집에 숨어 있지 못한다. 가난 때문에 도시를 떠나지 못한 사람들이 가난 때문에 시신을 실어 나르거나 매장하는 일 같은 필수 노동으로 내몰린 것이다. H. F.는 순전히 생계를 위해 감염에 취약한 환경에서 일하던 사람들이 끝내 페스트로 쓰러지는 것을 목격한다. "수많은 시체 운반인이 어쩔 수 없이 시체를 가까이 한 탓에 페스트에 걸려 죽었다. 하지만 입에 풀칠이라도 하려 일자리를 찾는 사람은 줄을 설 정도로 많았기에, 이들은 위험을 무릅쓰고 무슨 일이든 하고자 했다."[32]

H. F.는 위험한 일을 하거나 가까운 사람의 죽음을 겪으며 알아볼 수 없게 변한 사람들까지도 개인으로서 인식하려 한다. 이들의 모습은 때로 기괴하기까지 한데, 일례로 H. F.는 가족을 잃은 한 가장의 모습을 이렇게 묘사한다. "영혼을 짓누르는 압박에 시달리다 못해 머리가 조금씩 몸 안으로 가라앉았다는 사람도 있었다. 그의 머리는 어깨 사이로 내려앉아 정수리 높이가 어깨뼈와 비슷할 정도가 되었다. 그는 목소리와 감각을 점점 잃었고, 누가 곁에서 손으로 받쳐주지 않으면 빗장뼈에 얹힌 채 앞만 보는 얼굴을 똑바

로 들지도 못했다."[33]

그런가 하면 H. F.는 때로 숭고함이 느껴지는 순간을 그리기도 한다. 어느 날, 그는 런던 시민 가운데 페스트를 피해 강둑에 정박해놓은 배로 달아난 사람이 있는지 궁금해 템스강 쪽으로 향한다. 그곳에서 그는 인간성을 굳게 지키고 있는 한 뱃사공을 만난다. 자신을 로버트라 소개한 뱃사공은 아내와 아이들이 페스트에 걸렸지만 아직 죽지 않고 집 안에 있다고 말한다. 놀란 H. F.가 어떻게 가족을 포기할 수 있냐고 묻자 로버트는 이렇게 답한다. "그럴 리가 있겠습니까! 가족을 포기하다니요. 저는 아내와 아이들을 위해 기를 쓰고 일해서 어떻게든 먹여 살리고 있습니다." 로버트는 눈물을 흘리며 자신이 매일 밤 배 안에 숨어 사는 사람들에게 물건을 배달해서 돈을 벌고, 그 돈으로 마련한 음식을 아내가 가져가도록 집 앞에 둔다고 말한다. 바로 그때, H. F.는 로버트의 아내가 음식을 가져가기 위해 어린아이를 데리고 살그머니 집 밖으로 나오는 모습을 본다. 로버트 부부는 안전하게 거리를 둔 채 하나님께 감사 인사를 드리며, 아내와 아이는 얼마 되지 않는 음식을 가지고 집으로 돌아간다. H. F.가 눈물을 흘리며 회상하는 이 장면은 매장용 구덩이 앞에 주저앉아 통곡하던 남자의 사연을 떠올리게 한다.[34]

◊

H. F.는 연민과 걱정을 불러일으키는 순간만이 아니라 몰인정하고 부도덕한 일이 벌어지는 순간도 함께 이야기한다. 때로는 제 안위만 챙기는 이들의 모습 때문에 이타심을 발휘하는 사람들의 존재가 무색해 보일 정도다. 이러니저러니 해도 그의 이야기에는 뱃사공 로버트 같은 사람보다 돌팔이 의사들처럼 동료 시민의 고통을 이용해 돈을 벌 궁리만 하는 사람이 훨씬 많이 나온다. H. F.는 위험을 초래할 수 있는 가짜 치료법 광고가 우후죽순처럼 늘어나는 것을 보며 혀를 내두른다. "주택의 기둥과 거리의 귀퉁이마다 의사들의 광고 전단과 무지한 자들의 글이 그렇게나 덕지덕지 붙어 있을 줄은 꿈에도 몰랐다. 죄다 약의 효능을 과장하면서 치료받으러 찾아오라는 거짓 광고였다."[35] 사기꾼들은 "효과가 확실한 예방약"이나 "어디서도 볼 수 없는 약물"을 팔지 않을 때는 액막이용 장신구나 부적을 광고하고 다녔다. H. F.는 사람들이 역청이나 타르, 로진, 유황을 치료제로 사서 쓴다는 것을 알고는 "당시 런던 시민들은 이상한 감정에 사로잡혀 제 발로 사지에 뛰어들곤 했다"며 탄식한다.[36] H. F.는 절망과 혐오 사이에서 고뇌하면서 "가난한 사람들이 그런 것으로는 병을 해결하지 못한다는 사실을 어떻게 깨달았는지, 그중 얼마나 많은 사람이 시체 수레에 실려 갔는지"를

의문스러워한다.[37]

'돌팔이와 사기꾼' 중 상당수는 자신들이 치료할 수 있다고 선전하던 병으로 목숨을 잃었지만, 이들의 존재는 더 심각한 위기를 반영한다. 사회적 관행이 안에서부터 무너지는 런던의 모습과 투키디데스가 서술한 아테네 대역병 당시의 상황이 꼭 닮은 것을 보건대, 디포는 투키디데스의 책을 읽었을 가능성이 있다.[38] 그러나 역병처럼 막대한 희생자가 나오는 사건을 기록하는 방법에는 여러 가지가 있겠지만, 이 모든 방법은 결국 하나의 냉혹한 현실에 바탕을 둔다. 투키디데스와 디포는 돌풍처럼 거세게 몰아치는 역병이 어떻게 인간 활동의 무대를 뒤집어엎고, 모두가 변치 않으리라 믿던 사회적 관행과 종교 의례를 헌신짝만도 못한 것으로 만들었는지 밝힌다. 역병이 닥친 이후 아테네의 신전과 런던의 교회는 발길이 뚝 끊겼지만, 거리는 시신으로 가득 들어찼다. H. F.에 따르면, "일부 목사는 처음에 잠깐 환자들을 찾아갔지만, 곧 없던 일이 되었다. 자칫하다가는 죽음이 도사리는 집으로 들어가는 수가 있기 때문이었다. 마을에서 가장 둔감한 편인 매장인들도 일가족이 몰살당한 집에는 겁이 나서 감히 들어갈 생각을 하지 못했다".[39]

역병은 사회의 밑바닥까지 속속들이 파헤쳐놓았고, 노골적인 이기심과 생존 욕구로 가득한 세상, 서로에게 늑대나 다름없는 인간의 참모습이 드러나는 세상을 보여주었다. 디포가 인간의 본성을 두고 이야기하는 것을 보면 그가 홉스와 같은 전제를 깔고 있었음을 알 수 있다. 요컨대 디포는 홉스와 마찬가지로 인간이 서로를 지배하려는 본성에 이끌린다고 보았다. 서사시 《유레 디비노Jure Divino》*에서 디포는 "피에 녹아 있는 용액" 같은 본성 때문에 "모든 인간은 할 수만 있다면 폭군이 될 것"이라 말한다.[40]

하지만 H. F.가 기록한 (대부분 그가 목격한 것이 아니라 전해 들은 이야기다) 끔찍한 행위 가운데는 '폭군'이라는 말로도 설명이 부족한 일이 있다. 인간이 서로에게 늑대가 될 뿐만 아니라 가족마저 서로에게 늑대가 된 것이다. "아아, 이제 모두의 안위가 경각에 달렸기에 사람들은 타인의 고통에 연민을 느낄 여력조차 없었다. 이를테면 모든 사람의 집 앞에 죽음이 서 있고, 눈앞에서 가족이 죽어나가는 일이 허다하며, 무엇을 해야 할지, 어디로 달아나야 할지도 알 수가 없었다. 그러니 이제 연민을 품을 여지는 조금도 남아 있지 않았고, 제 한 몸을 지키는 것이 제일의 원칙이 되었다. 자식은 더없는 고통에 시달리다 부모를 버리고 떠났고, 그만큼 빈번하지는 않았지만 부모가 자식을 버리는 일도 있었다."[41]

무엇보다 절망적인 것은 페스트를 겪고 난 이후에도 이러한 '용액' 같은 본성을 런던 시민의 피에서 몰아낼 수 없었다는 사실이

* '하나님의 법에 따라'라는 뜻이다.

다. 1665년 봄, 페스트가 도시를 덮칠 당시만 하더라도 사람들은 그 충격으로 종교적·정치적 차이 따위는 생각할 틈이 없었다. 그러나 겨울이 오고 역병의 기세가 누그러지자, H. F.는 "모든 것이 과거의 길을 따라 제자리로 돌아갔다"며 탄식한다.[42] 도시를 떠난 사람들이 앞다투어 돌아와 가게를 열고 사회 활동을 재개한 것은 물론(사망통계표에서 알 수 있듯, 이런 활동이 너무 일찍 재개되는 바람에 사망자 수가 다시 급증하기도 했다), "그전까지 나라의 평화를 가로막던 갈등과 논쟁, 중상과 비난의 정신"도 함께 되살아났다.[43] H. F.가 말한 "그 당시의 공포"에 대한 기억은 구덩이에 묻힌 수많은 시신보다 더 빨리 썩어 없어지는 듯했다. H. F.는 찰스 2세Charles II를 비롯한 왕실과 그의 신하들이 페스트에 대비하는 데 실패했으며 페스트가 퍼진 이후에도 백성을 보호하지 못했다고 단언했는데, 그들 역시 피난을 떠났던 옥스퍼드에서 런던으로 돌아와 다시 요란하고 사치스러운 생활에 빠졌다. 권력을 차지하기 위해 권모술수를 쓰는 정당들과 서로에 대한 혐오를 끊임없이 되풀이하는 종파들의 모습도 전혀 변한 것이 없었다. 런던 시민들은 "금세 모든 걱정을 훌훌 털어버렸고", 자신들이 극복한 페스트를 더는 생각하지 않으려 했다.

H. F.는 자신의 기록에 결론을 내리는 대신, "투박하지만 진심 어린 시 한 수"로 글을 마친다.

런던에 끔찍한 역병이 닥친 것은

1665년이었다

역병이 10만의 영혼을 휩쓸었지만

나는 이렇게 살아 있다!

통계의 숫자를 바로잡고, 한 편의 이야기를 펼쳐낸 H. F.는 지금 살아 있는 모든 독자에게 저마다의 결론을 내릴 것을 요청한다.

알베르 카뮈와 갈색 페스트

5

때가 되었을 때 바르게 행동할 줄 아는 윤리

추상적 독립체인 정부와

가장 구체적인 힘인 전염병의 대결은

우스꽝스러우면서도 처참한 결과를 가져올 뿐이다.

사건에 절망하는 자는 겁쟁이지만,

인간의 조건에 희망을 품는 자는 바보다.

- 알베르 카뮈

1939년, 혈기 왕성한 청년이었던 알베르 카뮈는 아직 진로를 놓고 방황하고 있었다. 프랑스령 알제리의 수도 알제에서 태어난 그가 알제대학을 졸업한 지 3년이 지날 무렵이었다. 카뮈는 성 아우구스티누스와 신플라톤주의 철학자 플로티노스Plotinos의 저작에 관한 졸업논문을 썼지만, 그보다 더 눈길을 끄는 것은 그가 대학을 졸업할 기회를 얻었다는 사실 자체다. 문맹에 청각장애가 있던 카뮈의 어머니는 남의 집에서 허드렛일하며 아들을 키웠고, 카뮈는 대학은커녕 고등학교를 졸업하기도 힘든 환경에서 자랐다. 다행히 카뮈는 초등학교 교사였던 루이 제르맹을 비롯해 그의 영특함을 알아본 은사들의 도움으로 무사히 대학을 마칠 수 있었지만, 졸업 후 곧장 백수 신세가 되었다.

동년배 이상주의자 몇몇과 함께 공동주택에 살던 카뮈는 교사직을 두고 고민하던 중 지방 공무원 자리를 거절했고, 1935년에는 공산당에 가입해 정치운동에 뛰어들었다가 이데올로기 노선을 따르기를 거부한 탓에 얼마 지나지 않아 당을 나왔다. 그 후 카뮈는 이런저런 직업을 전전하던 중 지역의 신생 신문사 《알제 레퓌블리캥

L'Alger Républicain》의 기자로 취직했고, 그곳에서 아랍인과 베르베르인을 탄압하는 지방정부의 행태를 고발하는 기사를 썼다. 이런 기사와 사설 탓에 그는 지역에서 불순분자로 낙인찍혔고, 이후 프랑스 당국이 신문을 폐간하면서 또다시 일자리를 잃고 말았다.

그러나 이는 당시 작가로서 카뮈의 삶에서 겉으로 드러나는 일부분일 뿐이다. 1939년 카뮈는 한 권도 아니고 무려 세 권의 책을 쓰고 있었다. 소설 《이방인L'Étranger》과 철학 에세이 《시지프 신화Le Mythe de Sisyphe》, 희곡 《칼리굴라Caligula》였다. 카뮈는 각기 다른 세 장르의 작품에 '부조리 연작'이라는 이름을 붙여 삶의 의미를 탐색하는 수단으로 삼았다. 그는 《시지프 신화》의 첫머리에서 어떤 희망도 품지 않는 태도로 담대히 선언한다. "진정 중요한 철학적 문제는 오직 하나, 자살이다. 인생이 살 가치가 있느냐 없느냐를 판단하는 것이야말로 철학의 근본 문제에 답하는 일이다."[1] 이 물음에 답을 찾으려는 카뮈의 시도가 번번이 부조리로 귀결되는 것을 보고 있자면, 그가 제기하는 문제가 견디기 힘들 만큼 시급하게 느껴진다. 이후 카뮈의 말은 상투적인 표현으로 굳어졌지만, 이 말이 가진 본래 의미마저 가벼이 여겨서는 안 된다. 카뮈가 말하는 부조리란 인간이 변치 않는 참된 의미를 갈구하는 데 반해 세계는 한없이 깊은 침묵으로 일관하는 데서 비롯한다. 요컨대 부조리는 의미를 찾는 인간이 건너는 사막이 아니라, 사막을 걷는 내내 메마른 땅에서 들리는 바스락거림이다. "부조리는 인간과 관련이 있는 만큼 세계와도 관련이 있다. 지금으로서는 부조리가 인간과 세계를 잇는 유일한 고리다."[2]

부조리라는 조건은 인간을 유배로 내몬다. 인간은 설령 잘못된 근거를(가령 신학이나 이데올로기가 제시하는 근거나 몰지각하고 경솔한 생각에서 비롯한 근거를) 가지고서라도 끈질기게 세계를 정당화하는 동안에는 익숙한 세계에 머무른다. 그러나 카뮈에 따르면, 이런 식으로 마련한 무대는 머지않아 무너진다. 주어진 세계와 그 세계를 채우는 환상이 사라지고 나면, 인간은 돌연 낯선 세계에 떨어진 이방인 신세가 된다. 그곳에는 "잃어버린 고향의 기억도 약속된 땅에 대한 희망도 없기에" 낯선 세계로의 추방은 "구원 없는 유배"와 다름없다.[3] 그렇다면 우리는 대체 어디서 의미를 찾아야 할까? 목적 있는 삶을 보장하는 초월적 근거를 찾을 수 없다면, 우리는 무엇을 해야 하는가? 카뮈의 물음처럼 "무엇에도 호소하지 않고 사는 것"이 과연 가능할까?[4]

이 같은 물음이 갖는 중요성은 1939년 프랑스가 독일에 선전을 포고하면서 더욱 분명해졌다. 프랑스 정부가 자신들의 치부를 폭로하던 《알제 레퓌블리캥》을 폐간하고 폐결핵 때문에 군에 입대하지 못하게 되자, 카뮈는 1940년 초 파리로 떠나 다른 신문사인 《파리 수아르Paris-Soir》에 입사했다. 파리에서 그는 석간 타블로이

드 신문인 《파리 수아르》의 감상주의에 환멸을 느꼈고, 도시의 음울한 분위기에 절망했으며, 프랑스가 독일보다 강국이므로 전쟁에 이길 것이라는 정부의 허튼소리에 분노했다.

그러나 선전포고 이후 6개월간 이어진 충돌 없는 가짜 전쟁은 1940년 5월 독일이 돌연 전차부대를 이끌고 프랑스로 진격해 들어오면서 순식간에 진짜 전쟁으로 바뀌었고, 카뮈와 프랑스인들은 부조리가 익숙한 세계를 산산조각 내는 순간을 마주했다. 민간인과 갈수록 늘어나는 군인을 포함해 수백만 명이 도로로 쏟아져 나왔고, 자동차, 마차, 자전거를 타거나 두 발로 길을 나섰다. 그 길이 어디로 향하는지는 몰라도 어떻게든 독일군보다 앞서가겠다는 절박한 심정이었다. 전쟁은 한 개인의 무대가 아니라 국가 전체의 무대를 무너뜨린 것이다. 기를 쓰고 남쪽으로 달아나던 피란민 중 얼마나 많은 사람이 언제 어디서 독일군의 폭격기가 날아올지 모르는 텅 빈 하늘을 올려다보며 "대체 왜?"라고 자문했을까? 아마도 카뮈는 그런 물음에 사로잡혀 있을 만큼 어리석지는 않았을 것이다. 그는 회사에서 제공한 차를 타고 어렵사리 리옹까지 가는 데 성공했고, 프랑스가 나치 독일과 굴욕적인 휴전 협정을 맺은 이후에도 한동안 그곳에 머물렀다. 이후 독일은 프랑스의 온천 도시 비시에 권위주의적·반유대주의적 괴뢰정부를 세워 제1차 세계대전의 영웅이었던 고령의 원수 필리프 페탱Philippe Pétain을 수반으로 앉혔고, 카뮈는 충격과 분노에 휩싸인 채 이 광경을 지켜봤다. 그 해 말 경영난에 시달리던 《파리 수아르》가 직원들을 해고하면서 하루아침에 실직자가 된 카뮈는 일자리를 찾으리라는 기대도 없이 알제리로 돌아가야 했다. 이번에는 전쟁이 터지기 직전에 만난 밝고 아름다운 아내 프랑신 포르Francine Faure와 함께였다.

◊

부조리는 언제 어디서든 불쑥 삶으로 비집고 들어올 수 있지만, 유달리 부조리가 나타나기 쉬운 시간이나 장소가 있는 듯하다. 카뮈는 그 예로 알제리에서 두 번째로 큰 도시 오랑Oran을 꼽는다. 오랑은 알제에서 서쪽으로 300킬로미터 남짓 떨어진 곳에 있으며 알제와 같은 항구 도시지만, 카뮈가 보기에 두 도시의 공통점은 그게 전부다. 그는 1939년에 쓴 〈미노타우르스, 또는 오랑에서 잠시〉라는 에세이에서 이 점을 인정사정없이 까발린다. 카뮈에 따르면, 오랑의 거리는 "먼지와 자갈, 더위가 차지"하고 있고, 텅 빈 카페들의 "기름때로 찌든 주방 조리대에는 파리의 발과 날개가 널려" 있으며, 가게 앞 간판은 오랑에 "교화적으로 보일 만큼 많은 장의사"가 있음을 알려준다. 오랑의 청년들은 주로 "구두에 광을 내거나 광낸 구두를 신고" 먼지 쌓인 뜨거운 거리를 거닐며 시간을 보낸다. 카뮈는 못생긴 건물이 거리를 따라 늘어서 있고 바다를 등지고 앉은 도시 오랑을 미궁에 빗대며 이렇게 묻는다. "공허, 권태, 무관심한 하늘. 이런 장소의 매력은 무엇인가? 고독과 의심, 또 어쩌면 인간일지 모른다."[5]

카뮈는 1939년에 프랑신을 따라 오랑에 몇 차례 여행을 왔다가 1941년 초 프랑신과 결혼한 이후 함께 오랑으로 돌아왔다. 오랑에 대한 카뮈의 혐오감은 그가 포르 집안이 베푸는 호의에 기대어 사는 처지가 되면서 더욱 심해졌다. 빈털터리나 다름없던 카뮈는 장모가 소유한 처가 근처의 아파트에 얹혀사는 수밖에 없었다. 그는 부조리 연작 원고를 손보지 않을 때면 공립학교에 다니는 것이 금지된 유대인 아이들에게 개인 교습을 했다. 그는 비시 정권의 악랄함을 맹렬히 비난했고, 알제에서 오랑으로 유배당한 자신의 처지를 비관했다. 스승이자 친구인 작가 장 그르니에Jean Grenier에게 쓴 편지에서 카뮈는 한때 에세이로 조롱했던 숨 막히는 미궁에 꼼짝없이 갇혔다며 한탄한다. "오랑이 얼마나 사람을 고립시키는 곳인지 상상도 못 하실 겁니다. 이곳은 야만스럽고 불타는 듯 뜨거운 미궁이에요. (…) 너무 극단적이어서 외려 흥미가 동할 지경입니다. 하지만 우리는 가끔 문명이 필요합니다. 그런데 이 사막에는 오아시스가 없어요."[6]

그러나 이 사막은 카뮈에게 오아시스를 주지는 못해도 새 연작에 관한 영감을 주었다. 1941년 봄, 오랑 인근의 도시 틀렘센에서 유행성 티푸스가 발생했을 때부터 카뮈는 일기에 전염병을 조금씩 언급했고, 가을 무렵에는 전염병에 관해 조사한 내용을 바탕으로 더 긴 구절을 쓰기 시작했다. 《페스트》의 초안에는 훗날 수정을 거치며 사라지는 필리프 스테판 교수라는 인물이 등장하는데, 이 인물은 투키디데스를 두고 그 자신이 낱낱이 증상을 묘사한 "고통을 직접 경험"했다며 칭송한다.[7] 또, 카뮈는 얼마 전 프랑스어로 번역된 디포의 《전염병 연대기》에 관해 여러 메모를 남겼고, 《로빈슨 크루소》에서도 많은 영감을 얻어 그중 한 구절을 조금씩 쓰고 있던 《페스트》의 제사題辭로 삼았다. "한 종류의 감옥살이를 다른 종류의 감옥살이로 재현하는 일은 실제로 존재하는 것을 존재하지 않는 무언가로 재현하는 일과 마찬가지로 합리적이다."

오랑에서의 삶은 1942년 5월의 어느 날 밤, 카뮈가 발작적인 기침과 함께 시커먼 피가래를 토해내면서부터 한층 감옥살이에 가까워졌다. 연락받고 황급히 달려온 의사는 결핵이 남은 한쪽 폐로 전이되었다고 진단했다. 이제 카뮈에게는 괴로운 선택만 남아 있었다. 오랑에 남아 건강에 나쁜 기후를 견디든가, 더 건조하고 시원한 곳으로 잠시 요양을 떠나든가 둘 중 하나였다. 더는 오랑에 머물 수 없다고 생각한 카뮈는 처가의 연줄을 통해 르 파늘리에Le Panelier에 요양할 만한 거처를 마련했다. 르 파늘리에는 몇 안 되는 농가로 이뤄진 촌락으로, 프랑스 중남부의 춥고 건조한 산악지대 마시프 상트랄에서 동남쪽 끝에 자리한 마을 르 샹봉 쉬르 리뇽Le Chambon-sur-Lignon 근처에 있었다. 르 샹봉 쉬르 리뇽은 해발 900미터에 달하는 고지대의 마을로, 주민 대다수가 개신교도였지만 가톨릭과 플리머스 형제단Darbyists; Plymouth Brethren 신도들도 함께 모여 사는 곳이었다(플리머스 형제단은 정통 개신교와 달리 하나님이 유대인과의 약속을 기독교인과의 약속으로 대체했다고 보지 않는 개신교 종파다). 그곳은 알제는 물론, 뙤약볕이 내리쬐는 해안 도시 오랑과도 동떨어진 세계였다.

여전히 건강이 좋지 않았던 카뮈는 여행에 필요한 서류를 신청하는 과정이 지독히도 느렸던 탓에 8월에 이르러서야 프랑신과 함께 지중해를 건너 외딴 산골 마을에 도착했다. 그는 농가에 정착한 이후 다시 소설을 구상하는 동시에 새로운 환경을 기록으로 남겼다. 카뮈는 바위가 많고 야트막한 산 위로 솟아오른 아침 해가 빛을 쏟아내면서 산을 덮은 전나무 숲이 골짜기 아래로 폭포처럼 쏟아질 듯한 경치를 이루는 것을 보고 이렇게 말했다. "잠깐 비극적인 전투가 벌어져 한낮의 야만인들이 밤사이 생각으로 이뤄진 오합지졸을 격퇴하리라."[8] 카뮈가 말한 밤사이의 생각에는 자신의 건강 상태와 프랑스의 도덕 상태에 관한 고민이 들어 있었을 것이 틀림없다. 카뮈는 이 글 바로 앞에 남긴 메모에 "페스트. 그것을 벗어날 수가 없다"라고 썼다. 그는 위험한 세균이 자신의 폐를 점령한 일을 떠올렸을까? 아니면 똑같이 위험한 이데올로기가 프랑스를 점령한 일을 생각했을까? 태양이 전나무 숲을 태울 기세로 내리쬐었듯, 카뮈가 겪은 일은 얽히고설키며 생각에 불을 붙였다. 같은 메모에서 카뮈는 《이방인》이 "부조리와 대면한 인간의 벌거벗은 모습"을 그렸다고 말하면서 새 소설 《페스트》를 두고 이렇게 덧붙인다. "부조리는 **아무것도 가르쳐주지 않는다는 것**을 보여준다. 이것은 결정적인 진전이다."

부조리가 아무것도 가르칠 수 없다는 사실은 11월에 이르러 더욱 확실해졌다. 그 무렵 프랑신은 교사 일을 계속하기 위해 오랑으로 돌아갔고, 르 파늘리에에는 겨울이 찾아왔다. 그러나 11월 초에는 그곳을 찾아온 존재가 또 하나 있었다. 바로 독일군이었다. 연합군이 횃불 작전을 펼쳐 프랑스령 북아프리카를 침공하자, 독일은 이에 맞서 카뮈가 있던 산골 마을을 포함해 비시 정부가 통치하던 프랑스 남부의 자유 지역에까지 군대를 배치했다. 카뮈는 11월 11일자 일기에 "독 안에 든 쥐 신세라니!"라고 휘갈겨 썼다. 분명 그는 이제 꼼짝없이 프랑스에 갇힌 신세였다. 그러나 독 안에 든 쥐의 형상이 의미하는 것은 이뿐만이 아니었다.

◊

《페스트》의 첫 몇 장을 넘기면, 먼저 오랑에 사는 주인공이 등장한다(마지막에 밝혀지듯, 그는 이야기의 서술자이기도 하다). 하지만 그는 등장과 함께 오랑에서 무언가 심상치 않은 일이 벌어지고 있다는 암시를 준다. “4월 16일 아침, 의사 베르나르 리외는 진료실을 나서다 발밑에서 물컹한 것이 느껴졌다. 층계참 한복판에 죽어 있는 쥐 한 마리였다. 그 순간에는 별생각 없이 사체를 발로 밀어 치우고 계단을 내려왔다. 거리로 나와서야 문득 쥐가 죽어 있을 만한 곳이 아니라는 생각이 들었다.”[9]

이 느닷없는 첫 마주침 이후, 공포가 점점 고조된다. 곧 한 마리가 아니라 수백, 수천 마리의 쥐가 도시 깊은 곳 어딘가에서 거리와 보도로 비틀거리며 쏟아져 나왔고, 퉁퉁 부은 채 피를 쏟으며 죽은 동족 곁에 쓰러졌다. 욕지기가 치미는 동시에 불안에 떨 수밖에 없는 광경이었다. 꿈에도 생각지 못했지만 누구도 거스를 수 없는 운명이 도시로 다가온다는 징조인 듯했다. 리외는 “건강한 사람이 돌연 체온이 치솟고 펄펄 끓는 피가 혈관을 타고 들불처럼 퍼지듯, 여태 그토록 평온하다가 하루아침에 발칵 뒤집힌” 도시가 얼마나 큰 충격에 빠졌을지 상상해보라 말한다.[10]

가래톳 페스트가 처음 세상에 알려졌을 무렵부터 사람들은 이

병이 곰쥐와 관련 있다고 생각했다. 오랑에 있을 적 카뮈는 알제에 있던 친구 뤼세트 뫼레Lucette Maeurer에게서 전염병에 관한 학술 자료 뭉치를 받았고 농담조로 이를 "유해 도서"라 불렀는데,[11] 이 가운데는 프루스트의 저술도 들어 있었다. 여기서 프루스트는 작가 마르셀 프루스트Marcel Proust가 아니라 그의 아버지 아드리앵 프루스트Adrien Proust로, 그는 1897년 《유럽의 페스트 방비La défense de l'Europe contre la peste》를 펴낸 저명한 전염병 전문가였다. 프루스트는 이 방대한 전염병 연구서에서 한 가지 "흥미로운 사실"을 지적한다. 전염병은 종종 죽어가는 쥐떼의 출현을 동반한다는 것이다. 예를 들어 광저우에서는 주민들이 20,000마리의 쥐 사체를 발견하는 일이 있었는데, 이는 이후 그들에게 닥칠 불행을 알리는 전조였다.[12]

그러나 최근에 나온 몇몇 연구는 흑사병을 곰쥐 탓으로 돌린 것은 잘못된 생각이었다고 주장한다. 쥐에 기생하는 벼룩이 아니라 사람 몸에 기생하는 벼룩이나 이가 병을 퍼뜨렸을 가능성이 크다는 것이다.[13] 고고학자들은 14세기의 쥐 뼈에서 쥐가 페스트를 퍼뜨린 주범이었음을 입증할 근거를 찾지 못했으며, 전염병학자들은 병으로 죽어가는 쥐들이 쏟아져 나오는 이른바 '쥐 폭포' 현상은 근대 이후에 나타나기 시작했다고 본다. 지금으로서는 전부 추측일 뿐이지만, 한 가지 분명한 사실은 벼룩이 들러붙은 쥐의 이미지가 수많은 의미를 담고 있으며 그중에는 긍정적인 것이 하나도 없다는 점이다. 세균학자 한스 진서Hans Zinsser가 지적하듯, 쥐를 질병과 연관해 생각하기 훨씬 전부터 "인류는 쥐를 두려워하고 박해했다".[14]

물론 페스트는 쥐의 이미지보다 훨씬 부정적인 의미만 담고 있다. 카뮈는 노트에서 페스트에는 "사회적 의미와 형이상학적 의미가 있다"고 말한다.[15] 여기서 사회적 의미란 나치 독일의 프랑스 점령을 가리키는데, 당시 프랑스에서는 나치즘을 '갈색 페스트'라 불렀다. 그러나 페스트라는 메타포는 하나의 색깔이나 함의로 국한할 수 없다. 카뮈가 몇 년 뒤 분명히 밝혔듯, 페스트는 프랑스를 넘어 전 유럽을 휩쓴 나치즘을 뜻했다. 이것 자체도 중요한 의미가 있지만, 카뮈는 한발 더 나아가 페스트라는 메타포를 훨씬 폭넓게 사용하고자 했다.[16] 그는 1942년에 이미 나치의 프랑스 점령이 실존적으로 복잡한 결과를 가져오리라는 것을 알았고, 노트에 다음과 같이 썼다. "내가 페스트를 통해 표현하고자 하는 것은 우리 모두 시달린 질식할 듯한 느낌과 우리 모두 겪은 위협과 유배의 분위기다. 하지만 동시에 나는 이런 해석을 보편적 실존 관념으로 확장하고자 한다."[17]

◊

"사람 살려! 누가 좀 도와줘요!" 300홀에서 귀를 찢는 듯한 비명이 처음 들려왔을 때, 나는 입소자에게 설탕 몇 봉지를 가져다주러 주방으로 성큼성큼 걸어가던 중이었다. 비명을 듣는 순간 나는 자리에 얼어붙은 채 홀 쪽을 훑어보았다. 규칙적으로 울리는 경찰의 사이렌 소리와 함께 유리 조각처럼 날카로운 비명이 계속해서 울려 퍼졌다. 요양원에 온 지 이틀째 되던 날에 벌어진 일이었다. 나는 내심 의사와 간호사 들이 들것을 몰고 황급히 내 앞을 지나 위급 환자에게 달려가는, 응급실에서 볼 법한 광경을 예상했다. 하지만 정작 눈에 들어온 것은 간호사 한 사람과 간호보조사 한 사람이 잡담을 나누고, 또 다른 간호보조사가 벽에 걸린 터치스크린을 차근차근 누르며 입소자 정보를 입력하는 모습뿐이었다. 비명이 들려도 누구 하나 반응하지 않는 데 당황한 나는 터치스크린 앞에 있던 간호보조사에게 다가가 큰일이 난 것 아닌지 조용히 물었다. "괜찮아요. N 씨일 거예요." 그녀는 화면을 누르는 손을 멈추지 않은 채 대답했다.

복도를 쭉 훑어보았지만, 못마땅하다는 듯 이리저리 눈을 굴리는 것 이상의 반응을 보이는 사람은 아무도 없었다. 나는 N 씨의 병실로 가서 슬쩍 안을 들여다보았다. 방 안쪽 끝에 있는 안락의자에 헐렁한 꽃무늬 가운을 걸친 작은 여성이 앉아 있었다. 얼굴에는 검붉은 실핏줄이 서 있고 코에는 산소 튜브를 꽂은 N 씨가 희번덕거리는 눈으로 나를 쳐다보았다. "이리 와서 나 좀 도와줘요!" 나는 가까이 다가가 어디가 아프시냐고 물었다. 폐일까? 아니면 심장이나 방광일까? "바닥에 있어요!" 그녀가 새된 소리를 질렀다. 그 말을 듣고 의자와 탁자 밑을 훑어보던 나도 N 씨만큼이나 겁에 질리기 시작했다. "바닥에 뭐가 있다는 말씀이세요?" 나도 모르게 목소리를 곤두세우며 물었다. "이거 말이에요!" N 씨가 제대로 펴지지 않는 손으로 발아래를 가리키는 것을 보자 그녀가 류머티즘성 관절염을 앓고 있다는 사실이 떠올랐다. 그리고 N 씨가 가리킨 물건이 구겨진 냅킨임을 확인한 순간, 나는 그녀의 정신이 치매로 인해 손만큼이나 불편하다는 사실을 깨달았다.

냅킨을 집어 탁자 위에 올려놓자, 절박하게 도움을 찾던 N 씨의 비명이 스위치를 딸깍 올린 것처럼 곧장 "고마워요, 정말 고마워요!"라는 정신없는 외침으로 바뀌었다. N 씨는 냅킨이 떨어졌던 곳을 가리키며 "그게 바닥에 있었어요!"라며 울부짖었다. 나는 맞아요, 바닥에 있었어요, 하고 맞장구를 친 다음, 그래도 도와달라 소리 지르실 일은 아니지 않냐고 나긋이 덧붙였다. 그녀는 재빨리 고개를 끄덕였지만, 내 말에 동의한 건지 아니면 내 말을 이해하기는 한 건지조차 의심스러웠다. 내가 잽싸게 병실을 나와 간호보조사와 간호사 들 앞을 지날 때까지도 N 씨는 감사의 말을 외쳐댔다. 조금 부끄럽기는 했지만, 기분은 좋았다. 솔직히 말하면 다른 직원들이 하지 않는 일을 했다는 생각에 우쭐한 기분이었다. 나는 N 씨가 자신에게는 너무나 중요하지만 내 눈에는 하찮아 보이는 문제로 비명을 질렀는데도 그녀를 보살피려 한 것이 아니라, 그녀가 그런 행동을 하므로 보살펴야 한다고 믿었고, 이 점에서 직원들과 다르다고 생각했다. 이런 자부심에 젖은 채, 나는 반쯤 잊고 있던 설탕 봉지를 가지러 서둘러 주방으로 갔다.

그러나 다음 날부터 내 자부심은 바람 빠진 풍선처럼 쪼그라들기 시작했다. 302호 병실의 B 씨에게 막 저녁을 가져다주었을 때였다. B 씨는 눈이 보이지 않았지만, 한 케이블 채널에서 끝도 없이 재방송하는 듯한 시트콤 〈앤디 그리피스 쇼The Andy Griffth Show〉를 즐겨 들었다. 이날도 같은 방송을 슬쩍 보다가 저녁으로 나온 생선튀김을 잘게 자르고 있는데, 별안간 "도와줘요! 누가 좀 도와줘요!" 하는 외침이 들려 칼질을 멈췄다. B 씨는 한숨을 푹 쉬더니 들고 있던 리모컨으로 텔레비전 소리를 키웠다. 나는 자리에서 일어나 잠시 다른 입소자를 도와주러 다녀오겠다고 말했다.

이번에는 서두르지 않고 N 씨의 병실로 천천히 걸어갔다. N 씨는 똑같은 의자에 똑같은 자세로 앉아 똑같이 억누를 수 없는 공포로 일그러진 얼굴을 하고 있었다. 그녀는 나를 보더니 도와달라며 더 크게 소리를 질렀다. 무슨 일인지 묻자, N 씨는 격한 몸짓으로 바퀴 달린 탁자를 가리켰다. “탁자에 문제가 있나요?” 그녀가 반쯤 주먹 쥔 손으로 탁자 쪽을 찌르며 고함쳤다. “이거요!” 탁자 위에는 물컵과 유선 전화기밖에 없었기에, 일단 물이 더 필요한지 물었다. “아니, 이거 말이에요!” 남은 것은 전화기였다. “전화기가 고장 났나요?” 내 물음에 N 씨가 다시 소리를 질렀다. “잘못 놓여 있잖아요!” N 씨가 손짓하는 대로 전화기를 그녀의 오른쪽에 가지런히 놓아두자, 이번에도 그녀는 언제 그랬냐는 듯 잠잠해졌고, “고마워요!”라며 쩌렁쩌렁 인사했다.

요양원에서 일한 지 일주일이 다 되어서야 나는 겁에 질린 N 씨의 외침이 간호사나 치료사를 찾는 방송처럼 일상적이라는 사실을 알았다. 창피한 이야기지만 이 무렵부터 나는 복도에 걸린 인상주의 명화의 싸구려 복제품을 볼 때와 마찬가지로 N 씨의 비명을 건성으로 듣기 시작했다. 다른 병실에서 입을 벌리고 있는 입소자에게 완두콩 한 숟가락을 먹이거나 설탕 봉지를 밀수품이라도 되는 양 나눠주느라 바쁠 때면, N 씨의 비명은 복도의 그림처럼 장식의 하나가 되었다. 부끄럽게도 가끔 다른 직원들 앞을 지나가다 비명이 들리면 짐짓 짜증이 난 체하며 눈을 흘기기도 했다. 아, 또 시작이네요. 꼬박꼬박 터지는 게 꼭 올드 페이스풀Old Faithful* 같네요. 나는 할 일을 다 끝내고 난 다음에야 N 씨의 병실로 터덜터덜

걸어가 바닥에 떨어졌거나 잘못 놓인 물건을 정리했다. 다 쓴 휴지나 빨대 포장지를 보고 소리 지를 필요는 없다고 타이르는 일도 잊지 않았다. 하지만 공포에 질려 벌겋게 핏발이 선 N 씨의 눈을 보면 그런 조언이 아무 소용 없음을 알 수 있었다. 그녀는 내 말을 이해하지 못했거나, 이해했더라도 그것에 맞게 행동할 수 없었다.

그런데도 나는 줄곧 N 씨를 타이르고 때로는 나무라기까지 했다. 암울한 연말이 끝나가는 지금에야 내가 그녀를 이해하길 거부했기 때문에 그런 식으로 행동했다는 생각이 든다. 대체 왜 그랬을까? N 씨의 두려움과 괴로움, 불안과 고통을 보살피는 것은 내게 너무 벅찬 일이었다. 애당초 나는 요양원에서 일하기에 미흡했던 것 아닐까? 게다가 N 씨가 살아갈 날이 얼마 남지 않은 쇠약한 노인이라 해도 내가 속한 세계에 순응할 수 있다고 생각하는 편이 훨씬 마음 편했다. 그렇게 믿으면 그녀가 있는 세계에 들어가려 애쓸 필요가 없었으니까. 지난주, 나는 그 특별한 세계가 이제 영원한 침묵에 빠졌다는 사실을 알게 되었다. 요양원의 친구로부터 N 씨가 코로나19 합병증으로 세상을 떠났다는 소식을 전해 들은 것이다. 요양원에서는 최선을 다했지만, 어찌할 도리가 없었다.

* 미국 옐로스톤 국립공원에 있는 간헐천으로, 45분에서 2시간 간격으로 온천수를 뿜는다.

◊

카뮈의 작품에는 숫자 5가 자주 등장한다. 《이방인》의 주인공 뫼르소는 '아랍인'에게 총을 다섯 발 쏜다. 희곡 《정의의 사람들Les Justes》은 5막으로, 철학 에세이 《반항하는 인간L'Homme révolté》은 5장으로 이뤄져 있다. 공교롭게도 코르네유와 라신의 작품을 비롯한 프랑스 고전주의 비극은 5막으로 구성되는데, 카뮈의 비극(언급한 작품은 모두 어느 정도 비극적이다) 역시 다섯 부분으로 나눌 수 있다.

아니나 다를까, 카뮈의 가장 비극적인 작품인 《페스트》는 5부로 구성된다. 1부에서는 1940년대 오랑이라는 배경이 소개되고, 쥐떼가 쏟아져 나오며, 주요 인물(베르나르 리외, 장 타루, 조제프 그랑, 레몽 랑베르, 파늘루 신부, 코타르)이 등장한다. 전염병이 창궐하는 시기에 의사인 리외는 자연스레 비극의 중심에 선다. 게다가 그는 이야기의 서술자이기에 더더욱 중심에 있을 수밖에 없다. 그런데 리외가 서술하는 것은 하나의 이야기일까(프랑스어 이스투아르histoire는 '이야기'와 '역사'라는 뜻을 모두 가지고 있다), 아니면 전혀 다른 무엇일까? 리외는 때로 자신을 역사가로 칭하는가 하면, 자신의 글을 역사서보다는 연대기라 부르기도 한다. 서술자가 선택하는 단어는 그가 자신의 서술에 부여하는 의미를 나타낸다. 이야기라는 말은 그 이야기를 창조하고 다듬는 저자의 존재를 함축하지만, 연대기chronique는 그와 같은 저자의 지배력을 배제한다. 연대기에서는 이야기와 달리 사건 자체가 주어져 있으며 서술자가 사건 간의 인과관계나 도덕적 관계를 임의로 설정하지 않는다.

리외는 도입부에서뿐만 아니라 중간과 결말 부분에서도 이야기와 연대기를 구별해서 말하며, 그때마다 자신은 남들과 다른 기준으로 사건을 서술한다는 점을 거듭 강조한다. 그는 독자에게 자신은 직접 목격했거나 다른 사람에게서 전해 들었거나 관련 문서로 확인한 사건만 다루고, 객관적이고 치우침 없는 태도를 추구하며, 예술적 효과를 위해 과장하는 일을 피한다고 말한다. 또, 리외는 이 이야기 아닌 이야기에서 "함께 페스트를 겪은 사람들이 도저히 품었을 법하지 않은 생각을 그들의 입을 통해 전달하는 일이 없도록 했다"고 말한다.[18] 리외의 말은 카뮈가 투키디데스를 읽었다는 사실을 다시 한번 떠올리게 한다. 투키디데스는 **그의** 역사서를 읽는 독자에게 리외가 말한 것과 같은 기준을 제시했다(심지어 투키디데스는 그의 역사서 속 인물들이 **말했어야 하는** 것을 말한다는 당혹스러운 주장으로 유명하다). 비극적 소설을 쓴 카뮈는 비극적 역사를 쓴 투키디데스가 그랬듯 서술의 객관성을 주장함으로써 독자가 직접 인과관계와 도덕적 관계를 세워 이야기에 더 깊이 발을 들이도록 이끄는 것이다.

작중에서도 리외는 도덕과 언어에 밀접한 관련이 있다고 본다. 그에게 자기 뜻을 분명하고 진실하게 표현하는 일은 지극히 당연한 도덕적 의무다. 파리에서 온 기자 랑베르가 리외에게 지역 내 아랍인과 베르베르인의 생활 환경에 관해 묻자, 그들의 비참한 처지를 아는 리외는 랑베르가 "현재 상황에 대한 비판을 있는 그대로" 기사화할 수 있는지 되묻는다. 이에 랑베르가 이의를 제기하자 리외는 인터뷰를 거절한다. 리외의 말에 따르면 그는 "진실과의 타협이나 불의"를 받아들일 마음이 없다.[19] 리외는 페스트에 대해서도 같은 태도를 보이며, "확인한 사실에 주의를"(39) 기울이고, "인정해야 할 것은 분명히 인정하며"(40), "자신이 해야 하는 일"(41)을 함으로써 페스트에 맞서기로 마음먹는다. 그는 세균에 의한 것이든 이데올로기에 의한 것이든 전염병을 진단하는 일이 확실한 진상과 엄격한 투명성을 요구할 때조차 (혹은 그럴 때라면 더더욱) 뜻을 굽히지 않는다. 카뮈는 노트에서 "페스트의 포로가 된 인간의 이상은 무엇일까?"라고 묻는다. 그는 이 글을 읽는 사람이 있다면 아마 자신의 "답을 비웃을 것"이라 말하는데, 그가 내놓는 답은 다름 아닌 "정직"이다.[20]

리외의 동료들 역시 리외와 같은 윤리적 명령을 따른다. 특색 없는 말단 공무원 그랑은 여가를 온통 글쓰기에 쏟으며, 수년간 아무런 성과가 없는데도 "머릿속에 있는 장면을 완벽히 표현해 (…) 읽자마자 '모자를 벗으시오!' 하는 소리가 나올"(104~105) 문장을 쓰려 노력한다. 한편 타루는 어릴 적 검사였던 아버지가 재판에서 한 남자를 사형으로 몰아가는 광경을 보고 평생 지워지지 않는 상처를 입은 인물이다. 타루의 회상에 따르면, 그의 아버지는 자신이 저지르는 행위의 극악무도함을 "길게 뽑어져 나오는 알아들을 수 없는 표현"으로 감췄고, 한 남자의 목을 자른다는 현실을 "법정 최고형"이라는 모호한 말로 대신했다. 그날 이후 타루는 "인간의 모든 문제는 꾸밈없고 명쾌한 언어를 쓰지 않는 데서 온다"(254)는 사실을 깨달았다. 심지어 자신의 학식에 자부심을 가진 파늘루 신부도 "비극적인 일을 다루면서 어울리지 않는 웅변"(99)을 늘어놓는 일을 피하려 한다. 주요 인물 가운데는 서술자가 이름을 밝히지 않고 성으로 부르는 코타르만이 진실을 말하기를 거부하고 수상쩍은 과거를 숨긴다. 오히려 그는 다른 사람을 가르치는 것이 아니라 통제하기 위해 작가가 되고 싶다는 불길할 말을 늘어놓기까지 한다.

코타르가 페스트에 저항하기는커녕 혼자 기뻐한다는 사실은 그가 어떤 인물인지를 잘 보여준다. 실상 그는 도시를 점령한 페스트에 부역하는 인물이나 다름없다. 반면 리외와 타루를 비롯한 다른 주요 인물은 바르게 보고 말하고 행동하려 한다는 확실한 공통점이 있으며, 이런 공통점은 이들을 따로 떼어놓고 생각할 수 없을 만큼 단단하게 묶어준다. 이들은 오랑이 봉쇄된 이후 리외를 중심으로 뭉쳐 일종의 레지스탕스를 결성한다. 오랑에 처음 온 외지인 타루는 먼저 리외를 찾아가 자원보건대를 조직하자고 제안한다. 타루의 제안을 흔쾌히 받아들인 리외는 그가 행동에 나서도록 만드는 윤리적 명령이 무엇인지를 설명한다. "사람이 죽는 것을 보는 일은 아무래도 익숙해지지 않아요."(128) 타루가 리외의 성공은 기껏해야 언제나 일시적일 뿐이라고 지적하자, 리외는 동의하며 자신의 노력은 "끝없는 패배"임을 인정한다.

그러나 이 사실은 리외와 그의 투쟁에 함께하는 동료들을 막지 못한다. 오랑에 꼼짝없이 갇힌 신세가 된 랑베르는 리외에게 약혼자가 기다리는 파리로 돌아갈 수 있도록 자신이 병에 걸리지 않았다는 증명서를 써달라고 부탁한다. 리외가 이를 거절하자 랑베르는 분통을 터뜨린다. "하지만 나는 여기 사람이 아니지 않습니까!" 명백한 사실이지만, 리외가 무덤덤하게 지적하듯 그들이 처한 상황에서는 아무래도 상관없는 일이다. "안타깝지만, 당신은 이제부터 이곳 사람입니다."(86) 리외의 말을 인정할 수 없는 랑베르는 도시를 빠져나가려고 갖은 (당연히 불법적인) 수를 동원한다. 몇 주 뒤 사망률이 급격히 치솟을 무렵, 마침내 랑베르에게 도시를 나갈 기회가 찾아온다. 하지만 그는 제안을 거절하고 페스트에 맞서는 이들과 운명을 같이하기로 마음먹는다. 그가 남기로 한 이유는 사뭇 인상적이다. "이제 웬만큼 다 보고 나니, 나는 좋든 싫든 이곳 사람

이라는 것을 알겠어요."(209)

이렇듯 페스트에 맞서는 인물들에게 도덕은 봐야 할 것을 똑똑히 보는 일이기도 하다. 타루가 리외에게 법정에서의 경험을 이야기하는 대목 역시 이 점을 잘 보여준다. "그 남자는 눈이 멀듯 쨍한 햇빛에 겁먹은 올빼미 같았어요. 넥타이는 살짝 비뚤어진 채였고, 오른손 손톱을 줄곧 물어뜯고 있었죠. 더 말하지 않아도 알겠죠? 그는 살아 있는 인간이었어요."(247) 타루는 한 손의 손톱을 물어뜯는 남자를 자세히 묘사하면서 그 손이 **오른손**이었다는 것까지 떠올린다. 이 같은 상세한 묘사는 타루가 그의 아버지와 달리 (아니, 사실상 대다수 사람과 달리) 오른손 손톱을, 목이 달아난 뒤에도 잠시나마 자라날 손톱을 물어뜯는 **바로 그** 남자를 똑똑히 보았다는 사실을 말해준다. (카뮈보다 10년 앞서 조지 오웰George Orwell도 목숨을 빼앗는 행위의 극악함을 같은 방식으로 상세히 묘사했다. 〈사형수A Hanging〉라는 짧은 글에서 오웰은 영국령 미얀마의 경찰로 일하던 시절 교수형을 도운 경험을 이야기한다. 그는 "까까머리에 흐리멍덩한 눈에는 물기가 어린 왜소한 남자"가 족쇄를 차고 여섯 명의 건장한 교도관에게 둘러싸인 채 교수대로 향하는 모습을 본다. 그런데 어느 순간, 사형수가 길에 있던 웅덩이를 보고 슬쩍 옆으로 피한다. 오웰은 그제야 "몸이 멀쩡하고 의식이 있는 인간을 죽이는 것이 어떤 의미인지" 알았다고 말한다.[21])

타루와 리외, 랑베르는 세계를 있는 그대로 봐야 한다는 윤리적 명령을 글이나 말로써 표현한다. 반면 그들의 전우 조제프 그랑은 다소 모호하다. 일에 찌든 공무원인 그랑은 자기 생각을 표현할 말을 찾지 못해 안간힘을 쓰는 인물인데, 리외는 이것이 그의 됨됨이를 이해할 "진짜 열쇠"(45)라 말한다. 그랑은 상관에게 쥐꼬리만 한 봉급을 인상해달라고 요청하거나 몇 년 전 결혼 생활에 불만을 느껴 그를 떠난 아내에게 편지를 쓸 때도 할 말을 떠올리지 못한다. 이에 못지않게 놀라운 것은 그가 몇 년째 붙잡고 있는 소설의 첫 문장조차 완성하지 못했다는 사실이다. 그랑은 어리둥절해하는 리외 앞에서 이렇게 탄식한다. "하! 선생님. 나를 표현하는 법을 배울 수 있다면 얼마나 좋을까요."(46)

하지만 그랑은 리외가 자원보건대에 들어오라고 권유하자, "한 치의 망설임도 없이"(134) 수락한다. 나는 이 망설임 없는 태도야말로 그의 가장 중요한 특징이라 생각한다. 비록 본 것을 표현할 말을 찾는 데는 서투르지만, 그랑은 주위를 분명하게 보고 그에 따라 분명하게 행동한다. 마치 보고 행동한다는 두 행위가 동시에 일어나는 듯하다. 사실상 행동은 보는 것에 뒤이어 일어난다기보다 보는 것과 더불어 일어난다. 철학자이자 소설가 아이리스 머독은 이를 눈으로 보는 행위의 고유한 도덕적 특성으로 꼽는다. 머독에 따르면, "세계를 있는 그대로 보는 일은 하나의 **과업**"이며, 바르게 보는 것이 어려운 이유는 "지칠 줄 모르는 비대한 자아"가 늘 시야를 가로막기 때문이다. "실제 상황에 쉬지 않고 주의를 기울이면서도, 자기연민, 원망, 공상, 절망이 주는 위안을 찾아 은근슬쩍 자아로 눈을 돌리지 않기란 어려운 일이다."[22]

《페스트》의 모든 등장인물은 머독이 말한 과업과 씨름한다. 랑베르는 처음에 자기연민과 원망의 유혹에 눈이 멀어 오랑을 벗어나려 했고, 오랑의 관료들은 헛된 희망에 젖어 페스트가 발생했다는 사실을 인정하지 않으려 했다. 리외조차도 동료 의사가 재촉할 때까지 잠시나마 페스트라는 진단을 내리기를 망설인다. 반면 그랑에게서는 이 같은 망설임을 찾아볼 수 없으며, 리외는 그런 그랑의 태도에 나름의 평가를 내리려 한다. 리외는 그랑을 비롯한 자원보건대의 행동을 "용기"나 "영웅적 행위"라는 말로 과장하고 싶지 않다고 말한다. 그들은 마땅히 해야 할 일을 했기에 "2+2=4라고 가르치는 교사"(132)에게 보내는 칭찬 정도면 충분하다는 것이다. 물론 예나 지금이나 해야 할 일을 하는 것이 (2+2=4라는 사실을 인정하는 것조차도) 목숨을 걸어야 할 만큼 위험할 때가 있다. 그러나 리외는 그런 상황에서도 가장 중요한 문제는 "2+2가 정말로 4가 맞는지 아닌지 아는 것"이라 말한다. 객관적 진실을 인정하는(눈으로 보는) 순간, 다른 모든 것이 뒤따라온다. 아니, 더 정확히 말하면 모든 것이 그와 동시에 펼쳐진다. '보는 것은 행동하는 것이다'라는 케케묵은 격언은 이렇게 일순간 새로운 의미를 획득한다.

◊

2009년, 홀로코스트 희생자 추도 연설에서 버락 오바마Barack Obama 대통령은 유대인 600만 명이 수용소에서 살해당했지만, 프랑스의 한 외딴 마을에서는 유대인 5,000명을 구했다는 사실을 언급했다. "그 마을에 온 유대인은 단 한 사람도 거부당하거나 고발당하지 않았습니다. 하지만 마을 주민들은 10년이 지나서야 자신들이 한 일을 고백했고, 그조차도 그들이 나서서 한 일이 아니었습니다."[23] 오바마가 말한 마을은 바로 앞서 언급한 르 파늘리에 인근의 르 샹봉 쉬르 리뇽Le Chambon-sur-Lignon(이하 르 샹봉—옮긴이)이다. 르 샹봉은 주민들이 한 일이 알려진 이후 미국과 유럽에서 상징적인 지위를 얻었다. 일례로 철학자 필립 할리Philip Hallie는 르 샹봉의 이야기를 다룬 유명한 저서에서 이곳을 선善이 일어난 마을로 칭했다.[24]

르 샹봉에서는 정말로 선이 우연히 일어났다. 마을 사람들이 한 행동은 실로 비범한 것인 동시에 꽤 평범한 몇몇 동기가 겹친 결과였다. 르 샹봉에 대한 대중의 (그리고 오바마 전 대통령의) 인식에 큰 영향을 끼친 할리의 설명은 목사 앙드레 트로크메André Trocmé와 그가 이끄는 개신교 신자들이 유대인 난민을 구하는 과정에서 맡은 역할에만 초점을 맞추다시피 한다. 그러나 지난 20년간 역사학자들은 실제로 일어난 일은 그리 단순하지 않았다고 주장해왔다. 이들은 난민에 대한 적절한 대응을 놓고 벌어진 개신교 지도자와 신도들 간의 갈등을 분석했고, 르 샹봉 주민들의 활동을 훨씬 복잡한 공모와 협력관계 속에서 파악했으며, 지역의 가톨릭교도는 물론이고 비시 정권하의 공무원과 경찰까지도 비밀활동에 가담했다는 사실을 알아냈다.[25]

또, 역사학자들은 유대인 환대의 배경에 윤리적 이유와 상업적 이유가 얽혀 있었음을 밝혔다. 카뮈가 머무른 르 파늘리에의 농가는 당시 이 지역에서 관광산업이 성장하면서 나온 상품이었다. 오랫동안 지역의 경제활동은 풍작일 때조차 수익이 변변치 않은 농업 위주였지만, 그즈음에는 수익성이 더 높은 관광의 비중이 늘고 있었다. 르 샹봉의 인구가 계절에 따라 오르락내리락했다는 사실은 관광이라는 새로운 사업이 끼친 영향을 보여준다. 르 샹봉의 인구는 겨울에는 1,000명 이하로 떨어졌고, 신선한 공기와 탁 트인 풍경을 찾는 관광객이 몰리는 여름에는 6,000명 이상으로 늘었다.

그 결과, 전통적 환대와 상업적 환대 사이의 경계는 점차 희미해졌으며 때로는 가변적이었다. 예컨대 에스파냐 내전이 벌어지는 동안 피레네산맥 북쪽으로 밀려드는 난민의 수는 날로 늘어났지만, 이들이 늘 진심 어린 환영을 받은 것은 아니었다. 르 샹봉에 온 일부 난민은 자신들을 맞는 반응이 계절에 따라 다름을 알게 되었다. 빈방이 귀한 여름이면 주민들은 난민을 받아들이기를 꺼렸다.[26] 몇 년 뒤, 일부 주민이 나라 안팎에서 몰려드는 유대인 난민에게 이중적인 태도를 보이자, 르 샹봉의 지도자들은 우려했다. "지역 산업과 개신교도의 모든 힘을 성스러운 이상을 위해 쏟기를 바랍시다. 그 결과로 관광산업이 어려움을 겪을 수 있겠지만, 르 샹봉은 주님께서 분명 마을에 내리신 사명을 다할 것입니다."[27] 어찌 보면 르 샹봉이 유대인의 피난처가 된 이유는 비시가 나치 점령 이후 프랑스의 행정수도가 된 이유와 같았다. 두 도시는 모두 환대 산업을 중시했고, 손님에게 빌려줄 방이 많았다.

요컨대 르 샹봉 주민들이 처음 난민에게 보인 반응은 너무나 평범했고 너무나 인간적이었다. 대다수 주민은 1942년 여름 비시 정부의 명령에 따라 프랑스 경찰이 국내외 출신 유대인을 조직적으로 잡아들여 수용소로 보내는 대규모 검거작전에 돌입했을 때야 비로소 사태의 심각성을 확실히 깨달았다. 하지만 르 샹봉의 비범한 면모는 바로 이러한 상황을 목격한 뒤에 보인 반응에서 드러난다. 마을의 모든 주민은 이후에도 유대인 난민을 숨기고 가능하면 안전한 곳으로 대피시키는 비밀활동에 직접 가담하거나 침묵을 지켰다. 주민 대다수는 저마다의 복잡한 이유로 이 같은 행동을 했으며, 목숨마저 잃을 위험을 감내했다. 르 샹봉에 성자라고 할 만한 사람은 거의 없었지만, 이것은 예상할 수 있을뿐만 아니라 인정해야 할 사실이었다. 앙드레 트로크메의 아내 마그다 트로크메Magda Trocmé는 당시의 일을 이렇게 묘사했다. "선과 악은 언제나 뒤섞여 있습니다. 완전히 희거나 완전히 검은 것은 어디에도 없는 법이에요. 르 샹봉은 그럭저럭 괜찮은 회색이었다 할 수 있겠죠."[28]

내가 보기에 가장 인상적인 것은 유대인을 구한 이유를 묻는 연구자들에게 주민 대부분이 완강하게 침묵을 지키거나 당황하며 말문을 닫았다는 사실이다. 이 물음에 답을 한 주민 중에도 자세하거나 명쾌한 설명을 제시한 사람은 거의 없었다. 한 예로 다큐멘터리 영화감독 피에르 소바주Pierre Sauvage가 에마 에리티에Emma Héritier라는 주민에게 유대인 난민을 받아들이고 숨겨준 이유를 묻자, 그녀는 한참을 생각한 뒤 어렵사리 말을 꺼냈다. "잘 모르겠네요. 다들 그런 일에 익숙해서 그런 것 아니었을까요."[29] 르 샹봉의 목사 마르크 도나디유Marc Donadille는 이렇게 말했다. "우리에게는 해야 할 일이 있었고, 그 일이 우리의 배짱을 두둑하게 해줬어요. 그리고 우리가 주로 애쓴 부분은 자신이 아는 것을 잊는 일이었습니다."[30] 유대인의 목숨을 구하는 일이 침묵을 수반한 이유가 내부 보안 때문이었다면, 유대인을 구하려는 노력이 성공을 거둔 뒤, 르 샹봉 주민들이 침묵을 지킨 이유는 도덕적 명확성 때문이었다. 아이리스 머독이 말하듯, "'때가 되었을 때' 바르게 행동하는 능력이 어느 정도, 어쩌면 대부분 평소 우리가 주의를 기울이는

대상의 특성에 달려 있다는 사실은 전혀 놀랍지도 신비스럽지도 않다".[31]

◊

카뮈가 르 파늘리에에 머무는 동안 르 샹봉에서 일어난 일에 관해 얼마나 알았고 어떤 행동을 취했는지는 분명하지 않다. 카뮈의 주요 전기 작가 허버트 로트먼Herbert Lottman과 올리비에 토드Olivier Todd는 카뮈가 르 파늘리에에 있을 당시 어떤 레지스탕스 활동에도 참여하지 않았다고 단언한다(로트먼의 어조는 토드보다 더 단정적이다). 카뮈는 전염병을 다룬 문학이나 학술자료를 읽고, 《페스트》 초안을 쓰고, 인근의 도시 생테티엔으로 기차를 타고 가 결핵 치료를 위한 인공기흉시술*을 받는 데 대부분의 시간을 썼다. 인공기흉기가 결핵을 치료하기 위해 그의 폐를 위축시켰듯, 산업화한 도시 생테티엔이 주는 인상은 카뮈를 움츠러들게 했다(카뮈는 생테티엔을 두고 "이런 광경은 그것을 만들어낸 문명에 대한 비난"이라 말했다).[32]

생테티엔으로 가는 따분한 외출을 제외하면, 카뮈가 르 파늘리

* 결핵균의 활동을 억제하기 위해 인공기흉기로 흉강에 바늘을 찌르고 공기를 주입해 폐를 위축시키는 시술.

에 밖으로 나서는 일은 드물었다. 대신 카뮈에게는 가끔 손님이 찾아왔는데, 그중에는 성서학자이자 알제에서부터 알고 지낸 오랜 친구 앙드레 슈라키André Chouraqui가 있었다. 슈라키는 유대인이라는 이유로 강단에서 쫓겨난 뒤, 르 파늘리에 인근 마을에 머물며 은밀히 레지스탕스에 가담하고 있었다. 슈라키는 가끔 카뮈를 찾아와 고향 이야기를 나누다《성경》구절 속 역병의 다양한 의미를 카뮈에게 알려주곤 했지만, 유대인 난민이 피레네산맥을 넘어 에스파냐, 포르투갈로 도망치도록 몰래 돕고 있다는 사실은 말하지 않았다(침묵은 이번에도 역시 힘을 발휘했다).[33]

르 파늘리에로 카뮈를 찾아온 이들 중에는 정체를 숨기기 위해 파욜Fayol이라는 가짜 성을 쓰던 피에르 레비Pierre Lévy와 마리안 레비Marianne Lévy 부부도 있었다. 슈라키와 마찬가지로, 피에르 레비는 레지스탕스에 적극적으로 가담하면서도 그 사실을 카뮈에게 이야기하지 않은 것으로 보인다. 카뮈는 피에르 앞에서 비시 정권의 유대인 추방을 두고 욕을 퍼부었고, 마리안에게는 아내 프랑신은 물론이고 그의 세계 전부와 이별한 생활이 얼마나 괴로운지를 토로했다.[34] 당연하게도 이 시기 카뮈가 노트에 쓴 글은 이별과 추방이라는 한 쌍의 주제를 주로 다룬다. 그는 한 메모에서 이렇게 말한다. "이별한 사람은 첫 번째 단계에서 편지가 오거나 페스트가 끝나거나 곁에 없는 사람이 슬쩍 도시로 돌아오리라 기대하면서 자신은 결코 희망을 버린 적이 없다는 사실을 인식한다. 두 번째 단계에 접어들어서야 그들은 더는 희망을 품지 않는다."[35]

그러나 이별은 병원체뿐만 아니라 인간에 의해 벌어지는 일이기도 했다. 카뮈는 프랑스 경찰이 파리에서 검거작전을 벌여 유대인 수천 명을 임시추방수용소로 보냈다는 사실을 슈라키나 레비 부부와의 대화, 혹은 잡음 섞인 BBC 라디오 방송을 통해 들었을 것이다. 비시 정부는 파리 교외의 드랑시에 있는 미완공 아파트 단지와 시내에 있는 실내경륜장 벨로드롬 디베르를 임시수용소로 삼았다. 이후 두 장소는 의약품과 물자라고는 없는, 이루 말할 수 없이 끔찍한 곳으로 변모했다.

카뮈가 전해 들은 파리 수용소에 관한 이야기는 그가 《페스트》의 '격리수용소'를 처음 구상하는 데 영향을 끼쳤다. "가족들은 이미 죽은 사람과 이별을 겪었다. 그런데 이후에도 위생을 이유로 자식과 부모, 남편과 아내가 격리당한다. 이로써 **이별이 보편화된다**. 모두가 고독을 강요받는다."[36] 《페스트》에서 리외는 타루가 일기에 남긴 기록을 근거로 격리수용소를 묘사한다. 타루는 수용소 생활이 주는 육체적 고통보다는 심리적 고통에 초점을 맞추며, 수용소를 돌아보다 "모두의 눈에 의심의 빛이 서려 있음"을 알아차린다. "분명 그들은 강제로 격리되어야 할 이유가 충분하다고 생각했으며, 자신이 처한 문제를 밤낮으로 고민하고 두려워하는 사람의 얼굴이었다."(240) 리외는 수용소에 직접 가보지 않았지만, 수용소에 격리된 사람들에게 책임을 느낀다. 많은 사람이 그랬듯, 리외는 수용소의 높은 담장과 무장한 보초 가까이 다가가 "그곳에 가득한 사람 냄새와 황혼 속에서 들리는 시끄러운 확성기 소리, 수용소를 둘러싼 신비한 분위기와 그런 장소가 주는 공포"(243)를 느낀다.

나치의 점령이 가져온 잔혹한 현실, 즉 추방당했다는 느낌과 이별했다는 사실, 관리들의 잔악함과 유대인이 처한 운명은 카뮈가 '부조리' 관념을 더 깊이 파고들도록 차례로 영감을 주었다. 카뮈는 부조리를 탐색하는 작업이 가져올 결과에 환상을 품지 않았다. 그는 한때 바르고 진실하다 여긴 신념을 검토하고 필요할 경우 그것을 넘어서는 일이 얼마나 어려운지를 알았다. "여러 권의 책을 펴낸 철학자가 새 책에서 이렇게 선언한다고 가정해보자. '여태껏 나는 잘못된 방향으로 가고 있었다. 이제 모든 것을 새로 시작하겠다. 지금 생각하니 내가 틀렸다.' 그러면 더는 그의 말을 진지하게 듣는 사람이 없을 것이다. 하지만 이로써 그는 자신이 사유에 걸맞은 사람임을 입증할 것이다."[37]

《페스트》의 몇몇 인물은 모든 것을 새로 시작하는 데 필요한 지성과 의지를 발휘한다. 랑베르는 고민 끝에 오랑에 남겠다고 결정하며, 타루는 자신을 포함한 모든 인간은 페스트 환자나 다름없음을 깨닫는다. 또한 파늘루 신부는 시험용 혈청을 맞은 어린아이가 고통에 몸부림치다 죽는 것을 본 이후, 신앙을 근본적으로 다른 관점에서 본다. 단, 그랑만큼은 예외다. 그랑은 카뮈가 《페스트》를 구상하며 쓴 노트에 이름조차 나오지 않을 만큼 보잘것없어 보이는 인물이다. 그러나 훗날 카뮈가 〈보잘것없음에 관하여〉라는 에세이에서 말했듯, 보잘것없다고 해서 무의미한 것은 아니다.[38] 오히려 그랑은 작품에서 가장 중요한 인물이다. 다른 인물과 달리, 그는 무엇을 해야 하는지를 늘 알고 있다. 그에게는 단지 행동할 기회가 (정확히는 행동하자는 초대가) 필요했을 뿐이다. 리외가 자원보건대 활동을 권유하자 그랑은 그에 따르는 위험에는 아랑곳없이 제안을 받아들인다. 그리고 그는 감사를 표하는 리외를 보고 당황하며 이렇게 말한다. "아닙니다. 어려운 일도 아닌걸요. 페스트가 발생했으니 막아야 한다, 누가 봐도 당연한 이치죠. 아! 만사가 이렇게 단순하면 얼마나 좋을까요."(134)

카뮈의 글을 존경하는 아이리스 머독은 그의 소설을 일컬어 문학이 어떻게 철학과 달리 "삶의 밀도감을 재발견"하고 "위안과 공상에 맞설 무기를 갖추도록" 돕는지 보여주는 모범이라 말한다. 이어 머독은 산문이 이러한 역할을 하려면 과거의 호소력을 되찾아야 한다고 덧붙인다. 여기서 머독이 이야기하는 산문의 호소력은 "진실을 말하려는" 노력과 관련이 있는데, 머독은 이러한 노력을 생각하면 "알베르 카뮈의 작품"이 떠오른다고 말한다.[39] 나는 머독이 《페스트》를 읽는 동안 보고 행동하는 일에 관한 다음의 탁월한 통찰을 그랑과 관련지어 생각했을지 궁금하다. "주의를 기울인다는 것이 어떤 일인지, 얼마만큼 지속할 수 있는지, 어떻게 우리를 둘러싼 가치구조를 부지불식간에 구축하는지를 고려하면 우리는 결정적인 선택의 순간에 선택지를 고르는 일이 이미 끝나 있는 것이나 다름없다는 사실을 알고도 놀라지 않을 것이다."[40] 그랑이었다면 이 말에 "모자를 벗으시오!"라며 맞장구를 쳤으리라.

◊

그랑이 오늘날의 세상을 보았다면, 틀림없이 "마스크를 쓰시오!"라고 말했을 것이다. 자백하건대 나는 처음 요양원에 왔을 때만 해도 마스크를 쓰지 않고 일했다. 요양원에 온 첫 번째 주에는 의도치 않게 토끼 탈을 쓰고 돌아다닌 것이 입소자에게 숨을 내뿜지 않은 유일한 순간이었다. 물론 나 혼자만의 문제는 아니었다. 마스크의 효용을 두고 보건당국이 혼선을 빚는 가운데, 직원 대다수는 나처럼 마스크를 전혀 쓰지 않았다. 어쩌면 다들 마스크를 거부하면 바이러스가 존재하지 않는 척하거나 존재하더라도 우리에게 관심이 없는 척할 수 있다는 미신적인 생각에 빠져 있던 것인지 모른다. 그게 아니라면 단지 우리가 게으르고 멍청했던 탓이리라.

하지만 관성과 무지만이 문제는 아니었다. 어느 날 물리치료사 한 사람이 (놀랄 만큼 세심하고 활기찬 여성으로, 한 입소자는 그녀를 '축복 가득한 사람'이라 불렀다) 마스크를 쓰고 요양원에 출근했다. 그런데 다음 날이 되자 마스크가 온데간데없는 게 아닌가. 복도를 지나다 그 물리치료사를 만나 마스크는 어떻게 했는지 묻자, 그녀는 슬프면서도 심각한 표정으로 간호부장에게서 마스크가 환자들을 겁먹게 한다는 말을 들었다고 나지막이 답하고는 한숨을 쉬며 서둘러 운동치료실로 갔다.

솔직히 말하면 간호부장의 이야기도 일리는 있었다. 토끼 탈과 달리 마스크는 곧바로 입소자들에게 공포를 불러일으켰다. 판에 박힌 듯한 일상에서 매일 똑같은 사람들과 같은 시간, 같은 나날을 보내는 데 익숙해진 입소자들은 아주 작은 변화에도 예민하게 반응했다. 가령 〈앤디 그리피스 쇼〉가 제시간에 방영되지 않거나 치킨 수프가 정해진 요일에 나오지 않으면 그들의 세계를 지탱하는 축은 살짝이나마 흔들렸을 것이다. 짐작건대 마스크를 쓴 사람들이 처음 그 세계에 발을 딛기 시작한 순간 입소자들이 느낀 충격은 약간의 흔들림 이상이었으리라.

게다가 요양원 직원들의 (특히 나처럼 다른 업무에 도움이 안 되는 사람의) 중요한 역할 중 하나는 입소자들에게 말을 거는 것이었다. 여기에는 물론 격려와 공감을 나타내는 말이 있었고, 날씨("아직 쌀쌀

하네요!")와 저녁 식사("아직 뜨거워요!")에 관한 말이 있었다. 또, 이야기한 직후 입소자의 머릿속에서 지워지는 말과 다다이즘에서처럼 본래 의미에서 자유롭게 풀려난 말이 있었다. (어느 날 치매가 있지만 차분하고 아름다운 90세 노인인 E 씨의 식사를 돕던 중, 그녀가 한때 텍사스 중남부의 고원지대인 힐 컨트리에 관광용 목장을 가지고 있었다는 말을 들은 것이 떠올랐다. 나는 닭고기를 케첩에 찍으면서 E 씨에게 아끼는 말이 따로 있었는지 물었다. 그러자 E 씨는 반투명한 푸른 눈으로 나를 보며 이렇게 답했다. "저 이미 결혼했어요.") 그리고 때로는 입소자의 귀가 잘 들리지 않거나 쩡쩡 울려대는 텔레비전 소리 때문에 고함을 쳐야 할 때도 있었다. 앞으로는 모든 말을 마스크를 쓴 채 해야 할지 모른다고 생각하면 직원 모두가 말문이 막혔다.

그러나 이 모든 상황이 바뀌는 데는 며칠이면 충분했다. 4월 중순이 되자 요양원에서는 마스크 착용이 의무화되었고, 직원들은 마스크를 거부한다는 미신적인 생각 따위는 까맣게 잊은 채 정신없이 마스크를 구하러 다녔다. 미국 어디를 가나 그랬듯 텍사스에서도 마스크 공급은 수요에 비해 턱없이 부족했고, 마스크를 구하기는 텍사스 술집에서 벨기에 맥주 찾기보다 어려워졌다. 다행히 우리 집은 몇 주 전 아내 줄리가 초능력에 가까운 선견지명을 발휘한 덕에 수술용 마스크 몇 상자를 사뒀다(여기에다 10년은 거뜬히 먹을 수 있는 팥 통조림과 스펠트* 밀가루, 캔 커피까지 구비해뒀다). 하지만 다른 직원들, 특히 간호보조사와 청소부 들은 줄리처럼 솜씨 좋게 마스크를 구할 방도가 없었고, 반다나 같은 것으로라도 얼굴을 가리고 일해야 했다. 반면 간호사와 행정 직원 들은 대부분 어떻게든 수술용 마스크를 마련했다. 한 간호사는 구하기도 어려운 KN95 마스크를 주문제작이라도 했는지, 스포츠카인 폰티악 GTO보다 밸브와 흡입구가 많은 마스크를 쓰고 나타나 모두의 눈을 휘둥그레지게 만들었다.

입소자들은 처음에는 직원들이 마스크를 쓰고 다니는 광경을 보고 불안해했지만, 곧 익숙해졌다. 나 역시 시내 교차로의 신호등 옆에 서서 허공에 삿대질하며 고함을 지르는 미친 사람 모양으로 마스크를 쓴 채 손짓, 발짓을 섞어가며 큰 소리로 이야기하는 데 익숙해졌다. 그러나 이보다 훨씬 더 어려운 것은 몇 주 뒤 입소자의 마스크 착용까지 의무화된 데 적응하는 일이었다. 이미 식당에서의 공동 식사가 금지되고 곧 운동치료실 이용도 금지되는 마당에 마스크까지 쓰라고 하니, 입소자들은 대부분 정신을 차릴 겨를이 없었다. 당연히 밥을 먹는 동안에는 마스크를 쓰지 않아도 되었다. 그런데 입소자들은 식사 전후에도 마스크를 쓰지 않거나 허투

* 중부 유럽의 산간 지대에서 많이 재배하는 밀 품종.

루 쓰는 것마저 당연하게 여겼다. 입소자들의 마스크는 보통 한쪽 귀에 걸린 채 턱 밑에 대롱대롱 매달려 있거나 냅킨, 화장지와 함께 구겨진 채 침대 옆 탁자에 놓여 있곤 했다. 가끔 최대한 조심스럽게 마스크를 똑바로 씌워주면서 마스크가 중요한 이유를 설명하려들 때면, 그들은 체념한 듯한 반응을 보였지만 꼭 내 말을 이해해서 그러는 것은 아니었다.

실은 나라고 늘 이해되는 건 아니었다. 때로는 입소자들의 생명을 지키려는 일이 오히려 그들을 마지막 남은 세계로부터 떼어내어 고립시키는 것은 아닌가 하는 의문이 들었다. 내가 보기에 요양원의 현실은 고대 그리스 극작가들이 고안하고 카뮈가 받아들인 비극적 상황에 속했다. 1943년, 카뮈는 노트에 이렇게 썼다. "비극은 대립하는 두 세력이 동등하게 정당하고 동등하게 존재할 자격을 갖추고 있을 때 성립한다."[41] 요양원은 《오이디푸스 왕》의 테베는 물론, 《페스트》의 오랑과 비교해도 전혀 방대한 무대가 아니었지만, 충분히 비극적 면모를 갖추고 있었다.

◊

그랑이 그랬듯 카뮈는 나치가 프랑스를 점령하는 동안 무엇이 옳고 무엇이 그른지를 전혀 의심하지 않았지만, 그에게도 앎에 따라 행동하도록 이끌 초대가 필요했다. 카뮈에게 초대의 손길을 내민 인물은 신념을 위해 적극적으로 싸우는 편집자이자 몇 해 전 카뮈를 《알제 레퓌블리캥》의 기자로 고용한 파스칼 피아Pascal Pia였다. 피아는 독일이 프랑스의 자유 지역을 점령한 직후, 레지스탕스 조직 '콩바Combat'에 들어갔고, 르 파늘리에와 가까운 리옹에서 몇 차례 카뮈를 만났다. 두 사람이 어떤 이야기를 나눴는지는 확실치 않지만, 카뮈의 건강과 궁핍한 생활을 염려한 피아가 《이방인》과 《시지프 신화》를 출판한 갈리마르 출판사에 연락한 것은 분명하다. 그 덕에 카뮈는 1943년 말 갈리마르 출판사로부터 거절할 수 없는 제안을 받았다. 파리에서 원고 감수자로 일하지 않겠냐는 제안이었다.

카뮈가 파리에 오고 얼마 뒤 피아는 그에게 또 하나 거절할 수 없는 제안을 했다. 콩바가 비밀리에 발행하는 동명의 기관지 《콩바》의 편집장 자리를 부탁한 것이다. 그가 맡은 일은 대부분 출판 과정 전반을 조직하고 실행하는 (필요한 종이와 잉크의 양을 확인하고, 신문을 인쇄하고, 기고자를 고르는 것 같은) 일이었지만, 모든 업무에는 진짜 위험이 따랐다. 1944년 6월, 게슈타포가 《콩바》를 찍는 작업장에 들이닥쳤을 때 인쇄 담당자였던 앙드레 볼리에André Bollier는 총격전을 벌이다 다치자 스스로 목숨을 끊었다. 카뮈와 가까운 동료 중 한 사람이었던 자클린 베르나르Jacqueline Bernard는 체포

된 뒤 라벤스브뤼크의 여성강제수용소로 보내졌다. 그리고 아마도 카뮈에게 가장 큰 충격을 주었을 사건은 얼마 전 리옹에서 만나 막역한 사이가 된 친구 르네 레노René Leynaud가 게슈타포에 체포되어 살해당한 일일 것이다.

카뮈는 소설을 쓰거나 퇴고하지 않을 때는 《콩바》에 실을 칼럼을 썼다. 당연히 모든 칼럼은 익명으로 실렸으며, 카뮈는 두 편에서 네 편 정도의 글을 쓴 것으로 보인다. 모순처럼 보이겠지만 나는 카뮈가 쓰지 않은 것이 분명한 〈당신은 당신의 행동에 따라 심판받을 것이다〉라는 칼럼이 《콩바》에서 가장 카뮈다운 글이라 생각한다. 파리가 해방되기 불과 한 달 전에 나온 이 글은 필리프 페탱을 나치에 부역했을 뿐 아니라 프랑스어를 타락시켰다는 이유로 비난했다. 카뮈도 언어의 타락이 부역을 가능케 했다고 경고한다. 그는 페탱을 "혼란의 으뜸 상징"으로 일컬으며, 페탱 정권이 "애국자를 테러리스트와 살인자로 불렀고, 체념에 불과한 일에 '명예'라는 이름을, 고문에 불과한 일에 '질서'라는 이름을, 살인에 불과한 일에 '충성'이라는 이름을 붙였다"고 썼다. 페탱의 언어가 프랑스를 분열과 치욕의 늪에 빠뜨린 상황에서 유일한 해독제는 "용기와 정직한 말"이었다. 그렇기에 카뮈는 이제 "모든 말이 중요하며, 모든 말이 약속인" 결정적 단계에 이르렀다고 단언한다.[42]

한편 카뮈가 다른 레지스탕스 신문에 게재한 네 편의 글은 그가 부조리 연작 이후 짧은 시간 동안 철학적으로 많은 변화를 겪었음을 잘 보여주는데, 카뮈는 훗날 이를 《독일 친구에게 보내는 편지 Lettres à un ami allemand》라는 제목으로 펴내며 세상을 떠난 르네 레노에게 헌정했다. 《독일 친구에게 보내는 편지》는 히틀러가 구현한 허무주의에 빠진 가상의 독일인에게 쓴 편지 형식의 글이다. 이 글에서 카뮈는 세계가 《이방인》의 뫼르소에게, 또한 자신에게 그랬듯 지금도 침묵한다는 것을 인정한다. 그러나 세계가 침묵을 지킨다는 사실은 이제 우리가 세계의 무의미함을 받아들여야 함을 뜻하지 않는다. 이제 세계의 무의미함에 대한 허무주의적, 혹은 니체주의적 반응은 소용이 없을 것이다. 프랑스의 레지스탕스는 우리가 존엄을 지키기 위해 힘을 합친다면, 모두가 가진 인간성을 위해 함께 노력하는 데서 일순간이나마 의미를 찾을 수 있다는 사실을 의심할 여지 없이 증명해냈다. "하늘은 당신들의 끔찍한 승리에 관심이 없었듯, 당신들의 정당한 패배에도 똑같이 관심이 없습니다. 지금도 나는 하늘에 일말의 기대도 하지 않습니다." 하지만 카뮈는 나치즘에 저항하는 행위가 "적어도 당신들이 고독에 빠뜨리려 했던 인간을 고독에서 구하도록 도울 것"이라 기대한다.[43] 카뮈의 말은 자원보건대 활동에 관한 리외의 담담한 평가와 놀랍도록 비슷하다. "몇몇 사람이 이처럼 페스트를 의무로 받아들였기에 페스트는 비로소 모두의 문제로서 본연의 실체를 드러냈다."[44]

많은 사람이 인용하는 《페스트》의 결말 부분에서 리외는 페스트가 물러가고 봉쇄가 끝난 뒤 오랑 시민들이 지르는 환호성을 들으며 생각에 잠긴다. 리외는 "환희에 젖은 이들이 모르고 있지만 책을 통해 알 수 있었을 사실, 즉 페스트균은 결코 죽거나 영원히 사라지지 않는다는 사실"을 안다. 그는 이야기가 시작되었을 때와 마찬가지로 언젠가 페스트가 "다시 한번 쥐 떼를 일으켜 어느 행복한 도시로 보내 죽게 하리라는" 것을 안다. 청진기를 두른 시시포스 리외는 오랑이 잊으려는 것을 기억한다. 도시는 언제 돌발할지 모르는 병원체와 이데올로기의 위협에서 영원토록 자유로울 수 없다는 사실이다. 하지만 이처럼 엄중한 스토아적 교훈에 감명받은 비평가들은 리외가 타루의 죽음 직후에 떠올린 생각을 간과하곤 한다. 리외는 이제 끝나버린 우정과 페스트가 자신에게 어떤 의미가 있는지 자문한다. 그는 "페스트와 삶의 대결에서 인간이 얻을 수 있는 것이라고는 앎과 기억" 그 이상도 이하도 아니라 말하면서도 이렇게 덧붙인다. "하지만 아마 타루는 그것이 대결에서 이기는 일이라 말했을 것이다."

그렇기에 우리는 어쩌면 리외와 우리의 행복을 마음속으로 그려볼 수 있을 것이다.

후기

《최후의 인간》부터 《최초의 인간》까지

“이상한 소식이 있군요.” 메리 셸리의 소설 《최후의 인간》의 서술자 라이어널 버니가 런던에서 나온 한 신문을 펼치며 운을 뗀다. 이름 모를 전염병이 콘스탄티노플을 휩쓸고 이제는 그리스에까지 퍼지고 있다는 소식이다. 버니는 같이 있던 친구 몇몇과 전염병이 영국에까지 퍼지는 것을 막을 가장 좋은 방법이 무엇일지 의논한다. 그러자 한 친구가 짓궂은 투로 토를 단다. “이렇게 질서 잡힌 대도시에 전염병이 창궐할 가능성을 놓고 토론을 벌이다니, 런던의 노천에서 파인애플을 재배하려면 몇 세기가 지나야 할지 계산하는 것만큼이나 현명한 일이로군요.”[1]

지구온난화 시대에 런던의 하이드파크에 파인애플 나무가 자란다는 이야기는 메리 셸리가 이 대사를 쓰던 1824년 당시만큼 터무니없이 들리지는 않을 것이다. 셸리는 이 책을 쓰기 6년 전 그녀에게 오늘날의 명성을 가져다준 《프랑켄슈타인》을 발표했고, 2년 전 남편을 잃었다. 남편이었던 시인 퍼시 비시 셸리는 이탈리아 해안가에서 요트를 타다가 폭풍으로 배가 좌초하는 바람에 익사했다. 젊은 나이에 남편을 잃은 메리 셸리는 이탈리아를 떠돈 지 5년

만인 1823년, 하나 남은 아이를 데리고 (다른 두 아이는 유아기에 사망했다) 런던으로 돌아왔다.

하지만 셸리는 새삼 낯설게 느껴지는 고국에서 이방인과 다름없이 외로운 처지였다. 친구 바이런Byron 경은 그가 최후를 맞이할 장소인 그리스로 떠날 채비를 하고 있었고, 급진적 사상가였던 아버지 윌리엄 고드윈William Godwin은 정서적으로나 경제적으로 딸을 지원할 형편이 전혀 못 되었다. 혁명적 페미니스트였던 어머니 메리 울스턴크래프트Mary Wollstonecraft는 그녀를 낳자마자 세상을 떠난 지 오래였다. 그러니 셸리가 영국으로 돌아온 직후 일기에 이렇게 털어놓은 것은 어찌 보면 자연스러운 일이었다. "최후의 인간! 그렇다. 동반자들을 먼저 떠나보내고 사랑하는 종족의 마지막 유물 같은 신세가 된 나는 그처럼 고독한 존재의 감정을 충분히 묘사할 수 있을 것이다."[2]

어머니로서 자식을 잃은 경험이 셸리가 《프랑켄슈타인》을 쓰는 데 영향을 끼쳤듯, 사회적·정서적으로 고립무원의 신세가 된 경험은 《최후의 인간》에 고스란히 녹아 있다. 하지만 두 작품에서는 감정적 격변뿐만 아니라 사상적 격변이 남긴 흔적도 잘 드러난다. 셸리는 이성을 찬양하고 자연을 이상화하는 당대의 경향에 의문을 품었고, 부모님이 세운 혁명적 원칙이나 남편이 꿈꾼 낭만적 이상을 거부했다. 그녀의 의심은 보수사상가 에드먼드 버크Edmund

Burke의 저서, 그중에서도 특히 바다 건너 프랑스에서 혁명 이후 일어난 사건을 '전염병'으로 진단한 《프랑스 혁명에 관한 성찰Reflections on the Revolution in France》을 읽으며 더욱 강해졌다. 게다가 얼마 후에는 진짜 전염병이 모습을 드러냈다. 1817년, 뭄바이를 비롯한 인도의 몇몇 도시에서 콜레라가 유행한 것이다. 영국은 인도로부터 막대한 상업적·경제적 이득을 챙기고 있었기에 이 소식을 놓고 신문 보도와 의회 청문회가 줄을 이었고, 대중도 이에 큰 관심을 보였다. 런던 대역병의 기억은 희미해진 지 오래였지만, 이제 그에 못지않게 치명적인 새 역병의 공포가 그 자리를 대신했다.

이러한 공포에는 이유가 있었다. 비극적이게도 영국에 막대한 부와 권위를 가져다준 원천인 인도는 이제 엄청난 골칫거리가 되었다. 영국의 전함과 상선에 실려 온 콜레라균은 1830년대에 동아시아와 중동부터 발트해 연안과 서유럽, 북미까지 퍼져 나갔다. 셸리가 《최후의 인간》을 쓸 당시만 해도 콜레라는 아직 머나먼 땅에서 일어난 국지적 사건에 불과했지만, 그녀는 이 소설을 통해 자신의 선견지명을 입증했다. 소설의 시간적 배경을 프랑스 혁명이 과격화한 지 정확히 300년 뒤인 2092년으로 설정한 셸리는 전염병이 전 세계로 퍼지면 그에 앞서 세계경제가 아수라장이 되리라 예측한다. 작중에서 영국은 전염병이 도달하기 한참 전부터 국제무역의 중단으로 마비되다시피 한다. 정체 모를 질병이 서서히 영국으로 다가오면서 상업이 무너지고 은행이 문을 닫으며, 식량이 떨어지고 시민들은 어떻게든 구호물자를 얻기 위해 떼 지어 관공서를 습격한다. 셸리는 전염병을 퍼뜨린 주원인이 무엇인지를 분명히 밝힌다. 오만한 영국 귀족 레이먼드의 군대가 전염병이 들끓는 콘스탄티노플을 포위 공격한 끝에 성문을 열고 성안으로 들어서면서 안에 있던 전염병이 바깥세상으로 풀려난 것이다.

셸리는 질병 자체는 인간이 아닌 자연의 산물이라 생각해서인지 프랑켄슈타인 박사의 창조물을 열띤 어조로 낱낱이 묘사할 때처럼 전염병의 증상을 자세히 설명하지는 않는다. 독자는 소설을 250쪽 넘게 읽고 나서야 그 치명적인 전염병이 그리 흉측한 증상을 일으키지는 않음을 알 수 있다. 소화기관을 소방호스처럼 만들어 몸 안에 있는 모든 것을 비우고 시커멓게 말라비틀어진 시체를 남기는 콜레라에 비하면 이 병의 증상은 분명 덜 끔찍하면서도 모호하게 그려진다. 《최후의 인간》 속 전염병은 티푸스나 천연두 같은 질병과 다른 데다, 서술자인 버니는 고대 그리스부터 19세기 초까지 통용되던 '미아스마miasma'라는 개념, 즉 나쁜 공기가 전염병을 일으킨다는 생각을 믿고 있다. 아니나 다를까 낭만주의적 성향을 지닌 버니는 처음 전염병의 희생자를 목격하는 장면에서 시신의 겉모습보다 자신의 감정에 초점을 맞춘다. "말로 하는 설명이 불러일으키는 감각은 (…) 시신을 본 순간 내가 느낀 감정에 비하면 차가웠다."[3]

이 이름 없는 질병은 콜레라에 비해 증상은 덜 끔찍하지만, 콜레라와 비교도 안 될 만큼 치명적이다. 소설의 결말에서는 병에 걸렸다가 어찌어찌 회복한 버니만이 유일한 생존자이자 최후의 인간이 된다. 하지만 치사율이 100퍼센트에 달하는 전염병이 작중에서처럼 무려 7년 동안 널리 퍼진다는 것은 상상조차 할 수 없는 일이다. 역사학자 윌리엄 맥닐이 말했듯 병원체가 지나칠 정도로 강력하면 숙주와 함께 공멸하고 말 것인데, 그 이유는 진화의 법칙과 관련이 있다. "인간 숙주와 감염성 유기체의 오랜 상호작용은 양쪽의 충분히 많은 개체 사이에서 여러 세대에 걸쳐 이뤄지며, 그 결과 양자가 모두 생존할 수 있는 상호적응 패턴이 만들어진다."[4]

그러나 셸리는 바로 그처럼 상상조차 하기 어려운 일(달리 말해 진정으로 숭고한 것)을 그리고자 했다. 일례로 작중에서는 전염병이 영국까지 이르기 전부터 병의 도래를 알리는 자연현상이 발생한다. 기후가 변덕스럽고 난폭하게 변하면서 거대한 폭풍이 불어닥쳐 해상과 항공교통을 마비시키고 일대 혼란을 일으킨다. 작품에 등장하는 비행선은 언뜻 셸리가 미래를 정확히 내다본 사례로 보이지만, 그녀는 여기서 그치지 않고 기후 변화가 가져올 재앙까지 예견한다. 전염병과 폭풍이 남반구 지역을 초토화하면서 무수한 난민이 서유럽으로 몰려든다. 버니에 따르면 "수많은 외국인이 극심한 빈곤에 처했고, 그 수가 점점 늘어나면서 결국 일반적인 구제 수단으로는 사태를 해결할 수 없는 지경에 이르렀다."[5] 오늘날의 독자를 놀라게 할 한 가지 차이점은 영국 정부가 난민을 쫓아내지 않고 오히려 환영하며 "재난의 희생자들에게 원조를 제공"한다는 것이다.[6] 그러나 머지않아 전 세계 상업망과 각국의 시장이 무너지면서 영국 정부는 날로 늘어나는 난민을 돕기는커녕 제 살길 찾기도 힘든 처지가 된다.

마지막 3부의 초반부에서 이 세상의 것이 아닌 듯한 유례없는 날씨는 최고조에 이르러 《성경》에나 나올 법한 장면을 만들어낸다. 버니는 《구약성경》의 선지자 같은 태도로 "폭풍이 휘몰아치며 다가오는 소리"가 들리지 않는지, "구름이 걷히며 저주받은 대지에 섬뜩하고 무시무시한 파멸이 닥치는 것"이 보이지 않는지 물으며 이 모든 일이 "인간의 최후를 선언"한다고 말한다. 그러나 곧 회오리바람 속에서 들려오는 목소리 따위는 없을 뿐 아니라 회오리바람 자체도 잠잠해졌다는 사실이 드러난다. 환상에서 깬 낭만주의자가 세상의 종말을 상상하며 떠올릴 법한 질풍노도는 온데간데없고, "구름 한 점 없이 청명한 하늘 아래 기분 좋은 따스함을 만끽하는" 대지가 환하게 꽃을 피우며 향기롭고 온화한 봄기운을 뿜는다.[7] 셸리는 이처럼 예상치 못한 반전을 통해 자연은 세상을 다스리는 신 없이도 잘 돌아갈 뿐 아니라, 한때 자신이 세상을 다스린다고 믿던 인류라는 종에게 눈길조차 주지 않는다는 사실을 밝힌다. 버니가 한탄하듯 "비바람을 잠재우고 하나님이 창조하신 자연을 다스리며 반신과 어깨를 나란히 하는 인간은 이제 세상에 없었다".[8]

◊

셸리가 그리는 전염병은 그녀 자신의 고독한 처지에 대한 반응이기도 하다. 가까운 사람들을 떠나보낸 것은 물론이고, 그들이 소중히 여기던 이상에 대한 믿음까지 잃은 셸리는 신의 심판은 나오지 않지만 인류에게 종말이 찾아오는 '최후의 심판The Judgement Day'을 설정한다. 그 속에서 셸리의 아버지와 어머니가 예견한 이성의 지배는 어떻게 되었는가? 이성은 전염병을 치료하기는커녕 그에 저항할 힘조차 없다. 지도자들은 이성을 바탕으로 전염병에 시기적절하게 대응하기는커녕 현실을 있는 그대로 인정하지도 못한다. 영국인은 수많은 경고 신호를 보고서도 전염병이 자기네 나라까지 도달할 수 있다는 사실을 믿으려 하지 않았고, 런던에 전염병이 퍼진 이후 버니는 "이렇게 될 줄을 진작 예상하지 못했다니 우리는 얼마나 어리석었던가"라며 탄식한다.[9]

또, 이성은 정념을 치료하지 못할 뿐 아니라 언제든 정념의 노예로 전락할 수 있다. 이상주의자이자 귀족인 버니는 약삭빠른 포퓰리스트 라일랜드가 영국의 최고지도자 자리를 차지한 뒤로 민주주의를 항상 괴롭히는 역설에 주목한다. 그 역설이란 "너그럽고 합리적이며 온화한 성품에, 진실하지 않은 말에 기대기를 거부하고, 선을 행하려는" 공직자보다 "자신의 이상에 다가가기 위해서라면 수단을 가리지 않고, 사람들의 정념을 이용하려 들며, 거짓을 퍼뜨리는 데도 거리낌이 없는 욕심 많고 이기적인 인물이 사람들의 마음에 더 큰 영향력을 행사한다"는 것이다. 버니는 "이러한 일이 까마득한 옛날부터 이어졌다 할지라도 한쪽에 오싹한 공포와 초월적 희망을 동시에 이용하려는 인물이 있는 지금은 그 어느 때보다 양자의 대비가 심해졌다"고 말한다.[10]

욕심 많고 이기적인 라일랜드는 영국에 전염병이 퍼졌다는 사실을 알자 당연히 공익이 아니라 자기 안위만 챙긴다. 그는 공포로 일그러진 얼굴을 한 채 버니에게 모두 도망쳐야 한다고 말한다. "전염병이라고요. 도망쳐야, 모두 도망쳐야 해요. 그런데 어디로 간단 말입니까? 아무도 답을 할 수가 없어요. 세상에 몸을 숨길 곳이라고는 없는데, 전염병은 수천 마리 이리 떼처럼 달려들고 있어요." 이에 버니가 지도자로서 책무를 생각하라고 말하자 라일랜드는 버럭 소리를 지른다. "책무라니요! 전염병에 걸려 얼룩덜룩한 송장 신세가 되고 나면 책무가 다 무슨 소용이랍니까? 자기 목숨은 자기가 챙겨야죠!"[11] 라일랜드는 이렇게 겁에 질려 선언한 대로 시골로 달아난다. 하지만 예상대로 몇 주 뒤 버니는 외딴집에서 벌레에 반쯤 파먹힌 그의 시신을 발견한다.

외딴집과 마찬가지로 외딴 지역도 전염병에서 안전하지 않다. 셸리는 전작 《프랑켄슈타인》을 얼어붙은 북극 땅에서 마무리한다. 빅토르 프랑켄슈타인 박사는 자신이 만든 괴물이 원래 있던 세계에서 추방당한 뒤, 괴물을 파괴하기 위해 미친 듯이 북극까지 쫓아왔다가 그곳에서 죽음을 맞는다. 《최후의 인간》 또한 춥고 험한 알프스 땅에서 끝을 맺는 듯 보인다. 버니와 그의 친구 에이드리언은 "반쯤 죽어가는" 추종자 무리를 이끌고 전염병을 피해 알프스로 도망친다. 하지만 전염병을 피할 수 있으리라는 희망은 알프스의 황량한 환경만큼이나 허망하고 괴로운 것으로 드러난다. 버니는 알프스산맥의 자연환경을 보며 이렇게 경탄한다. "눈에 보이는 숭고하고 장엄한 광경은 비탄에 빠진 마음을 달래줬고, 우리의 적막한 처지와 조화를 이뤘다. (…) 우리의 불행은 거대한 폐허 곁에서 그와 하나가 되어 똑같이 장엄한 모양과 색채를 띠었다."[12]

그러나 이들이 불행 앞에서 느낀 동병상련의 마음도 전염병 앞에서는 아무런 소용이 없었다. 알프스까지 오며 쇠약해진 사람들은 그곳에서 죽음을 맞는다. 전염병은 버니와 에이드리언, 두 사람이 보살피는 어린 클라라를 뺀 나머지 일행의 목숨을 거둬가면서 함께 소멸한다. 그러나 얼마 지나지 않아 버니는 셸리가 그랬듯 남은 두 동반자마저 잃고 만다. 배를 타고 아드리아해를 건너던 중 폭풍을 만나 에이드리언과 클라라가 바다에 빠져 죽은 것이다. 이제 세상에 혼자 남은 버니는 홀로 살아 있을 의미를 찾아야 한다. 그는 알프스를 떠나기 전 눈앞의 절벽 아래로 몸을 던지려다 삶을 구원하는 예술과 사랑의 힘을 떠올리고 마음을 고쳐먹은 적이 있지만, 이제는 이렇게 자문하지 않을 수 없다. "하나님은 생명력이 넘치고 초목이 무성한 자연 속에서 그저 한 줌의 흙으로 돌아가도록 인간을 창조하셨을까? 창조주에게 인간은 이삭이 말라붙은 곡식밭 정도밖에 안 되는 존재인가? 우리의 자랑스러운 꿈은 이렇게 사라질 운명이었던가?"[13]

전염병의 무게에 짓눌려 서서히 약해지던 버니의 신념은 그가 사랑할 사람도, 무언가를 창조할 이유도 없이 혼자 남자 완전히 무너져 내리는 듯 보인다. 버니는 전염병이 처음 영국에 상륙했을 때, "전염병 환자 곁에도, 가난에 찌든 사람과 죽어가는 사람 곁에도 깃드는 사랑과 시, 창조적 상상의 힘"[14] 덕분에 삶을 포기하지 않을 수 있었다. 그러나 이야기의 결말에서 예술과 사랑은 전염병과 함께 사라지며, 버니의 곁에는 더 떠나보낼 사람조차 남아 있지 않다. "한때 황제의 궁전을 이루던 (…) 잘린 기둥과 부서진 기둥머리"에 둘러싸인 채 로마의 거리를 배회하는 버니의 모습은 퍼시 셸리의 시 〈오지만디아스Ozymandias〉에서 고대의 도시를 돌아다니는 여행자를 닮았다. 이 여행자는 거대한 사막에서 산산이 부서진 조각상의 흔적을 발견하는데, 조각상의 텅 빈 받침대에는 이러한 문구가 새겨져 있다. “내 이름은 오지만디아스, 왕 중의 왕. 나의 위업을 보라, 너희 강대하다는 자들아, 그리고 절망하라!” 하지만 온전한 상태로 남아 있는 로마의 조각상은 버니에게 다른 종류의 절망감을 안긴다. “나는 때로 반쯤은 씁쓸한 조롱으로, 반쯤은 나 자신을 속이려는 뜻에서 조각상의 균형 잡힌 차가운 몸을 끌어안았고, 큐피드와 프시케 상 사이에 끼어들어 생명을 품을 수 없는 대리석에 입을 맞췄다.”[15]

◊

알베르 카뮈가 그리는 알제리의 하늘은 대리석 조각상에 못지않게 삶에 냉담하다. 메리 셸리 연구자 앤 멜러Anne Mellor가 셸리의 비관론과 카뮈의 부조리론이 일맥상통한다고 보는 것은 그럴듯한 분석이다. 멜러에 따르면, 두 작가의 작품에서 “모든 의미는 냉담한 우주가 아니라 본디 일시적이며 언젠가 사라질 수밖에 없는 인간관계와 언어 체계에 깃든다”.[16]

하지만 여기서 멜러는 하늘이 삶에 냉담하고 인간관계가 언젠가 사라질 수밖에 없다 해도, 의미 없는 삶만이 인간을 기다리는 것은 아니라는 점을 놓치고 있다. 《이방인》과 《페스트》에서 의미에 저항하던 하늘과 대지는 카뮈의 미완성 유작 《최초의 인간Le Premier Homme》에서 다른 모습으로 나타난다. 카뮈는 1947년 《페스트》를 출간할 당시 일련의 신작을 구상 중이었고, 여기에 '사랑 연작'이라는 이름을 붙였다. 카뮈는 그 연작의 하나로 《최초의 인간》 초안을 쓰고 있었지만, 소설을 완성하기도 전에 세상을 떠나고 말았다. 1960년 1월, 카뮈가 교통사고로 숨을 거뒀을 때 그의 곁에는 손으로 쓴 144쪽 분량의 미완성 원고가 놓여 있었다. 이 원고는 카뮈의 사후 30여 년이 지난 1994년 《최초의 인간》이라는 제목으로 출간되어 전 세계의 이목을 끌었다.

이 미완성 소설은 마찬가지로 완성되지 않은 삶에 관한 이야기다. 주인공 자크 코르므리는 그가 아직 젖먹이일 적 제1차 세계대전의 마른 전투The Battle of the Marne에서 전사한 아버지의 묘를 찾아 국군묘지에 간다. 그곳에서 그는 아버지의 묘비에 새겨진 '1885~1914'라는 생몰년을 보고 화들짝 놀란다. 머리에 총을 맞고 전사할 당시 스물아홉 살이었던 아버지 앙리 코르므리보다 이제 마흔 살이 된 그가 세상을 더 오래 살았다는 것을 알았기 때문이다. 코르므리는 아버지가 어떻게 전사했는지 말고는 아버지에 대해 아는 것이 없으며, 청각장애가 있어 입을 여는 일이 없는 어머니에 대해서도 잘 알지 못한다. 소설의 시작 부분은 코르므리와 카뮈가 사실상 동일인물임을 분명히 보여주는 동시에, 모든 사람이 삶에서 마주할 수밖에 없는 수수께끼를 던진다. 나는 누구이며 어떻게 지금의 내가 되었는가 하는 물음이다. 이 물음은 카뮈가 일기에서 《최초의 인간》을 다음과 같이 묘사한 이유를 설명한다. "그의 비밀, 즉 그는 최초가 아니라는 사실을 깨닫기 위한 여정. 모든 인간은 최초의 인간이며, 누구도 최초의 인간이 아니다."

마르셀 프루스트의 《잃어버린 시간을 찾아서À la recherche du temps perdu》에서 마들렌이 주인공의 기억을 불러낸다면 코르므리의 기억을 자극해 잃어버린 시간을 찾게 만드는 것은 아버지의 묘비이며, 이후 코르므리는 과거를 파헤치고 자신의 삶과 기질을 형성한 사람들을 찾는 개인적 고고학에 착수한다. "아무도 그들에 관해 이야기하지 않았다. 어머니도 삼촌도 세상을 떠난 친척에 관해 입을 열지 않았다. 그가 흔적을 찾아갔던 아버지에 관해서도, 또 다른 가족에 관해서도."[17] 그리고 이렇게 죽어서 잊힌 사람들의 세계를 지키고 서 있는 사람은 그의 어머니였다. 코르므리는 어릴 적 텅 빈 아파트에 돌아오면 소리를 듣지 못하는 어머니가 창가에 앉아 거리를 지나는 사람과 차 들을 묵묵히 내다보고 있던 것을 떠올린다. "아이는 어머니에 대한 사랑, 이 세계와 일상의 사소함에 더는 속하지 않는 어머니 안의 무언가에 대한 절망적인 사랑으로 가슴이 무겁게 차오르는 것을 느끼며 문턱에 멈춰 서곤 했다."[18]

카뮈는 코르므리처럼 성인이 되어서도 이 '무언가'를 설명할 말을 찾으려 했다. 그는 감각적이고 물리적인 세계에 단단히 묶여 있었지만, 그러면서도 이 세상 밖에 있는 무언가를 포착하려 애쓴다. 세속의 삶에서 벗어나는 성질을 띤 '무언가'가 우리가 사는 세상과 독립된 현실로 존재하면서도 그 존재를 우리에게 드러내는 것이 과연 가능할까? 카뮈는 알제대학에서 성 아우구스티누스(카뮈는 그를 '또 다른 북아프리카인'이라 불렀다)와 헬레니즘 시대의 철학자 플로티노스를 다룬 졸업논문을 썼다. 아우구스티누스와 플로티노스는 플라톤 철학에서 많은 영향을 받았으며, 현세를 더 거대한 현실로부터 유배된 삶을 사는 껍데기 같은 곳으로 보았다. 그러나 청년 시절 카뮈는 현세의 삶을 그림자극으로 여긴다는 점에서는 두 사람의 생각이 일치하지만, 플로티노스는 예술이 현세와 다른 세계를 잇는 역할을 한다고 보는 점에서 차이가 있다고 주장했다. 카뮈에 따르면 플로티노스에게 "철학은 종교적 사고양식일 뿐만 아니라 예술가가 사물을 바라보는 방식이기도 하다".[19]

카뮈의 앞선 두 연작에서는 이 같은 예술관을 찾아볼 수 없지만, 나는 그가 세 번째 연작에서부터 이를 반영하기 시작했다고 생각한다.* 카뮈는 세상을 떠나기 얼마 전, 자신의 문학적 포부는 "한 어머니의 존경스러운 침묵과 이 침묵에 걸맞은 정의와 사랑을 재발견하려는 한 인간의 노력"을 이야기하는 것이라 말했다. 내 생각에 여기서 카뮈가 말한 정의는 대상을 공정하게 다루는 것, 다시 말해 특정 순간이 품은 항구적 진실과 특정 삶의 변치 않는 본질을 인식하고 표현하는 것이다. 이것은 지극히 까다로운 과제이며, 아이리스 머독이 사랑을 두고 한 말은 예술에도 적용할 수 있다. "자기 자신 외에 다른 존재가 실재한다는 사실을 깨닫는 것은 더없이 어려운 일이다."[20]

카뮈는 마지막 노트에 휘갈겨 쓴 메모에서 이러한 과제를 줄곧 언급한다. 예를 들어 1958년에 쓴 〈회복하는 단계〉라는 제목의 메모에서 카뮈는 이렇게 말한다. "존재와 사물의 현실에서 멀어지지 말 것. 되도록 자주 개인적인 행복으로 돌아갈 것. 진실이 바람직한 것을 가로막을 때도 진실한 것을 인정하기를 거부하지 말 것."[21]

* 카뮈의 연작은 보통 시시포스Sisyphus가 상징하는 '부조리 연작(소설 《이방인》, 에세이 《시지프 신화》, 희곡 《칼리굴라》와 《오해》)'과 프로메테우스Prometheus가 상징하는 '저항 연작(소설 《페스트》, 에세이 《반항하는 인간》, 희곡 《정의의 사람들》과 《계엄령》)'으로 알려져 있다. 세 번째 연작에 해당하는 '사랑 연작'은 복수의 여신 네메시스Nemesis가 상징한다.

같은 해 그리스를 여행하는 동안에는 이런 말을 남긴다. "진실 속에, 진실을 위해 살 것. 무엇보다도 자신이 누구인지에 관한 진실. 사람들과의 타협을 멈출 것. 존재하는 것의 진실. 현실을 가지고 잔재주를 부리지 말 것."[22] 프랑스로 돌아온 뒤에도 카뮈는 그리스에서의 경험을 떠올리며 말한다. "거짓은 환상과 마찬가지로 마음을 달래거나 꿈을 꾸게 한다. 진실은 생기를 주면서도 고갈되지 않는 유일한 힘이다. 우리가 진실로만, 진실을 위해서만 살 수 있다면. 우리 안에 있는 젊고 불멸하는 에너지. 진실한 인간은 나이 들지 않는다. 조금 더 노력하면 그는 죽지 않을 것이다."[23]

《최초의 인간》에서 알제를 찾은 코르므리는 "반쯤 귀가 먹고 말을 잘 하지 못하는 상태로 고립된 채였고, 분명히 아름답지만 가까이 갈 수 없다시피 하며, 그의 마음이 환하게 미소 짓는 어머니에게 온통 쏠려 있을 때는 더더욱 다가갈 수 없던"[24] 어머니가 창가에 앉아 있는 모습을 본다. 현실을 가지고 잔재주를 부리지 말 것. 물론 맞는 말이다. 하지만 특정 현실을 포착하기가 너무도 어려울 때는 어떡할 것인가? 카뮈는 어머니의 이미지를 계속 되풀이함으로써 어머니가 품은 '무언가'를 예술을 통해 전하려 한다. 《페스트》에서는 집에 돌아온 리외가 카뮈와 코르므리의 어머니처럼 주방에 앉아 평온히 창밖을 응시하는 어머니를 보는 대목에서 같은 이미지를 찾을 수 있다. 리외가 늘 집 밖에 나가 있는 것에 미안한 마음을 드러내자, 어머니는 이렇게 답한다. "네가 곧 돌아올 줄 알고 있으니 기다리는 것쯤은 괜찮다. 그리고 네가 없을 때는 지금 무얼 하고 있을지 생각해본단다."[25] 바꿔 말하면 리외는 늘 어머니 곁에 있으며, 그의 어머니 역시 말하지 않아도 늘 리외 곁에 있는 것이다.

카뮈는 앞선 두 연작을 돌이켜보며 이전 작품이 인간이 처한 상황을 충분히 설명하거나 아우르지 못했다고 생각했다. 그는 부조리에서 반항으로 나아갔지만, "아직 정의되지 않은 종류의 사랑"을 알지 못한 채로는 반항을 유지할 수 없었다.[26] 카뮈는 짧은 생애 동안 그 사랑을 제대로 정의하지 못했으며, 더 오래 살았다 해도 마찬가지였을 것이다. 그런 일은 누구도 해낸 적이 없기 때문이다. 하지만 카뮈는 그의 어머니가 그랬듯 사랑은 멀리 있는 듯 보여도 늘 곁에 있음을 알았다. 사고로 죽기 얼마 전, 카뮈는 어머니의 사랑이 침묵 속에서도 "끊임없이 내게 말을 걸었다"고 썼다. 이렇듯 사랑이 침묵 속에서도 늘 그의 곁을 지키지 않았다면, 이 특별한 최초의 인간은 최후의 인간이 되고 말았을 것이다. 언젠가 카뮈는 부조리는 왕king이지만 "사랑이 우리를 부조리에서 구한다"고 말했다.[27] 이 말이 항상 사실이기를 바라는 것은 어리석은 일이겠지만, 그렇다 해도 우리는 결코 절망에 빠져서는 안 된다.

◊

원고를 퇴고하던 중 J에게서 전화가 왔다. J는 요양원의 몇몇 입소자로부터 '축복 가득한 사람'으로 불리던 물리치료사다. 마지막으로 요양원에 들른 지 몇 달이 지났지만, J는 지금도 입소자들의 소식을 전해주며, 내가 요양원에서 알게 된 사람들과 나눈 대화나 그들을 보며 든 생각을 이야기하곤 한다. 올해는 사망자가 나오지 않았지만, 작년에는 너무나 많은 사람이 코로나19로 인해 쓸쓸히 죽음을 맞았다. J는 요양원에서 추도식을 열 것이며, 내가 R 씨나 W 씨와 앉아 있곤 했던 안뜰에 떠난 이들을 기억하자는 뜻에서 텍사스 장미* 나무 열일곱 그루를 심을 것이라 말했다. 그 말에 문득 R 씨가 간간이 부드러운 요들 창법을 섞어가며 텍사스 민요 부르는 모습을 J와 함께 서서 지켜보던 일이 떠올랐다. "다들 사랑해요. 키스해줘요." 우리는 난감해하며 말없이 KN95 마스크를 가리켰다.

J가 전화한 데는 다른 이유도 있었다. 얼마 전 그녀는 요양원의 비스트로(2020년 3월 이후 문을 닫은 어두컴컴한 식당에는 이런 낙관적인 이름이 붙어 있었다) 앞을 지나다 믿기지 않는 광경을 보고 멈춰 섰다.

* 골무꽃의 일종.

식당이 다시 영업을 시작한 것이다. 입소자들은 휠체어를 타거나 보행보조기를 끌고 왔고, 열다섯 개 남짓한 식탁에 한 사람씩 앉았다. 간호보조사들이 식판을 가져다주는 동안, 입소자들은 서로서로 손을 흔들며 인사했다. 많은 입소자가 이날을 위해 새로 머리를 잘랐고(지난주에 J는 요양원의 미용사가 다시 일을 시작해 모두가 반가워했다고 전했다), 그들의 머릿결은 미소만큼이나 환하게 빛났다.

그리고 J는 목이 메는 듯한 목소리로 그녀가 특별히 여기는 입소자인 M 씨가 피아노 앞에 앉은 모습을 보았다고 말했다. 나도 가깝게 지낸 M 씨는 80대 초반의 은퇴한 음악교사로, 휠체어 신세를 지면서도 늘 혼자 힘으로 복도를 오가며 활발히 움직이는 사람이었다. M 씨는 퇴행성 척추옆굽음증이 있었지만, 꼭 그 때문만이 아니라 혼자 움직이겠다는 굳은 결심 때문에도 몸을 숙여 휠체어를 몰았고, 그녀가 내 앞을 쌩하고 지날 때마다 목에 걸린 새빨간 스카프가 바람을 맞으며 힘차게 펄럭이는 듯했다. 내가 식사를 가져다줄 때면, M 씨는 환하게 웃으며 가까이 오라고 손짓하곤 했다. 그녀는 말하기를 좋아했지만, 성대 수술이 잘못되는 바람에 목소리가 탁하고 희미했다. 그러면 나는 곁에 앉아 몸을 가까이 기울인 채, 그녀가 무대에 올린 연주회와 아끼던 학생, 학생들이 연주한 음악 등 교사 시절에 있었던 이런저런 이야기를 듣곤 했다. M 씨가 직접 말해주지는 않았지만 J에게서 들은 이야기에 따르면, 그

너는 남편의 학대를 견디다 못해 어린 두 자녀를 데리고 남편을 떠났다. 이제 성인이 된 자녀들은 어머니와 무척 가깝게 지냈고, M 씨가 그랬듯 강제로 이별해야 하는 상황에 많이 힘들어했다.

그러나 이제 이별의 시간도 끝나가고 있었다. M 씨의 자녀들이 요양원에 다시 찾아왔을 뿐 아니라, 다른 입소자들도 가족과 재회했다. 그리고 이에 못지않게 중요한 사실이 바로 M 씨가 다시 식사 시간에 피아노를 연주하게 되었다는 것이다. M 씨는 몸을 숙인 채 악보를 정리하는 동안 J의 시선을 느꼈던 모양이다. 그녀는 J를 향해 환한 미소를 지어 보이고는 다시 건반 쪽으로 몸을 돌려 〈미녀와 야수〉를 연주하기 시작했다. J가 말하기를 M 씨는 한 번도 틀리지 않고 연주했으며, 연주가 끝나자 식당이 떠나갈 듯한 박수가 터져 나왔다. 그 광경을 본 J는 서둘러 식당을 빠져나와 왈칵 울음을 터뜨렸다.

J와 통화한 이후 나는 줄곧 그녀가 경험한 순간을 머릿속에 떠올린다. J가 그 이야기를 할 때는 나도 눈물을 흘렸다. 순전한 키치kitsch*야, 나는 혼자 이렇게 되뇐다. 하지만 동시에 키치가 꼭 나쁜 것만은 아니며, 그것이 키치임을 알 때조차 혹은 키치임을 알 때는 특히 더할 나위 없이 좋은 상황도 있다고 되뇐다. 밀란 쿤데라Milan Kundera는 키치에 관한 긴 명상이라 할 수 있는 소설 《참을 수 없는 존재의 가벼움L'Insoutenable Légèreté de l'être》에서 키치

를 "죽음을 가리려 세운 병풍"이라 말한다. 그러나 그는 키치를 있는 그대로 본다면 인간의 여느 연약함처럼 감동을 준다고도 말한다. 위대한 아이러니스트ironist 쿤데라는 "우리가 아무리 키치를 경멸하더라도 키치는 인간 조건의 본질적인 한 부분"임을 인정한다. J의 눈물과 나의 눈물, 식당에 있던 다른 이들이 흘렸을 눈물은 우리 모두 연약하고 흠 많은 인간임을 일깨운다. 타인과 자기 자신을 위해, 팬데믹 속에서 잃은 사람들과 언젠가 잃을 것을 위해 흘린 그 눈물은 우리 모두가 최후의 인간이자 최초의 인간임을 일깨운다.

* '키치'란 본래 싸구려 복제 예술품을 가리키는 말이다. 하지만 쿤데라는 키치를 형이상학적 의미로 확장한다. 그가 말하는 키치는 시대나 상황이 제시하는 핵심 가치와 이미지를 절대적으로 긍정하며, 이를 훼손하고 부정하는 모든 것을 배제한다. 키치는 행복하게 뛰어노는 아이들, 사랑을 속삭이는 연인처럼 누구나 공감할 수 있는 이미지를 내세워 무의미하고 무가치해 보이는 것을 감춘다. 인간은 이처럼 거짓으로 포장된 이미지에 자신을 비춰보면서 의미와 가치를 찾는다.

감사의 말

먼저 시카고대학출판부의 편집자 앨런 토머스에게 감사를 표한다. 그는 예리한 지성과 훌륭한 인품으로 차분히 나를 이끌어줬으며, 그가 없었다면 이 책을 쓰지 못했을 것이다. 또, 원고가 늦어지고 초조해할 때도 끝까지 인내심을 발휘해준 토머스의 팀원들에게도 감사를 전한다. 뛰어난 시인 캐리 올리비아 애덤스는 뛰어난 (그리고 참을성 있는) 마케팅 담당자이기도 했다. 교열을 담당한 메리 앤 테이텀 역시 훌륭했다. 그녀가 원고를 꼼꼼히 읽어준 덕분에 당황스러운 실수를 바로잡을 수 있었다.

휴스턴대학 철학과의 학과장 데이비드 필립스에게도 감사를 전한다. 그는 2021년 봄, 여러 작가와 전염병에 관한 강의를 열도록 친절히 허락해줬다. 그 강의를 들은 학생들에게도 깊은 감사를 전한다. 특히 마이클 쿠리언, 레나 크레이븐, 올루 리, 새라 필립, 로버트 고메즈, 베로 포프는 많은 질문과 영감을 줬다. 조지 앨리거, 마이클 반스, 로라 세코어, 조엘 와이저넌트, 로이스 자모라가 보내준 지원과 제안에도 감사를 전한다.

끝으로 2020년 봉사활동을 하며 이 책에 관한 아이디어를 얻게

해준 요양원의 물리치료사 J에게 감사를 전하고 싶다. 본문에서도 언급했듯, 몇몇 입소자는 그녀를 축복 가득한 사람이라 불렀다. 나는 종교인이 아니지만, 그녀의 비범한 성품에 이보다 더 잘 어울리는 별명은 없다고 생각한다. 나는 그녀가 요양원에서 만난 사람들에게 베푼 변함없는 친절과 관심이 그들에게 준 영향을 결코 잊지 못할 것이다.

요양원의 입소자들에게 이 책을 바친다. 요양원의 이름과 입소자들의 이름을 밝힐 수는 없지만, 이 책에서 나는 그들을 영원히 잊지 못할 이유를 보여주고자 최선을 다했다.

옮긴이의 말

질병과 고립의 시대, 타자의 삶에 주의를 기울인다는 것

"이런 터무니없는 변고를 당하니 내 집을 보는 것조차 겁이 났다." 미셸 드 몽테뉴는 페스트가 코앞에 닥쳐오던 때를 이렇게 회상한다. 몽테뉴의 말처럼 전염병은 친숙한 일상을 두려움의 근원으로 바꿔놓는 재난이다. 저자 로버트 자레츠키는 전염병이 여느 자연재해와 다른 점은 도시를 휩쓸고 지나가며 도시의 물질적 기반을 파괴하는 것이 아니라 도시에 한동안 눌러앉은 채 사회적 구조와 관계, 사람들의 심리를 무너뜨리는 점이라 말한다. 인간은 좋든 싫든 남과 부대끼며 살 수밖에 없는 사회적 존재다. 전염병은 신체에 끼치는 영향만으로도 두렵지만, 인간의 활동 영역을 서서히 잠식하고 고립과 단절을 강요함으로써 사회와 인간을 내부에서부터 무너뜨린다는 점에서 더욱 무섭다.

이 책은 전염병의 시대를 살아간 작가들과 그들의 작품을 통해 전염병이 인간의 삶에서 빚어내는 갖가지 비극과 아이러니를 포착한다. 가령 투키디데스는 《펠로폰네소스 전쟁사》에서 아테네의 장군 페리클레스가 아테네 민주정의 위대함을 찬미하는 추도문을 마친 직후, 전염병이 아테네를 덮치는 순간을 이야기한다. 페리클레스가 열띤 어조로 자랑하던 아테네의 법과 제도는 느닷없이 밀어닥친 전염병 앞에서 속수무책으로 무너진다. 대니얼 디포는 《전염병 연대기》에서 런던 대역병 당시 시 당국의 가혹한 방역정책과 엉터리 사망자 통계를 비판한다. 당시 런던에서는 페스트 감염자가 나오면 이상 증세가 있든 없든 가족 전체를 집 안에 함께 격리했다. 당국은 다수를 보호한다는 명분을 내세워 강력한 격리조치를 취했지만, 디포는 그 조치가 개인에게 강요한 희생에 걸맞은 효과를 거두지 못했으며 격리를 정당화하는 데 쓰인 통계 역시 부정확했다고 지적한다. 카뮈의 《페스트》와 메리 셸리의 《최후의 인간》은 전염병이 걷잡을 수 없이 퍼지는 상황을 눈으로 보고도 현실을 있는 그대로 인정하지 않으려다 피해를 키우는 위정자들을 묘사한다.

아마 코로나19를 겪기 전이었다면 전염병이 얼마나 무서운 재난인지, 그 재난 앞에 선 인간은 얼마나 나약하고 어리석은 존재인지를 보여주는 흥미로운 이야기쯤으로 생각했겠지만, 이제 우리는 이것이 다름 아닌 우리 자신의 이야기임을 안다. 그러나 저자가 이러한 비극과 아이러니에 주목하는 이유는 단순히 인간의 역사가 반복된다는 사실을 보여주기 위함도, 비슷한 재난을 경험한 작가들의 삶과 글에서 명쾌한 답을 찾기 위함도 아니다. 오히려 책을 읽다 보면 위대한 작가로 알려진 이들이 재난 앞에서 보이는 태도에 당혹스러울 때마저 있다.

일례로 보르도의 시장이었던 몽테뉴는 임기를 이틀 남기고 후임 시장에게 시정을 인계한 채 자신의 영지에 머물던 중 페스트가 밀어닥치자, 보르도로 돌아가지 않고 가족과 피난을 떠난다. 우리는 몽테뉴의 결정을 어떻게 이해해야 할까? 몽테뉴의 전기를 쓴 슈테판 츠바이크는 그가 "영웅이 아니었고, 결코 영웅인 체하지도 않았"으며, 약간의 영광과 명예, 위엄을 잃었어도 가장 중요한 것을 구했다고 말한다. 하지만 만약 코로나19가 닥쳤을 때 몽테뉴와 비슷한 상황에 있던 정치인이 그와 똑같은 선택을 했다면, 지금 우리는 그 정치인을 어떻게 평가할까?

슬프게도 전염병과 전쟁을 비롯한 각종 재난은 앞으로도 끊임없이 반복될 것이다(지금도 우리는 팬데믹이 잦아들기 무섭게 전쟁이라는 또 하나의 비극이 벌어지는 광경을 지켜보고 있다). 지금 우리가 몽테뉴의 결정을 대하듯 사건이 지나간 뒤 그 상황에서는 어떻게 행동해야 했는지를 이야기하는 것은 비교적 쉬운 일이다. 하지만 느닷없이 찾아온 재난이 일상을 뒤흔드는 와중에 무엇이 옳고 그른지를 판단하기란 참으로 어렵다. 우리는 전염병을 막기 위한 방역정책조차 정치적 입장이나 경제 논리에 따라 전혀 다른 평가를 받으며, 그 평가 또한 시간이 지나고 상황이 변함에 따라 달라지는 것을 똑똑히 보고 있다.

이 책에서 다루는 작가들의 미덕은 무엇이 진실이고 정답인지를 따지기보다 재난 앞에 선 인간의 고뇌, 좌절, 선택에 따르는 아이러니를 여과 없이 드러낸다는 점이다. 그러면서도 이들은 모든 것을 휩쓰는 재난 속에서 소중한 가치를 지키기 위해 안간힘을 쓰는 인간의 모습을 삶과 작품을 통해 보여준다. 저자는《페스트》의 등장인물인 장 타루의 말을 빌려 이 같은 태도를 '주의력'이라 부른다. "우리는 자칫 방심하다 다른 사람의 얼굴에 입김을 뿜어 병균을 퍼뜨리지 않도록 끊임없이 자신을 살펴야 해요. 병균은 자연스러운 것입니다. 하지만 그 외의 모든 것, 이를테면 건강, 진실성, 순수 같은 것은 인간이 의지를 갖고 잠시도 경계를 게을리하지 않은 결과예요."

투키디데스는 그가 역사상 가장 중요한 사건이라 생각한 전쟁을 기록해 후대에 길이 남을 역사서를 쓰기 위해 어떤 신적 존재에도 기대지 않는 태도를 견지했다. 오늘날의 관점에서는 당연한 일이겠지만, 신화적 세계관이 지배하던 당시 그리스 사회를 생각하면 인간의 역사를 객관적으로 기록하는 데 남다른 주의를 기울였음을 짐작할 수 있다.

마르쿠스 아우렐리우스는 로마 제국의 황제로서 전쟁과 역병이라는 이중고에서 제국을 지켜야 했다. 어릴 적부터 스토아 철학에 심취했던 그에게 피비린내 나는 전장에 나서는 일은 어울리지 않는 짐이었을지 모른다. 하지만 그는 철학자로서도 황제로서도 맡은 역할을 다하고자 했고, 이를 위해 무엇보다 자신의 내면에 귀를 기울이려 애썼다.

몽테뉴는 끊임없이 변화하는 '나 자신'을 포착하기 위해 에세이라는 문학 형식을 창안했다. 저자에 따르면, 몽테뉴는 초기 에세이에서 피할 수 없는 죽음에 대비하기 위해 늘 죽음을 먼저 생각해야 한다고 강조했다. 하지만 페스트를 겪은 이후에는 현재의 일상을 자연스럽고 충실하게 살고자 노력하는 쪽으로 태도를 바꿨다. 그가 광기 어린 종교전쟁과 페스트라는 비극을 겪으면서도 오히려 삶을 긍정하기로 마음먹을 수 있었던 것은 매 순간 변화하는 삶에 관심을 기울이기를 멈추지 않았기 때문일 것이다.

디포는 《전염병 연대기》의 서술자 H. F.를 통해 극한 상황에서도 선택과 책임을 포기하지 않는 인간을 그렸다. H. F.는 페스트로 끔찍한 고통에 시달리는 사람들을 보며 때로는 런던에 남기로 한 결정을 후회한다. 하지만 그는 두려움 속에서도 거리를 돌아다니며 사망자 통계가 하나의 숫자로 뭉뚱그리는 이들을 저마다의 사연을 가진 개인으로 인식함으로써 재난의 목격자로서 의무를 다하려 한다.

카뮈는 《페스트》에서 페스트가 닥친 현실을 있는 그대로 보고자 노력하며, 그 현실이 제시하는 윤리적 명령에 따라 페스트에 맞서는 인물들을 묘사했다. 서술자이자 중심인물인 베르나르 리외는 페스트로 고통받는 사람들을 구하려는 시도가 기껏해야 일시적인 성공만을 거둘 뿐이라는 지적에, 자신의 노력은 "끝없는 패배"임을 인정하면서도 투쟁을 멈추지 않는다.

이 목록에서 마지막으로 덧붙여야 할 것은 저자 자신의 태도다. 저자는 코로나19로 인해 산산조각이 난 일상을 짜 맞추기 위해 문학으로 눈을 돌렸다고 말한다. 그런데 흥미롭게도 그는 팬데믹이라는 낯선 재난 앞에서 또 하나의 낯선 세상에 뛰어들기로 마음먹고 봉쇄된 요양원에서 자원봉사를 시작한다. 그가 이렇게 일상이 흔들리는 와중에도 이웃의 고통에 관심을 갖고 낯선 환경에 과감히 발을 들일 수 있었던 이유는, 그가 평소 문학을 통해 타자의 삶에 주의를 기울이는 데 익숙했기 때문이리라 생각한다. 저자는 "문학에는 우리가 책을 읽는 동안 쏟는 관심이 삶으로까지 이어지게 하는 힘"이 있다는 자신의 말을 행동으로써 증명하는 셈이다.

물론 치매를 앓는 환자를 가까이서 본 적도 없던 그에게 요양원 일은 녹록지 않았다. 하지만 그는 여러 시행착오를 겪으며 자신도 모르게 품고 있던 오해와 편견, 자만을 깨닫는 과정을 솔직담백하게 풀어내는 한편, 요양원에서 만나는 사람들에게 따뜻한 관심을 기울이고 팬데믹이 요양원에 끼친 변화에서 사회의 모순과 부조리를 읽어내려 노력한다. 저자가 고전 이야기의 사이사이에 배치한 요양원의 일화는 이 책에서 가장 눈에 띄는 특징이자 흥미로운 부분이다.

매일같이 확진자 수를 확인하거나 마스크와 백신 부족을 걱정하던 일이 거짓말처럼 느껴질 만큼 코로나19는 어느덧 일상의 일부로 자리 잡았고, 사람들의 관심에서 점점 멀어지고 있다. 《페스트》에서 리외는 "페스트와 삶의 대결에서 인간이 얻을 수 있는 것이라고는 앎과 기억"이 전부지만, 아마도 "그것이 대결에서 이기는 일"이리라 말한다. 그러나 우리는 코로나19에서 어떤 앎과 기억을 얻어야 할지 미처 돌아볼 새도 없이 팬데믹 이후의 삶으로 떠밀리듯 나아가고 있다. 그 숨 가쁜 일상 속에서 이 책이 팬데믹을 어떻게 이해하고 기억할지 잠시나마 돌아볼 수 있는 계기가 되기를 바란다.

주

들어가며

1 https://www.theguardian.com/science/2016/feb/28/loneliness-is-like-an-iceberg-john-cacioppo-social-neuroscience-interview.

2 Nicholas Christakis, *Apollo's Arrow: The Profound and Enduring Impact of Coronavirus on the Way We Live* (New York: Little, Brown Spark, 2020), 15.

3 Iris Murdoch, *Existentialists and Mystics: Writings on Philosophy and Literature*, ed. Peter Conradi (New York: Penguin, 1997), 294.

1장 투키디데스와 아테네 대역병

1 https://www.the-tls.co.uk/articles/the-first-pandemic-in-western-literature/.

2 고고학자 마이클 매키넌Michael MacKinnon에 따르면, 고대 그리스에 곰쥐가 있었음을 보여주는 고고학적 근거가 있다. *The Oxford Handbook of Animals in Classical Thought and Life*, ed. Gordon Campbell (Oxford 2014), 173.

3 https://www.academia.dk/BiologiskAntropologi/PDF/Paleomicrobiology/10.pdf.

4 Richard Schlatter, "Thomas Hobbes and Thucydides," *Journal of the History of Ideas* 6 (1945): 357.

5 Gregory Crane, *Thucydides and the Ancient Simplicity: The Limits of Political Realism* (Berkeley: University of California Press, 1998), 285.

6 *Twilight of the Idols*, trans. Richard Hollingdale (New York: Penguin, 1990), 118.

7 W. Robert Connor, *Thucydides* (Princeton, NJ: Princeton University Press, 1984), 5.

8 Connor, *Thucydides*, 247.

9 Garry Wills, *Lincoln at Gettysburg: The Words That Remade America* (New York: Simon & Schuster, 1992), 41. 그리스 연구자 니콜 로로Nicole Loraux는 페리클레스의 연설이 어떻게 몇 세기에 걸쳐 다양한 방식으로 이용되고 남용되었는지를 밝힌다. 자세한 내용은 다음 저서를 참고하라. *The Invention of Athens: The Funeral Oration in the Classical City*, trans. Alan Sheridan (Cambridge, MA: Harvard University Press, 1986).

10 성서학자 로버트 올터Robert Alter는 그가 번역한 〈욥기〉에서 저술 연대를 기원전 6세기 후반에서 5세기경으로 추정한다. 자세한 내용은 다음 자료를 참고하라. *The Wisdom Books* (New York: Norton, 2010), 5.

11 https://ge.usembassy.gov/remarks-by-president-trump-and-members-of-the-coronavirus-task-force-in-press-briefing-april-18/.

12 Herodotus, *The History*, trans. David Greene (Chicago: University of Chicago Press, 1987), 59.

13 Michael Scott, *Delphi: A History of the Center of the Ancient World* (Princeton, NJ: Princeton University Press, 2014), 15.

14 Hugh Bowden, *Classical Athens and the Delphic Oracle: Divination and Democracy* (Cambridge: Cambridge University Press, 2005), 73.

15 Bowden, *Classical Athens and the Delphic Oracle*, 75.

16 Victor Davis Hanson, *A War Like No Other* (New York: Random House, 2005), 81.

2장 마르쿠스 아우렐리우스와 안토니누스 역병

1 Susan Mattern, *The Prince of Medicine: Galen in the Roman Empire* (New York: Oxford University Press, 2013), 24-25.

2 Mattern, *The Prince of Medicine*, 126.

3 Kyle Harper, *The Fate of Rome* (Princeton, NJ: Princeton University Press, 2017), 99.

4 Anthony Birley, *Marcus Aurelius* (New Haven, CT: Yale University Press, 1966), 116.

5 Marguerite Yourcenar, *Memoirs of Hadrian*, trans. Grace Frick and Marguerite Yourcenar (New York: FSG, 1963), 269.

6 《명상록》의 모든 인용문은 다음 판본에서 가져왔다. Marcus Aurelius, *Meditations*, trans. Martin Hammond (London: Penguin, 2006).

7 Mattern, *The Prince of Medicine*, 188.

8 Mattern, *The Prince of Medicine*, 197.

9 Pierre Hadot, *La citadelle intérieure: Introduction aux Pensées de Marc Aurèle* (Paris: Fayard, 1992), 155.

10 다음 저서에서 재인용. *Companion to Marcus Aurelius*, ed. Marcel Van Ackeren (London: Wiley-Blackwell, 2012), 454.

11 Hadot, *La citadelle intérieure*, 65.

12 Harper, *The Fate of Rome*, 68.

13 Mattern, *The Prince of Medicine*, 203.

14 Harper, *The Fate of Rome*, 101.

15 Birley, *Marcus Aurelius*, 150.

16 Birley, *Marcus Aurelius*, 160.

17 다음 자료를 참고하라. Christer Bruun, "The Antonine Plague and the 'Third-Century Crisis,'" in *Crises and the Roman Empire*, ed. Olivier Hekster (Leiden: Brill, 2007).

18 Bruce Frier, "Demography," in the *Cambridge Ancient History*, ed. Alan Bowman (Cambridge: Cambridge University Press, 1982), 816.

19 Harper, *The Fate of Rome*, 115.

20 Martha Nussbaum, *The Therapy of Desire: Theory and Practice in Hellenistic Ethics* (Princeton, NJ: Princeton University Press, 1994), 345.

21 Michel Foucault, *Corps écrit*, no. 5 (February 1983): 3-23.

22 다음 저서에서 재인용. Nussbaum, *The Therapy of Desire*, 330.

23 Martin Beckmann, *The Column of Marcus Aurelius: The Genesis and*

Meaning of the Roman Imperial Monument (Chapel Hill: University of North Carolina Press, 2011), 196.

24 Cassius Dio, *Roman History*, Loeb Classical Library (1927), section 16, https://penelope.uchicago.edu/Thayer/E/Roman/Texts/Cassius_Dio/72*.html.

25 다음 저서에서 재인용. Nussbaum, *The Therapy of Desire*, 400.

3장 미셸 드 몽테뉴와 가래톳 페스트

1 Philippe Desan, *Montaigne: A Life*, trans. Steven Rendall and Lisa Neal (Princeton, NJ: Princeton University Press, 2018), 471.

2 다음 자료에서 재인용. Laurent Coste, "Bordeaux et le peste dans la première moitié du XVIIème siècle," in *Annales du Midi* (1998), 457.

3 당대의 역사가 조제프 스칼리제르Joseph Scaliger는 사망자를 16,000명으로 추산했고, 연대기 작가 가브리엘 드 뤼르브Gabriel de Lurbe는 14,000명으로 추산했다. 자세한 내용은 다음 자료를 참고하라. *Lettres françaises inédites de Joseph Scaliger*, ed. Philippe de Larroque (Paris: Picard, 1879), 202.

4 Donald Frame, *Montaigne: A Biography* (San Francisco: North Point Press, 1984), 240.

5 *The Complete Works of Montaigne*, trans. Donald Frame (Stanford, CA: Stanford University Press, 1965), 1328-1329.

6 Michel Signoli and Stéfan Tzortzis, "La Peste à Marseilles et dans le sud-est de la France en 1720-1722," *Cahiers de la Méditerranée* 96 (2018): 217.

7 Jean-Baptiste Bertand, *Relation historique de la peste de Marseille en 1720* (Cologne: Pierre Marteau, 1721), 6-7.

8 Emmanuel Le Roy Ladurie, "Motionless History," *Social Science History* 1, no. 2 (Winter 1977): 124.

9 "Of Practice," in *The Complete Essays of Montaigne*, trans. Donald Frame

(Palo Alto, CA: Stanford University Press, 1965), 272.

10 *The Discourse of Voluntary Servitude*, trans. Harry Kurz (Indianapolis: Liberty Fund, 1942), 2.

11 "Of Friendship," in *Essays*, 144.

12 "Of Friendship," in *Essays*, 139.

13 *The Hour of Our Death*, trans. Helen Weaver (New York: Knopf, 1981), 5–29.

14 "Letter to His Father," in *The Complete Works of Michel de Montaigne*, trans. Donald Frame (New York: Knopf, 2003), 1284.

15 "Letter to His Father," 1288.

16 "Of Physiognomy," in *Essays*, 801.

17 "Of Physiognomy," in *Essays*, 802.

18 "Of Physiognomy," in *Essays*, 66.

19 "Of Idleness," in *Essays*, 21.

20 "Of the Affection of Fathers," in *Essays*, 278.

21 "Three Kinds of Association," in *Essays*, 629.

22 "Of Repentance," in *Essays*, 611.

23 "Of Experiences," in *Essays*, 821.

24 "That the Taste of Good and Evil Depends in Large Part on the Opinion We Have of Them," in *Essays*, 46.

25 "That to Philosophize Is to Learn How to Die," in *Essays*, 60.

26 "That to Philosophize Is to Learn How to Die," in *Essays*, 57. 이러한 정서는 셰익스피어William Shakespeare의 《햄릿Hamlet》에서도 나타나는데, 아마도 셰익스피어는 《햄릿》을 쓰는 동안 지인인 존 플로리오John Florio가 갓 번역한 몽테뉴의 에세이를 읽었을 것이다. 결국 햄릿은 짧은 생애를 죽음의 의미를 시험하며 보낸 인물이다. 햄릿은 레어티스와 결투하기 직전 허레이쇼에게 이렇게 말한다. "죽음은 지금 온다면 다음에 오지 않고, 다음에 오지 않는다면 지금 올 것이며, 지금 오지 않더라도 언젠가는 올 것일세. 요는 각오가 전부라는 것이지." 이 말을 하는 햄릿의 곁에는 아버지의 유령이 아

니라 몽테뉴의 유령이 떠돌고 있다.

27 Mack P. Holt, *The French Wars of Religion, 1562–1629* (Cambridge: Cambridge University Press, 1995), 60.

28 "Of Physiognomy," in *Essays*, 800.

29 Holt, *The French Wars of Religion*, 86-87.

30 Desan, *Montaigne*, 230-231.

31 마사 누스바움이 제시한 탁월한 설명을 참고하라. Martha Nussbaum, *The Therapy of Desire: Theory and Practice in Hellenistic Ethics* (Princeton, NJ: Princeton University Press, 1994), 280-315.

32 "An Apology for Raymond Sebond," in *Essays*, 374.

33 "An Apology for Raymond Sebond," in *Essays*, 374.

34 "Of Freedom of Conscience," in *Essays*, 506.

35 "Of Custom," in *Essays*, 86.

36 "Of Cannibals," in *Essays*, 157.

37 Alexander Nehamas, *The Art of Living: Socratic Reflections from Plato to Foucault* (Berkeley: University of California Press, 1998), 44.

38 Stefan Zweig, *Montaigne*, French trans. J.-J. Lafaye and François Brugier (Paris: PUF, 1981), 118.

39 George Prochnik, *The Impossible Exile: Stefan Zweig at the End of the World* (Boston: Other Press, 2014), 336.

40 Prochnik, *The Impossible Exile*, 3.

41 Prochnik, *The Impossible Exile*, 3.

42 Zweig, *Montaigne*, 13-14.

43 Zweig, *Montaigne*, 118-120.

44 "Of Physiognomy," in *Essays*, 796.

45 "Of Experience," in *Essays*, 854.

46 "Of Experience," in *Essays*, 804-805.

47 "Of Experience," in *Essays*, 852.

48 "Of Experience," in *Essays*, 852.

49 "Of Experience," in *Essays*, 857.

50 "Of Experience," in *Essays*, 830.

4장 대니얼 디포와 런던 대역병

1 Michel Signoli and Stéfan Tzortzis, "La peste à Marseille et dans le sud-est de la France en 1720-1722: les épidémies d'Orient de retour en Europe," in *Cahiers de la Méditerranée* 96 (2018): 220.

2 다음 자료에서 재인용. Daniel Gordon, "The City and the Plague in the Age of Enlightenment," in *Yale French Studies* 92 (1997): 83.

3 Gordon, "The City and the Plague in the Age of Enlightenment," 85.

4 Signoli and Tzortis, "La peste à Marseille," 224.

5 다음 자료에서 재인용. M. E. Novak, "Defoe and the Disordered City," *PMLA* 92, no. 2 (1989): 245.

6 https://thehistoryofparliament.wordpress.com/2020/04/09/where-the-disease-is-desperate-the-remedy-must-be-so-too-debating-the-1721-quarantine-act/.

7 Paula Backsheider, *Daniel Defoe: His Life* (Baltimore: Johns Hopkins Press, 1989), 426.

8 Backsheider, *Daniel Defoe*, 504.

9 William Lee, *Daniel Defoe: His Life and Recently Discovered Writings*, vol. 2 (London: Camden, 1869), 379.

10 Lee, *Daniel Defoe*, vol. 2, 379.

11 https://www.houstonchronicle.com/news/investigations/article/How-many-missed-Texas-is-second-worst-in-the-15193258.php.

12 Niall Boyce, "Bills of Mortality: Tracking Disease in Early-Modern London,"

The Lancet 395 (April 11, 2020): 1186.

13 Nicholas Seager, "Lies, Damned Lies and Statistics: Epistemology and Fiction in Defoe's Journal of the Plague Year," *Modern Language Review* 103, no. 3 (July 2008): 243-244.

14 Daniel Defoe, *Due Preparations for the Plague, as well for Soul as Body* (London, 1722), 108.

15 Defoe, *Due Preparations for the Plague*, 197.

16 Defoe, *Due Preparations for the Plague*, 4.

17 Defoe, *Due Preparations for the Plague*, 7-8.

18 Defoe, *Due Preparations for the Plague*, 9.

19 Defoe, *Due Preparations for the Plague*, 18.

20 Defoe, *Due Preparations for the Plague*, 43.

21 William H. McNeill, *Plagues and Peoples* (New York: Random House, 1998), 181.

22 Daniel Defoe, *A Journal of the Plague Year* (New York: Penguin, 2013), 48.

23 Defoe, *Journal*, 152.

24 Defoe, *Journal*, 160.

25 Defoe, *Journal*, 12.

26 다음 자료에서 재인용. John Richetti, *The Life of Daniel Defoe: A Critical Biography* (London: Wiley, 2005), 239.

27 Defoe, *Journal*, 74.

28 Defoe, *Journal*, 184.

29 Defoe, *Journal*, 78-79.

30 Defoe, *Journal*, 60-61.

31 Inga Clendinnen, *Reading the Holocaust* (New York: Cambridge University Press, 1999), 183.

32 Defoe, *Journal*, 99.

33 Defoe, *Journal*, 116.

34 Defoe, *Journal*, 102ff.

35 Defoe, *Journal*, 31.

36 Defoe, *Journal*, 109.

37 Defoe, *Journal*, 34.

38 Catherine Rubincam, "Thucydides and Defoe: Two Plague Narratives," *International Journal of the Classical Tradition* 11 (Fall 2004): 194–212.

39 Defoe, *Journal*, 35.

40 Maximillian Novak, *Daniel Defoe, Master of Fictions: His Life and Ideas* (New York: Oxford University Press, 2001), 158.

41 Defoe, *Journal*, 111.

42 Defoe, *Journal*, 27.

43 Defoe, *Journal*, 225.

5장 알베르 카뮈와 갈색 페스트

1 Albert Camus, *The Myth of Sisyphus*, trans. Justin O'Brien (New York: Random House, 1958), 3.

2 Camus, *The Myth of Sisyphus*, 21.

3 Camus, *The Myth of Sisyphus*, 6.

4 Camus, *The Myth of Sisyphus*, 53.

5 Albert Camus, "The Minotaur, Or Stopping in Oran," in *Lyrical and Critical Essays*, trans. Ellen Conroy Kennedy (New York: Random Books, 1970), 112, 113, 118.

6 *Albert Camus & Jean Grenier: Correspondence, 1932–1960*, trans. Jan Rigaud (Lincoln: University of Nebraska Press, 2003), 43.

7 Albert Camus, *Oeuvres completes (OC)*, t. 2, ed. Jacqueline Lévi-Valensi (Paris: Gallimard, 2006), 259.

8 *Carnets, Janvier 1942–mars 1951* (Paris: Gallimard, 1964), 36.

9 Albert Camus, *The Plague*, trans. Stuart Gilbert (New York: Random House, 1991), 7.

10 Camus, *The Plague*, 17.

11 Camus, *OC*, 273.

12 Adrien Proust, *La défense de l'Europe contre la peste* (Paris: Masson et Cie, 1897), 5.

13 Mika McKinnon, "Are Rats Innocent of Spreading the Black Plague?," *Smithsonian Magazine* (January 17, 2018), https://www.smithsonianmag.com/smart-news/are-rats-innocent-spreading-black-plague-180967855/.

14 Hans Zinsser, *Rats, Lice and History* (London: Routledge, 1935), 191.

15 *Carnets*, 50.

16 카뮈는 1955년 문학 비평가 롤랑 바르트Roland Barthes와 주고받은 유명한 편지에서 이 점을 명확히 밝혔다. 이에 관해서는 다음 자료를 참고하라. Jacqueline Lévi-Valensi, *La Peste d'Albert Camus* (Paris: Gallimard, 1991), 183–193.

17 Lévi-Valensi, *La Peste d'Albert Camus*, 72.

18 Camus, *The Plague*, 301.

19 Camus, *The Plague*, 12.

20 Albert Camus, *Notebooks: 1951–1959*, trans. Ryan Bloom (New York: Ivan Dee, 2008), 70.

21 George Orwell, "A Hanging," in *The Orwell Reader* (New York: Harcourt Brace Jovanovich, 1956), 11.

22 Iris Murdoch, *The Sovereignty of Good* (New York: Routledge & Kegan Paul, 2007), 89. 강조는 원문을 따름.

23 다음 자료에서 재인용. Marianne Ruel Robins, "The Grey Site of Memory: Le Chambon-sur-Lignon and Protestant Exceptionalism on the Plateau Vivarais-Lignon," *Church History* (June 2013): 317.

24 Philip Hallie, *Lest Innocent Blood Be Shed: The Story of Le Chambon and How Goodness Happened There* (New York: Harper & Row, 1979).

25 메리앤 로빈스Marianne Robins의 글 외에도 다음 자료를 참고하라. *Le Plateau Vivrais-Lignon: Actes du colloque du Chambon-sur-Lignon*, ed. Pierre Bolle (Le Chambon: Société de l'histoire du Montagne, 1992).

26 Robins, "The Grey Site of Memory," 330.

27 Robins, "The Grey Site of Memory," 329.

28 Robins, "The Grey Site of Memory," 352.

29 피에르 소바주의 영화 〈영혼의 무기Weapons of the Spirit〉를 참고하라.

30 Robins, "The Grey Site of Memory," 339.

31 Murdoch, *The Sovereignty of Good*, 55.

32 Camus, *Notebooks*, 69.

33 Herbert Lottman, *Albert Camus: A Biography* (Corte Madera, CA: Gingko Press, 1997), 289.

34 Olivier Todd, *Albert Camus, Une Vie* (Paris: Gallimard, 1996), 321.

35 Camus, *Notebooks*, 55.

36 Camus, *Notebooks*, 60. 강조는 원문을 따름.

37 Camus, *Notebooks*, 42.

38 "De l'insignificance," in *Oeuvres complètes*, t. 3, ed. Raymond Gay-Croisier (Paris: Gallimard, 2008), 389.

39 "Against Dryness," in *Existentialists and Mystics: Writings on Philosophy and Literature*, ed. Peter Conradi (New York: Penguin, 1997), 294.

40 Murdoch, *The Sovereignty of Good*, 36.

41 Camus, *Notebooks*, 165.

42 *Camus at Combat: Writing 1944–1947*, trans. Arthur Goldhammer (Princeton, NJ: Princeton University Press, 2006), 8.

43 Albert Camus, *Lettres à un ami allemand* (Paris: Gallimard, 1948), 78.

44 Camus, *The Plague*, 132. (저자가 일부 수정)

후기 《최후의 인간》부터 《최초의 인간》까지

1 Mary Shelley, *The Last Man* (Oxford: Oxford University Press, 1994), 220-221.

2 다음 자료에서 재인용. Morton D. Paley, "The Last Man: Apocalypse without Millennium," in *The Other Mary Shelley: Beyond Frankenstein*, ed. Audrey Fisch (Oxford: Oxford University Press, 1993), 109.

3 Shelley, *The Last Man*, 259.

4 William H. McNeill, *Plagues and Peoples* (New York: Random House, 1998), 27-28.

5 Shelley, *The Last Man*, 232-233.

6 Shelley, *The Last Man*, 236.

7 Shelley, *The Last Man*, 315.

8 Shelley, *The Last Man*, 320.

9 Shelley, *The Last Man*, 248.

10 Shelley, *The Last Man*, 386.

11 Shelley, *The Last Man*, 242.

12 Shelley, *The Last Man*, 424.

13 Shelley, *The Last Man*, 398.

14 Shelley, *The Last Man*, 275.

15 Shelley, *The Last Man*, 465.

16 Anne Mellor, *Mary Shelley: Her Life, Her Fiction, Her Monsters* (London: Routledge, 1989), 169.

17 Albert Camus, *The First Man*, trans. David Hapgood (New York: Knopf, 1995), 133.

18 Camus, *The First Man*, 171.

19 *Christian Metaphysics and Neo-Platonism*, trans. Joseph McBride (New York:

St Martin's Press, 1992), 126.

20 Iris Murdoch, "The Sublime and the Good," in *Existentialists and Mystics*, ed. Peter Conradi (New York: Penguin, 1997), 215.

21 Albert Camus, *Notebooks: 1951–1959*, trans. Ryan Bloom (New York: Ivan Dee, 2008), 204.

22 Camus, *Notebooks*, 215.

23 Camus, *Notebooks*, 216.

24 Camus, *The First Man*, 58.

25 Albert Camus, *The Plague*, trans. Stuart Gilbert (New York: Random House, 1991), 123.

26 Albert Camus, *Oeuvres complètes*, t. 2 (Paris: Gallimard, 2006), 1068.

27 Camus, *Notebooks*, 93.

찾아보기

ㄱ

가래톳 페스트(흑사병) • 113~118, 162~163, 180~181, 214~216

갈리마르 출판사 • 244

갈색 페스트 • 11, 216

(런던 대역병의) 감시원 • 179

게리 윌스 • 45

게슈타포 • 244~245

결의론 • 187~190

〈경험에 관하여〉(몽테뉴) • 151~153

공산당 • 205

공허한 시절 • 61

〈글래디에이터〉 • 77~78

기술 • 80, 92

ㄴ

노모스 • 37, 46~47

니콜라스 크리스타키스 • 16

ㄷ

〈당신은 당신의 행동에 따라 심판받을 것이다〉 • 245

대니얼 디포

디포와 결의론 • 187~190

디포와 《애플비즈 오리지널 위클리 저널》 • 168

디포와 카뮈 • 211

디포와 통계 • 174~176

디포와 투키디데스 • 198

《로빈슨 크루소》 • 167, 188, 211

《몸과 마음을 위한 적절한 페스트 대비》 • 175

유년기와 젊은 시절 • 167~168

인간 본성에 관하여 • 198~201

《전염병 연대기》 • 174, 177~180, 186~201, 211

도미티아누스 • 73

《독일 친구에게 보내는 편지》(카뮈) • 246

드니 디드로 • 131

디오 카시우스 • 98, 105

ㄹ

《라모의 조카》(디드로) • 131

〈레몽 스봉을 위한 변호〉(몽테뉴) • 139

레이크우드교회(텍사스주, 휴스턴) • 89~90

로고스(말, 담화, 이성) • 92~95

로마 • 68~69, 83~84
로버트 코너 • 44
《로빈슨 크루소》(디포) • 167, 188, 211
루키우스 베루스 • 70, 76~77, 91
뤼세트 뫼레 • 215
르 그랑 생 앙투안호 • 161~162
르 샹봉 쉬르 리뇽 • 212, 230
르네 레노 • 245~246

ㅁ
마그다 트로크메 • 233
마르그리트 드 발루아 • 136
마르그리트 유르스나르, 《하드리아누스 황제의 회상록》 • 70~72
마르쿠스 아우렐리우스 기둥(로마) • 78, 96~100
마르쿠스 아우렐리우스
공동 황제가 되다 • 70
단독 황제가 되다 • 77, 81
루키우스 베루스의 죽음 • 77
마르쿠스 아우렐리우스와 갈레노스 • 76~77
마르쿠스 아우렐리우스와 전쟁 • 96~101
마르쿠스 아우렐리우스의 죽음 • 105
《명상록》 • 77, 81~82, 90~91, 95~97, 101~105, 108~109
스토아 철학의 과제 • 93~96
역병과 인식에 관하여 • 101~103
역병에 대한 로마 제국의 대응 • 83~84
자기 자신의 스승이 되다 • 91~92
죽음에 관하여 • 102~103
철학에 대한 어린 시절의 관심 • 71~72
타인을 보는 시각 • 104~105
마이클 스콧 • 59
마티뇽의 영주 • 113~117
막스 베버 • 120
메리 비어드 • 24
메리 셸리
에드먼드 버크의 영향 • 250~251
이성과 전염병에 관하여 • 255~257
《최후의 인간》 • 249~259
퍼시 비시 셸리의 죽음 • 249
《프랑켄슈타인》 • 249~250, 257
메리 울스턴크래프트 • 250
《명상록》(마르쿠스 아우렐리우스) • 77, 81~82, 90~91, 95~97, 101~105, 108~109
몰리 아이빈스 • 40~42
〈미노타우르스, 또는 오랑에서 잠시〉(카뮈) • 209
미셸 드 몽테뉴
〈경험에 관하여〉 • 151~153
〈레몽 스봉을 위한 변호〉 • 139
몽테뉴와 라 보에티 • 121~122

몽테뉴와 소크라테스 • 143~145
몽테뉴와 스토아 철학 • 132~134
몽테뉴와 투피남바 원주민 • 141~142
몽테뉴와 피론주의 • 138~140
몽테뉴와 프랑스의 종교적 내전 • 134~137, 149~150
보르도 시장직 • 113~116
《수상록》 • 127~134, 139~143, 150~153
〈식인종에 관하여〉 • 141~142
〈양심의 자유에 관하여〉 • 140
〈외모에 관하여〉 • 150~151
은퇴 이후 무기력한 생활을 극복하려 애쓰다 • 128~130
〈자식에 대한 아버지의 사랑에 관하여〉 • 129
〈좋고 나쁜 것은 우리 견해에 달려 있다〉 • 133
죽을 뻔한 경험 • 118
죽음에 관하여 • 132~134
〈철학을 한다는 것은 죽는 것을 배우는 것이다〉 • 133
페스트를 겪다 • 126~127
미셸 푸코, 〈자기에 관한 글쓰기〉 • 92
밀란 쿤데라, 《참을 수 없는 존재의 가벼움》 • 268~269

ㅂ
바이런 경 • 250
《반항하는 인간》(카뮈) • 222
방역법(1721년) • 165~166
베르길리우스, 《아이네이스》 • 99
부조리 • 43, 206~209, 213, 237, 259, 265
브루스 프라이어 • 84
비시 정권 • 210, 213, 231~232, 235~236
빅터 데이비스 핸슨 • 61

ㅅ
사망통계표 • 174~178, 187, 200
〈사형수〉(조지 오웰) • 227
샤를 9세(프랑스 왕) • 120, 135~136
성 바르톨로메오 축일의 학살(1572년 프랑스) • 135~136
섹스투스 엠피리쿠스 • 138
소크라테스 • 143~145
소포클레스, 《오이디푸스 왕》 • 49~51
《수상록》(몽테뉴) • 127~134, 139~143, 150~153
수전 매턴 • 75~76
슈테판 츠바이크 • 145~149
스타시스 • 29~30
스토아 철학 • 92~96
《시지프 신화》(카뮈) • 206, 244
식스토 5세 • 96

〈식인종에 관하여〉(몽테뉴) • 141~142
신탁 • 55~60

ㅇ
아드리앵 프루스트, 《유럽의 페스트 방비》 • 215
아스케시스 • 80~81
아엘리우스 갈레노스 • 67~69, 74~76, 82~83
《아이네이스》(베르길리우스) • 99
아이리스 머독 • 17, 228~229, 233~234, 238~239, 263
아킬레우스 • 23~24, 27, 29, 36
아폴론 • 23~25, 27, 30, 83, 91, 153
안토니누스 피우스 • 69~70, 72, 81
알렉산더 네하마스 • 144
알베르 카뮈
〈당신은 당신의 행동에 따라 심판받을 것이다〉 • 245
《독일 친구에게 보내는 편지》 • 246
독일의 프랑스 침공 • 207~208
르 파늘리에 생활 • 211~213, 234~236
〈미노타우르스, 또는 오랑에서 잠시〉 • 209
《반항하는 인간》 • 222
보고 행동하는 일에 관하여(《페스트》) • 227~229
《시지프 신화》 • 206, 244
오랑 생활 • 209~211
《이방인》 • 206, 213, 222, 244, 246, 260
작가 노트 • 216, 235~236, 243, 263~264
《정의의 사람들》 • 222
젊은 시절 • 205~206
《최초의 인간》 • 260~261, 264
추방과 이별에 관하여 • 236~237
카뮈와 디포 • 211
카뮈와 부조리 • 206~209, 213, 237, 259, 265
카뮈와 《알제 레퓌블리캥》 • 205~207, 244
카뮈와 《콩바》 • 244~245
카뮈와 투키디데스 • 211, 223
카뮈와 《파리 수아르》 • 207~209
카뮈의 죽음 • 260
《칼리굴라》 • 206
《페스트》 • 214~216, 222~229, 236~239, 246~247, 260, 264~265
프랑신 포르와의 결혼 • 210~212
《알제 레퓌블리캥》 • 205~207, 244
알키비아데스 • 51, 62
앙드레 볼리에 • 244
앙드레 슈라키 • 235~236

앙드레 트로크메 • 230, 233
앙리 3세(프랑스 왕) • 113
앙리 드 나바르 • 136
앙리 드 벨좡스 • 162~163
《애플비즈 오리지널 위클리 저널》 • 168
앤 멜러 • 259
〈앤디 그리피스 쇼〉 • 219, 240
〈양심의 자유에 관하여〉(몽테뉴) • 140
에드먼드 버크, 《프랑스 혁명에 관한 성찰》 • 250~251
에마뉘엘 르루아 라뒤리 • 117
에스파냐 내전 • 231
에티엔 드 라 보에티 • 118~122
에티엔 파스키에 • 134~135
에픽테토스 • 73, 80~81, 91~92, 102~103, 132~133
연대기 • 222~223
오를레앙 공작 필리프 2세 • 161
《오이디푸스 왕》(소포클레스) • 49~51
〈오지만디아스〉(퍼시 셸리) • 259
올리비에 토드 • 234
〈외모에 관하여〉(몽테뉴) • 150~151
욥 • 52
윌리엄 고드윈 • 250
윌리엄 맥닐, 《전염병의 세계사》 • 26, 253
윌리엄 제임스 • 132
《유럽의 페스트 방비》(아드리앵 프루스트) • 215
《이방인》(카뮈) • 206, 213, 222, 244, 246, 260
이스투아르 • 222
잉가 클렌디넌 • 194

ㅈ

〈자기에 관한 글쓰기〉(미셸 푸코) • 92
《자발적 복종》(라 보에티) • 119~120
〈자식에 대한 아버지의 사랑에 관하여〉(몽테뉴) • 129
자클린 베르나르 • 244~245
장 그르니에 • 210
장 폴 사르트르 • 138
《전염병 연대기》(디포) • 174, 177~180, 186~201, 211
《전염병의 세계사》(윌리엄 맥닐) • 26, 253
《정의의 사람들》(카뮈) • 222
(런던 대역병의) 조사원 • 174, 176, 177, 182~183
조지 알렉산더 스타 • 189
조지 오웰, 〈사형수〉 • 227
존 그런트 • 175
존 카치오포 • 14
〈좋고 나쁜 것은 우리 견해에 달려 있다〉(몽테뉴) • 133
주의력 • 16~17, 100, 104, 233~234, 239